CROC ET DÉGOÛT :
UNE COMÉDIE VAMPIRIQUE

DESTIN, MORDS-MOI !

JON SMITH

BAL
KON
media

DESTIN, MORDS-MOI !
Publié par Balkon Media

Édition brochée – ISBN : 978-1-916970-36-6

www.jonsmith.net

ALSO BY JON SMITH

FICTION

The Fifth Horseman

Destiny Can Bite Me (Fang & Loathing #1)

The Stakeout Diaries (Fang & Loathing #2)

Rewrite the Dead (Fang & Loathing #3)

YOUNG ADULT

The Arb

CHILDREN'S FICTION

Toytopia

NON-FICTION

Once Upon A Brand

Founder Mode

The Bloke's Guide To Pregnancy

The Bloke's Guide To Babies

Get Into Bed With Google

Google Adwords That Work

Smarter Business Start-Ups

Start An Online Business

Digital Marketing For Businesses

UN

Si la cuisine de Vincent Lupo avait un jour connu un âge d'or, il devait se situer avant l'invention de la pénicilline, car au XXIe siècle, elle avait sombré dans une retraite de lente et puante décrépitude. Le linoléum du sol, orné de ce qui avait pu être de joyeux citrons, était maintenant boursouflé et gondolé dans tous les sens, comme s'il avait survécu à un séisme mineur et décidé de se lancer dans la danse contemporaine. Le frigo, un Kelvinator vintage qu'il avait fait venir de Boston dans les années 1950, haletait comme un retraité en proie à une angoisse existentielle, fuyant du fréon et un mystérieux ichor brun en égales mesures. Quelque part, une unique ampoule vacillait derrière son abat-jour en verre jauni par la nicotine, illuminant vaillamment ce qui tenait en cuisine d'une scène de crime avant l'étape de la moisissure.

Vincent se frayait un chemin pieds nus dans le désordre, ses orteils évitant les amas de papier essuie-tout humide qu'il avait utilisés comme arme la semaine précédente contre une invasion de quelque chose de verdâtre dans un coin reculé. Il portait un T-shirt à l'effigie d'un groupe de heavy metal qui était démodé depuis la Guerre froide, et un pantalon de survêtement d'une couleur indéterminée, tous ses autres vêtements ayant succombé à ce qu'il appelait en privé l'Abîme du Linge Sale. Il avait des cernes si profondes sous les yeux que si elles avaient eu des fermetures Éclair, il aurait pu y ranger son bagage émotionnel.

Il a ouvert le frigo et a immédiatement eu un mouvement de recul. Non pas, comme on aurait pu s'y attendre, à cause de l'horreur qui se trouvait à l'intérieur — la relation de Vincent à l'horreur était celle d'un vieux couple marié, blasé mais co-dépendant — mais parce qu'il s'était attendu à y trouver du lait, et il n'y en avait pas.

— Eh bien, ça, c'est une trahison personnelle, a-t-il marmonné, en fixant les profondeurs du frigo comme si les briques de lait pouvaient se rematérialiser par pure culpabilité.

C'est alors qu'il a remarqué la tête.

Ce n'était pas la première fois que Vincent tombait sur une tête humaine décapitée. Ce n'était même pas la première fois de ce siècle. Il s'était cependant attendu à ce qu'on fasse un plus grand effort sur la présentation. La tête, appartenant à un homme pâle au nez semi-royal et à la calvitie bien avancée, avait été balancée directement sur un carré de papier ciré et placée à côté d'un pot de margarine bas de gamme. Un épais filet de sang en train de coaguler avait commencé à s'infiltrer dans le houmous en dessous, créant un effet rougeâtre et marbré que même lui trouvait un peu trop littéral.

Vincent s'est accroupi jusqu'à ce que ses yeux soient au niveau de l'étagère du frigo. — Parfait, a-t-il dit, de la voix d'un homme dont le cerveau brandissait une pancarte sur laquelle était écrit « Sérieusement ? » et mettait sa bouche au défi de le contredire. La tête, de son côté, n'a rien fait d'autre que de fixer aveuglément les olives périmées, l'air légèrement mortifié.

Puis les yeux se sont tournés vers Vincent.

— L'histoire se termine quand on la saigne à blanc, a murmuré la tête.

— Parfait, a répété Vincent, attendant d'autres commentaires, ou au moins une présentation en bonne et due forme, mais rien de plus n'est venu. Vincent a examiné les traits cireux en quête d'indices. Les joues, rubicondes et grêlées, trahissaient un penchant pour des spiritueux plus forts que ceux qui hantaient cette cuisine. Les lèvres, bleuâtres mais encore légèrement incurvées, suggéraient que la victime s'en était allée avec une sorte de dignité à moitié foireuse. Et puis il y avait la marque sur le front : un glyphe, profondément gravé, le sang figé en un réseau arachnéen de fractures. Même dans la faible lumière du frigo, Vincent l'a reconnue instantanément.

Il a refermé le frigo et a appuyé son front contre l'émail cabossé. — Ça va être une de ces semaines.

Il a rempli la bouilloire, a jeté deux cuillères de café instantané dans une tasse ornée d'une chauve-souris de dessin animé délavée, et s'est assis à la table bancale, écoutant le frigo haleter et le lent goutte-à-goutte du sang qui tombait, avec une régularité chirurgicale, dans une tombe de Tupperware. Il a résisté à l'envie de chercher sur Google « signification tête coupée dans frigo », mais de justesse.

Mme Barley, la gouvernante, s'est matérialisée dans l'embrasure de la cuisine avec la menace silencieuse d'un front orageux en approche. Elle portait ses cheveux relevés en un chignon sévère qui aurait pu survivre à un hiver nucléaire, et sa robe de chambre était repassée avec un pli si net qu'elle aurait pu servir à une opération chirurgicale. Vincent n'avait aucune idée de comment elle parvenait à vivre dans son appartement tout en donnant l'impression de le juger d'une distance plus sûre.

Elle l'a fixé de son regard. Pas celui réservé aux toasts brûlés ou aux tasses abandonnées, mais le plus profond, celui qui suggérait que l'univers avait personnellement offensé son sens de l'ordre. — Vincent, a-t-elle dit, j'apprécie que tu aies un palais non conventionnel, mais l'hygiène alimentaire dans cet établissement est désormais activement criminelle.

Vincent a fait un geste vers le frigo. — Il va falloir que tu évites l'étagère du haut jusqu'à ce que je règle ça. Ou que j'appelle la police. Ou un prêtre.

Mme Barley l'a ignoré et s'est dirigée d'un pas raide vers le frigo. Elle a ouvert la porte, a jeté un œil à l'intérieur, et a produit un son si britannique dans sa désapprobation que la température de la pièce a chuté de trois degrés. — Tu n'aurais pas pu la laisser sur le pas de la porte comme un dément ordinaire ?

— Elle était déjà à l'intérieur quand je me suis réveillé, a dit Vincent. Je crois qu'elle est peut-être pour moi.

Mme Barley l'a regardé d'une manière qui laissait entendre qu'elle considérait cela comme tout à fait plausible, sinon inévitable. — Est-ce que tu as fermé la porte d'entrée à clé la nuit dernière ?

— Possiblement, a dit Vincent. Dans le sens où j'y ai pensé, puis j'ai été distrait et j'ai versé du gin sur mes cornflakes.

— Vincent. Tu ne peux pas simplement inviter des parties de corps démembrés à l'intérieur, ça crée un précédent. Après, on retrouve des entrailles dans la mijoteuse et tu as les services municipaux sur le dos.

Elle a tendu la main, a pincé la tête par une touffe de cheveux clairsemés, et l'a soulevée avec le dédain clinique d'une championne d'art floral évaluant un bouquet médiocre. Le glyphe sur le front luisait, humide dans la lumière froide.

Mme Barley a haussé un sourcil. — Tu la connais ?

Vincent s'est penché sur son café. — Pas personnellement. Mais le symbole vient de la Prophétie de Carmine. Celle que j'ai coécrite. Il y a des lustres.

Elle a fait pivoter la tête pour qu'elle le regarde, d'un air accusateur. — J'ai toujours dit que tes passe-temps finiraient par te rattraper.

— Techniquement, prête-plume est une vocation, pas un passe-temps.

— Techniquement, mettre son nom sur une écriture sainte apocalyptique pour vampires est un appel à l'aide.

— C'est une activité secondaire parfaitement respectable. Il a de nouveau regardé le glyphe. Impossible de se tromper : trois croissants de lune entrecroisés, avec un éclat d'os incrusté à l'axe. Carmine avait appelé ça « le sceau de l'éventualité » — non pas que quiconque lui ait demandé de se montrer poétique, mais Carmine était un frimeur et ne pouvait jamais résister. — Ils ont utilisé le design original. Personne ne l'a mis à jour depuis des siècles.

Mme Barley a fait un bruit de réprobation avec sa langue. — Les imitateurs sont toujours si paresseux. Elle a laissé tomber la tête dans un grand bol en céramique, puis a commencé à essuyer l'étagère du frigo avec un peu d'eau de Javel et une liasse de papier essuie-tout.

— Tu penses que c'est un avertissement ? a demandé Vincent, essayant d'avoir l'air nonchalant et atterrissant quelque part près du malaise existentiel.

— Si c'en est un, il n'est pas très créatif. Elle ne l'a pas regardé. — C'est probablement juste un rappel. Tu as des affaires en suspens, et tu ne rajeunis pas.

— Eux non plus, a fait remarquer Vincent. C'est une tête.

— Ne sois pas obtus. Ça te va bien, mais ça complique ma soirée.

Il l'a regardée travailler, émerveillé comme toujours par l'efficacité avec laquelle elle pouvait exorciser le désordre qu'il accumulait sans perdre son sang-froid. Le nouveau produit de nettoyage qu'elle avait déniché dans un catalogue de fournitures occultes dégageait une odeur de lavande et de cannelle qui parvenait à dominer même l'arrière-goût de formol dans l'air. Elle aurait probablement débarrassé le frigo des résidus spirituels avant minuit.

Vincent a siroté son café, a songé à la tête qui fredonnait dans le bol, et à la façon dont les mouvements de Mme Barley semblaient chorégraphiés pour la crise. Il ne se souvenait pas de l'avoir embauchée. Elle était apparue dans sa vie le lendemain du Second Massacre des Manticores, s'installant dans la chambre d'amis avec pour seuls bagages une valise cabossée et la promesse qu'elle « maintiendrait les choses en ordre ». Il avait eu une trop grosse gueule de bois pour discuter, et après une semaine, il a réalisé qu'elle était à la fois impossible à virer et, à sa manière terrifiante, indispensable.

Il soupçonnait aussi qu'elle était une ancienne militaire, mais elle restait évasive sur ce point.

Mme Barley a terminé son nettoyage et s'est retournée pour lui faire face. — Il va falloir qu'on se débarrasse de ça avant que les éboueurs ne commencent à avoir des soupçons.

— Je comptais la laisser pour les vampires. Tu sais, comme un cadeau qu'on refile.

Elle a croisé les bras. — Ne sois pas grossier. C'est clairement destiné à provoquer une réaction. La question est : qui l'a envoyée ?

Vincent a tapoté la table en un petit rythme. — Ça pourrait être n'importe qui. La clique de Carmine avait beaucoup d'admirateurs.

— Tu veux dire des ennemis.

— Je veux dire des connaisseurs en divergences créatives.

Mme Barley a levé les yeux au ciel si fort que c'en était audible. — Si tu ne comptes pas prendre ça au sérieux, essaie au moins de faire semblant d'être surpris quand la prochaine arrivera.

— Tu penses qu'il y en aura une prochaine ?

Elle l'a regardé, et la réponse tacite a flotté dans l'air comme l'odeur du produit de nettoyage : évidemment.

Vincent a rouvert le frigo, a de nouveau cherché du lait, et a soupiré. Il allait devoir le boire noir. — Tu sais, quand j'ai commencé à écrire des manifestes apocalyptiques comme prête-plume, je pensais que ce ne serait que groupies et petits-déjeuners continentaux. Personne n'a jamais mentionné la paperasse.

Mme Barley a posé le bol sur le comptoir, a tiré un torchon sur le visage de la tête, et a commencé à trancher un pamplemousse avec l'efficacité d'un médecin légiste. — C'est parce que tu ne lis que les couvertures. Dois-je t'aller chercher une poche de sang pour plus tard, ou tu jeûnes encore ?

— Je me débrouillerai, a dit Vincent, et il a fait semblant que le nœud dans son estomac était dû à la caféine.

Il a regardé une fois de plus la tête enveloppée, le glyphe transparaissant encore à travers le tissu, et s'est demandé, non pour la première fois, ce que ce serait d'avoir une vie qui n'impliquerait pas de nettoyer les erreurs du passé.

Il soupçonnait que ce serait intolérablement ennuyeux.

Mme Barley a versé de l'eau bouillante dans l'évier, la vapeur montant pour embuer la fenêtre. — Que vas-tu faire ?

— Rien, a dit Vincent. C'est presque certainement une blague.

— « Presque certainement » n'est pas « certainement ».

Il a haussé les épaules et s'est levé. — S'ils me veulent, ils savent où j'habite. À ce rythme, ils vont débarquer dans un carton d'Amazon Prime.

Mme Barley a émis un bruit mince et sceptique. — Très bien. Je m'attendrai à une livraison d'ici vendredi.

Il a ri, sans être sûr si c'était de la blague, ou à quel point ça n'en était pas une.

Quand il a quitté la cuisine, le frigo était vide à l'exception de l'essentiel : de l'eau tonique, des piles, un demi-pot de houmous (maintenant parfaitement marbré), et une collection de boîtes Tupperware qu'il n'ouvrirait plus jamais sans un sentiment d'appréhension.

Ça allait être une de ces semaines, a-t-il pensé, en laissant la tête coupée et la prophétie dans la cuisine, avec la certitude âcre que le passé était loin d'en avoir fini avec lui.

Le bureau de Vincent — officiellement désigné comme le « repaire d'écriture » dans le contrat de location et officieusement comme « le ghetto de papier » par Mme Barley — avait une odeur difficile à cerner, mais qui se situait quelque part entre l'embrayage brûlé et l'intérieur d'une librairie antique. C'était un réconfort étrange et terreux, bien que ce réconfort fût principalement psychologique et probablement mauvais pour la santé à fortes doses. Chaque surface avait perdu la bataille contre ses notes et ses brouillons des années auparavant : le bureau avait disparu sous une congère de documents imprimés, de livres à couverture rigide à moitié lus, et des dernières épreuves de son éditeur (qui lui envoyait des mises à jour avec l'impression très erronée qu'il s'en souciait). Des Post-it s'agglutinaient comme du lichen jaune sur le bord de son moniteur, chacun portant une phrase cryptique qui était soit un élément de l'intrigue, soit une liste de courses, soit une menace.

Il était assis, avachi à son bureau cabossé, faisant rouler un stylo à bille entre ses doigts et essayant de décider s'il était plus digne de finir le chapitre suivant ou de se jeter par la fenêtre. L'ordinateur portable le dévisageait avec un document vierge intitulé « CROCS_DU_DÉSIR_TOME_9 ».

L'agent de Vincent avait un jour décrit la série des *Crocs du Désir* comme « *Twilight* pour les lettrés émotionnels, mais avec du vrai sexe ». Vincent considérait cela à la fois comme une insulte et un défi, c'est pourquoi le personnage principal — un vampire nommé Lord Sanguinius — était une autoparodie à peine déguisée et, de l'avis de tous, le vampire littéraire le plus réussi depuis la bande de dégénérés de Bram Stoker.

Il a tapé, puis effacé, puis tapé à nouveau :

— *Depuis le balcon baigné d'ombres, Lord Sanguinius contemplait le lointain, son cœur aussi vide que les veines de sa dernière conquête. La ville scintillait, indifférente. En bas, les mortels vibraient d'une vie urgente, tandis que lui restait suspendu, sans âge, seul.—*

Il l'a relue, a grimacé, et a martelé la touche de suppression jusqu'à ce que la phrase ne soit plus qu'un tas de débris.

À travers le mur, les voisins semblaient effectuer une sorte de rituel percussif impliquant des bottes et ce qui ressemblait à une trompette. Vincent s'est à moitié demandé s'ils communiquaient avec les morts. Il a ouvert un nouvel onglet et a vérifié ses courriels d'auteur, un rituel masochiste qu'il accomplissait à intervalles horaires.

Vous avez 3 nouvelles critiques pour « Crocs du Désir : Drac de Tokyo ».

Il a lu la première. « Absurde et trop cochon, mais je l'ai lu d'une seule traite. Sanguinius est si triste, lol. 3 étoiles. »

La seconde : « Pas assez d'enjeux émotionnels pour un livre de vampires. Celeste Evermoon est surcotée. »

Vincent a pris sa tête dans ses mains et a gémi. Il écrivait depuis des décennies — des siècles, même, si l'on comptait les pamphlets sous pseudonyme et la Prophétie de Carmine — mais rien ne l'avait préparé à l'agression psychique d'une critique de lecteur sur Goodreads. « Pas assez d'enjeux émotionnels », a-t-il marmonné. « Essayez donc de passer l'éternité à ne vous nourrir que des sentiments des autres et on verra si ça vous plaît, bordel. »

Il a fait craquer ses doigts et a fusillé l'écran du regard, comme si le curseur était responsable de tous ses choix de vie.

Il avait connu Carmine, bien sûr. L'original, le prototype, le vampire dont le nom avait engendré un culte, une prophétie et, finalement, une série de romans graphiques regrettables. Ils avaient été amis, rivaux, coauteurs de la fin du monde. Le glyphe du frigo était une création de Carmine, et la propre main de Vincent en avait tracé la première version dans un appartement londonien pas si différent de celui-ci, les taches de sang en moins. Il se demandait parfois s'il était destiné à passer toute l'éternité à nettoyer les dégâts de ce seul et catastrophique brainstorming.

Il y a eu un bruit dans le couloir. Au début, Vincent n'y a pas prêté attention, supposant que Mme Barley avait intensifié sa croisade nocturne contre les colonies de poussière. Mais ensuite, le plancher a craqué d'une manière qui suggérait des pas délibérés, et une bouffée familière de désinfectant et de détermination d'acier est entrée dans la pièce avant sa propriétaire.

Mme Barley est entrée avec la vivacité d'une femme qui considérait les poignées de porte comme superflues. Elle tenait une tasse dans une main (du thé, noir comme le néant) et une page pliée dans l'autre. — Tu as laissé ça dans la cuisine, a-t-elle dit, en posant le papier sur son clavier comme une citation à comparaître du Conseil de Guerre. La prochaine fois, pense à sortir la poubelle. Ou du moins, ne laisse pas les preuves sur le plan de travail.

Vincent a saisi le papier et l'a parcouru. C'était l'impression d'un message sur un forum — un de ces forums clandestins où les détritus surnaturels comparaient leurs notes sur les hantises, les prophéties et les meilleures offres de sang humain. Le message disait : « Sceau de Carmine dans le SE10. Attention la tête. Littéralement. »

Il a reniflé. — Je vois que les talents comiques des morts-vivants n'ont pas évolué au cours des deux cents dernières années.

Mme Barley s'est perchée sur le bord d'une caisse marquée « reçus fiscaux 1984-2011 » et l'a examiné avec l'évaluation froide d'une démineuse chevronnée. — Ce n'est pas une blague, Vincent.

Les têtes n'apparaissent pas avec ces glyphes à moins que quelqu'un ne veuille faire passer un message.

Il a levé les yeux au ciel. — Le message est probablement « Vincent Lupo est une blague tragique et devrait reconsidérer son plan de carrière ».

Mme Barley a ignoré l'appât. — Tu étais une légende autrefois, tu sais. Dans le bon milieu. Tu avais une conscience et un dictionnaire des synonymes, ce qui te plaçait plusieurs crans au-dessus de la concurrence.

— Vraiment ? Regarde où ça m'a mené.

Elle a siroté son thé, le regardant par-dessus le bord de la tasse. — Il y a des destins pires que l'anonymat. Tu aurais pu finir comme Carmine. Ou pire, comme la nouvelle génération.

Vincent a frissonné. La « nouvelle génération » était l'euphémisme de Mme Barley pour la dernière cuvée de vampires, tout en mèmes et en gel capillaire, et sans aucun sens de l'histoire. — Au moins, ils savent comment se faire publier, a-t-il dit.

La bouche de Mme Barley a tressailli. — Être célèbre est surestimé. Crois-moi.

Il a tambouriné ses doigts sur le bureau. — Je préférerais être oublié plutôt que de devenir une fable édifiante.

Elle s'est penchée vers lui. — Le glyphe signifie que quelque chose se prépare. Peut-être pour toi, peut-être pour nous tous. Quoi que Carmine ait commencé, c'est inachevé.

Vincent a fait un geste vers le tas de brouillons inachevés. — Bienvenue au club.

Elle a tendu la main et a fermé son ordinateur portable, doucement mais avec une certaine finalité. — Tu dois te concentrer. S'ils essaient de te faire sortir de ta tanière, c'est parce que tu comptes. Ne fais pas semblant de t'en ficher.

Il a essayé de protester, mais s'est retrouvé à fixer le mur, pensant à la prophétie et aux cercles sans fin de malheur qu'elle avait engendrés. Il ne voulait pas compter, pas comme Carmine.

Pas de la manière qui menait à des cadavres dans des frigos et à des menaces cryptiques.

Il a haussé les épaules, a repris son stylo et l'a fait passer d'une main à l'autre. — Si quelqu'un essaie de me tuer, il pourrait au moins avoir la décence d'envoyer des fleurs.

— Elles ne tiendraient pas dans cet appartement, a dit Mme Barley en se levant. Je vais m'assurer que la porte d'entrée est bien verrouillée. Au cas où ton admirateur secret te rendrait visite.

Elle était partie avant qu'il ne puisse répondre, laissant le fantôme de son désinfectant au citron et ses paroles en suspens dans l'air.

Vincent a rouvert l'ordinateur portable et a fixé le curseur clignotant. Les mots ne venaient pas. Il a relu le dernier paragraphe qu'il avait réussi à écrire avant l'implosion existentielle :

— *Elle s'accrocha à lui au clair de lune, tremblant alors qu'il découvrait ses crocs. « Fais-le », supplia-t-elle. « Je veux me sentir vivante, même si cela signifie mourir un peu. » Sanguinius hésita. Le poids des siècles pesait sur ses épaules. Faim et chagrin, indiscernables.—*

Il a tout effacé, puis a ouvert le navigateur et a cherché « Prophétie de Carmine » par pur masochisme et ennui. Les résultats étaient aussi navrants que d'habitude : des blogs marginaux, des sites conspirationnistes, des liens vers des « preuves » vidéo granuleuses des derniers moments de Carmine, et un unique scan illisible du manuscrit original. Son propre nom apparaissait à plusieurs endroits, toujours enfoui sous du piège à clics ou des diatribes sur les « vampires Illuminati ».

Il était sur le point de fermer l'onglet quand la sonnette a retenti.

Vincent ne savait pas s'il devait l'ignorer ou faire semblant d'être sorti. Il a opté pour se lever et s'étirer — chaque vertèbre a craqué — et il a avancé à grandes enjambées vers le couloir. L'escalier était sombre, la seule lumière provenant d'une fenêtre couverte de crasse et de désespoir.

Il a entrouvert la porte, tout à fait prêt à envoyer paître un Témoin de Jéhovah, pour ne trouver personne.

Il s'est penché, balayant le palier du regard. Rien. Puis il a baissé les yeux.

À ses pieds se trouvait une femme. Elle avait l'air humaine, ce qui était déjà une source de suspicion dans ce coin de la ville. Ses cheveux étaient noirs, emmêlés par ce qu'il pensait être du sang séché. Elle portait une veste de deux tailles trop grande, les manches déchirées et raidies par du vieux sang. Elle l'a regardé avec un œil marron — l'autre était enflé et fermé — et a découvert ses dents dans un geste qui aurait pu être un sourire, ou peut-être un avertissement.

Vincent était sur le point de parler quand elle s'est affaissée en avant, atterrissant pile sur ses pieds avec la grâce désarticulée de quelqu'un qui avait récemment perdu une quantité importante de sang.

Il s'est accroupi, a vérifié son pouls. Faible, mais présent.

— Génial, a-t-il dit. Exactement ce dont j'avais besoin. Une autre rescapée.

Derrière lui, Mme Barley est apparue, les bras croisés. — Tu avais bien verrouillé la porte, n'est-ce pas ?

— Évidemment, a menti Vincent.

Mme Barley a soupiré, le son presque affectueux. — Fais-la entrer. Je vais chercher la trousse de premiers secours.

Vincent a traîné la femme dans le couloir, laissant une traînée rouge derrière lui. Il a levé les yeux vers la fenêtre du palier et a pensé, avec une sorte d'irritation résignée, que c'était toujours comme ça que ça commençait : avec une étrangère, un message, et un bazar que Mme Barley devrait nettoyer à l'eau de Javel.

Il a réussi un demi-sourire, découvrant ses crocs. — Pas assez d'enjeux émotionnels, a-t-il répété doucement, et il s'est attelé à régler ce nouveau désastre.

DEUX

Le salon de Vincent avait une sorte de dignité, mais seulement dans le sens où un condamné à mort pourrait s'habiller pour sa propre pendaison. Les meubles — lourds, victoriens, acquis presque neufs pour une bouchée de pain à la succession d'un parent décédé — boudaient le long des murs tels des fantômes désapprobateurs. Des portraits d'ancêtres regardaient d'un air menaçant depuis les murs, tout en pommettes saillantes et en agressivité passive, et les étagères avaient depuis longtemps renoncé à leur fonction pour se soumettre à des piles chancelantes de livres de poche écornés et de bouteilles de gin vides. La moquette avait jadis aspiré au bordeaux, mais elle était désormais de la couleur morne de vieilles blessures.

Ils lui ont retiré son manteau et ont allongé la jeune fille sur le canapé, qui a soupiré sous son poids comme s'il en voulait à cette compagnie supplémentaire. Vincent s'est accroupi à côté d'elle, fronçant les sourcils devant la constellation de blessures qui viraient déjà au violet sur ses bras et sa mâchoire. Elle paraissait avoir dix-sept ans, dix-huit tout au plus, bien que le pli de sa bouche suggérât quelqu'un que la vie avait forcé à grandir trop vite, pour ensuite lui rouler dessus à plusieurs reprises.

Mme Barley est passée en s'affairant, laissant derrière elle une odeur prégnante de lotion antiseptique et quelque chose d'âcre — de la sauge, peut-être, ou le parfum d'un rituel qui avait légèrement mal tourné. Elle a balancé une brassée de serviettes sur la table basse et a examiné l'invitée inconsciente avec l'impartialité glaciale d'une infirmière des urgences au terme d'une double garde.

— Tu as un nom, ma belle ? a demandé Mrs Barley, sans vraiment attendre de réponse.

La jeune fille a émis un son quelque part en deçà de la conscience, puis s'est affaissée plus profondément dans les coussins. Elle avait les jointures écorchées et son sweat à capuche portait les insignes de sang et de terre d'une récente querelle de rue. Vincent a fouillé ses poches avec une discrétion experte et n'a rien trouvé, à l'exception d'une carte de bibliothèque (nom : Ren B), d'un chewing-gum sans emballage et d'un téléphone si irrémédiablement fissuré qu'il ressemblait à une toile d'araignée.

Mrs Barley s'est agenouillée près de la tête de la jeune fille, lui a pincé le menton entre deux doigts et a inspecté ses yeux. — Réflexe pupillaire normal. Pas de commotion, ou rien que tu n'aies pas mérité. Elle l'a dit avec une sorte de sympathie bourrue qui parvenait à être à la fois insultante et étrangement rassurante. — Passe-moi cette tasse.

Vincent lui a tendu le récipient le moins taché à portée de main. Mrs Barley a sorti une petite fiole des plis de son tablier, a versé une rasade d'un liquide émeraude et scintillant, et l'a mélangé en une pâte avec le manche d'une cuillère.

— On dirait que ça décaperait la peinture d'une Ford Fiesta, a dit Vincent, observant la scène avec une fascination horrifiée.

Mrs Barley a hoché la tête, l'air vif. — C'est le but. Ça nettoie les plaies, ça ouvre les voies. C'est une vieille recette de l'armée.

Bois ça et tu peux marcher trois jours avec une cheville cassée. Elle a pincé le nez de la jeune fille, lui a ouvert la mâchoire et a versé le remède dans l'ouverture. La gorge de la jeune fille a travaillé, elle a dégluti par réflexe, puis elle a toussé, a roulé sur le côté et a foudroyé Mrs Barley du regard, avec les yeux mauvais de quelqu'un qui, malgré tout, s'attendait encore à se faire agresser.

— Où suis-je ? a croassé la jeune fille, la voix éraillée par la douleur et la surprise.

Vincent lui a offert sa meilleure imitation d'un air paternel. — Tu es en sécurité. Ne touche pas à la télécommande, elle réinitialise l'univers. Il a fait un geste en direction de la pièce, comme si cela expliquait tout.

La jeune fille s'est essuyé la bouche du dos de la main, puis s'est redressée si brusquement que Vincent a failli y laisser son nez. — T'es qui, putain ?

Mrs Barley, imperturbable, a tamponné l'entaille sur la joue de la jeune fille avec un torchon imbibé de la mixture verte. — Surveille ton langage, a-t-elle dit. — Il y a une enfant ici.

— L'enfant, c'est moi, a claqué la jeune fille.

Mrs Barley s'est contentée de sourire, un sourire fin et satisfait. — Exactement.

Vincent s'est perché sur le bord de la table basse. — Je m'appelle Vincent, et voici Mrs Barley. Tu t'es pointée sur notre paillasson en fuyant comme une passoire. Ça t'arrive souvent, ou c'est une occasion spéciale ?

Ren a réfléchi à la question, puis a haussé les épaules, un mouvement si défensif qu'il aurait pu être accompagné d'un gilet de haute visibilité. — Ça arrive. Mais pas souvent avec un comité d'accueil. Elle a balayé la pièce du regard, observant la pièce, la fenêtre verrouillée, le crucifix au mur qui avait été modifié en décapsuleur. Ses yeux se sont attardés sur l'étagère de poches de sang dans le coin le plus éloigné, puis sont revenus sur Vincent, se plissant.

— Tu es un vampire ?

Vincent a souri, laissant entrevoir un croc. — Seulement le lundi et les jours fériés.

Ren a émis un bruit sceptique. — Super. Je me fais secourir par la Famille Addams.

Mrs Barley lui a tendu un verre d'eau et un biscuit, ce dernier ayant l'air à la fois mortel et fait maison. — Tu vas vivre. À moins que tu préfères le contraire ?

La jeune fille a ignoré la question, préférant tâter la croûte sur son bras avec un détachement clinique. — Vous avez appelé une ambulance ?

Mrs Barley a secoué la tête. — Ça ne t'aurait servi à rien. Le genre de blessure que tu as, c'est autre chose. Elle a tamponné le sang, et Vincent l'a vu : sous la croûte maculée, un petit tatouage, à moitié cicatrisé et d'un rouge colérique. Trois croissants de lune entrelacés, et à leur point de jonction une ligne de minuscules points couleur d'os. C'était le glyphe de la tête coupée, réimaginé par quelqu'un à la main plus sûre et moins patiente.

Vincent a tendu la main vers son poignet. Ren s'est vivement écartée, mais pas assez vite pour l'empêcher de voir la marque. — Où est-ce que tu t'es fait faire ça ?

Elle a retiré sa main d'un coup sec et l'a glissée sous son sweat à capuche. — Ça ne te regarde pas.

— Au contraire, a dit Vincent, soudain très fatigué, ça me regarde précisément. Ce symbole n'apparaît pas sur des adolescentes au hasard pour le plaisir. C'est le genre de chose qu'on trouve sur des gens très vieux et très morts. Ou pire, sur des gens sur le point de devenir très morts.

L'expression de Ren — qui tendait déjà vers « pourrait mordre à travers du béton armé » — s'est complètement refermée. — C'est juste un tatouage. C'est ma pote qui l'a fait. Elle a dit que c'était un truc de protection.

Mrs Barley a reniflé. — Ta pote est une menteuse. Ou alors elle a un sens de l'humour très noir.

Ren a foudroyé Mrs Barley du regard, puis Vincent, et pendant un instant, le seul son dans la pièce fut celui de l'horloge au-dessus de la cheminée, qui battait la mesure comme un gardien de prison.

Vincent a de nouveau regardé la marque, cette fois en remarquant un faible scintillement le long de son bord. Il avait déjà vu ça, dans une arrière-salle à Cracovie, et de nouveau au lendemain du massacre de Carmine. Ce n'était pas de l'encre, pas entièrement ; quelque chose d'autre bougeait sous la peau, comme si le glyphe lui-même se métabolisait.

Il a reculé, méfiant. — Tu t'es sentie... bizarre ? Depuis que tu l'as ?

Ren a haussé les épaules, mais il y avait quelque chose de cassant dans son geste. — Définis « bizarre ».

— N'importe quoi. Des cauchemars. Une faim anormale. De la rage. L'envie de réciter de la poésie à l'envers.

Elle a levé les yeux au ciel. — J'ai dix-sept ans. Pour moi, c'est juste un mardi normal.

Mrs Barley lui a tapoté l'épaule, presque doucement. — Ça va aller. Contente-toi de ne pas y toucher.

Vincent voulait insister, mais le regard que lui a lancé Mrs Barley disait « laisse tomber », alors il a obéi.

Ren a bu une gorgée d'eau et s'est immédiatement étouffée. — Qu'est-ce qu'il y a là-dedans ?

— De l'essence d'honnêteté, a répondu Mrs Barley. — Ce n'est pas contagieux, mais on ne sait jamais.

Ren s'est essuyé la bouche et s'est affalée contre le canapé, paraissant tout à coup plus jeune et plus fatiguée qu'avant. Vincent l'a étudiée, essayant de reconstituer la logique de son apparition. Le glyphe, le timing, la vieille prophétie qui secouait ses chaînes dans sa mémoire. Ça ne pouvait pas être une coïncidence. La coïncidence avait cessé de prendre ses appels il y a des siècles.

Mrs Barley a commencé à ranger les serviettes et les bouteilles, ses mouvements vifs et définitifs. Vincent a croisé son regard, a vu la question qu'elle ne posait pas et y a répondu d'une inclinaison du menton : « Plus tard. »

Ren a essayé de se lever, a échoué, et s'est laissée retomber dans le rembourrage usé. — Je peux y aller ?

Mrs Barley a réfléchi. — Demain matin. Tu as besoin de repos. Et il y a quelque chose dans l'air ce soir.

Ren l'a fusillée du regard. — C'est une réplique d'une chanson de Phil Collins.

La bouche de Mrs Barley a tressailli, très légèrement. — C'est une réplique de la vie, ma chère.

Un silence tendu et gênant s'est installé. Vincent l'a comblé de la seule manière qu'il connaissait : avec une histoire. — Je t'ai déjà raconté la fois où je me suis fait faire un tatouage par l'assassin personnel du pape ?

Ren l'a regardé comme si elle le mettait au défi de continuer.

— Il n'a pas tenu, a dit Vincent. — Mais j'ai appris trois nouveaux jurons et l'assassin a eu un piercing au lobe d'oreille gratuit en prime. Parfois, les choses s'arrangent d'elles-mêmes.

Ren a fermé les yeux, et un instant plus tard, elle dormait de nouveau, la mâchoire serrée dans cette même posture de combattante.

Mrs Barley a bordé une couverture autour d'elle avec un soin professionnel. — Elle n'est pas possédée, tu sais.

Vincent a regardé le glyphe pulser, une lueur faible mais indubitable se déplaçant sous la peau. — Non, a-t-il dit à voix basse. — Mais quelque chose est en train de s'écrire en elle.

La réponse de Mrs Barley s'est perdue dans le craquement du bâtiment qui se tassait, sous le regard désapprobateur des portraits ancestraux qui les jugeaient en silence.

Vincent s'est redressé, prenant soudain conscience de l'obscurité qui avait envahi la pièce et de la façon dont le glyphe sur le poignet de Ren semblait de plus en plus lumineux à chaque minute. Il s'est demandé si la prophétie se moquait de lui d'outre-tombe, ou si c'était juste la manière de l'univers de lui rappeler que les affaires non réglées finissent toujours, toujours, par vous rattraper.

Il s'est servi un verre, puis un autre, et a regardé la jeune fille dormir, attendant que le prochain désastre vienne frapper à la porte.

Ça n'allait pas tarder.

La jeune fille a dormi comme une morte, mais s'est réveillée le soir suivant avec le même regard suspicieux qu'elle avait réservé à Vincent la veille. Au petit-déjeuner — un sandwich à l'œuf trop cuit et un café instantané si amer qu'il aurait pu être récolté de l'enfance même de Vincent — Ren avait suffisamment récupéré pour traîner à la table de la cuisine avec la défiance nerveuse d'un chat sauvage attiré à l'intérieur pour la première fois.

Mrs Barley a présidé le repas avec toute la chaleur d'un bourreau, tenant un commentaire incessant sur la météo, le calendrier de ramassage des ordures, et la qualité inférieure des antibiotiques modernes. Elle a posé un bol de porridge devant Ren, qui l'a considéré avec un dégoût non dissimulé.

— C'est bio, a dit Mrs Barley, ce qui était vrai, si l'on définissait « bio » par « acheté avant l'interdiction de fumer et laissé pour développer sa personnalité ».

Ren a piqué le gruau, puis a levé les yeux vers Vincent, qui n'avait pas encore trouvé la volonté de s'asseoir. — Je peux y aller, maintenant ?

Mrs Barley, sans manquer un battement, a dit : — Mange d'abord. Ensuite, on verra.

Vincent s'est attardé dans l'embrasure de la porte, se sentant étrangement déplacé dans sa propre cuisine. Il voulait interroger la jeune fille sur le glyphe — où elle l'avait obtenu, ce qu'il signifiait pour elle, s'il la démangeait quand il pleuvait — mais quelque chose dans le pli de sa mâchoire lui a dit qu'il n'obtiendrait rien d'autre qu'un œil au beurre noir pour sa peine. De plus, il savait que les seules vraies réponses se trouvaient à l'étage.

Il a donc laissé Mrs Barley à son siège domestique et a grimpé l'escalier étroit jusqu'à son bureau.

Le grenier était exactement comme il l'avait laissé : une crypte au plafond bas, faite d'étagères poussiéreuses et de piles instables, éclairée par une seule ampoule et la lumière de la lune qui louchait à travers une fenêtre encroûtée. Vincent a inhalé l'odeur — de vieux papier, d'encre séchée et une trace de moisissure — et s'est senti presque réconforté. Tout ce désordre était le sien, et donc constituait au moins une forme familière de chaos.

Il s'est mis au travail, fouillant dans des boîtes étiquetées « Bric-à-brac », « Certainement Pas des Preuves » et « NON ». Il a contourné un tas de vieux reçus et de contrats d'édition, et s'est dirigé directement vers la caisse en carton au fond — celle avec « Carmine » griffonné sur le couvercle de sa propre main soignée, corrigée après une gueule de bois.

À l'intérieur : des épreuves annotées, une poignée de livres reliés en « édition spéciale » (état neuf, jamais lus), et une pochette en velours contenant la dague en os que Carmine avait autrefois utilisée pour trancher la gorge d'un ambassadeur à une fête du Nouvel An. La lame scintillait encore d'une faible iridescence huileuse, comme si elle avait une opinion sur le fait d'être dérangée.

Vincent a mis la dague de côté et a ouvert le premier manuscrit. Le glyphe était là, sur la page de titre : trois croissants de lune, les mêmes que le tatouage sur le poignet de Ren, bien que celui-ci fût rendu à l'encre la plus noire et accompagné d'une spirale soignée de texte en latin. Les lignes s'enroulaient et se chevauchaient de manière à irriter l'œil.

Il a feuilleté jusqu'à la fin, où Carmine avait autrefois griffonné des corrections au stylo-bille rouge sang. En marge d'un passage particulièrement sordide, le vieux salaud avait écrit : *Ne sous-estimez pas l'attrait de la transformation. C'est la seule chose qui compte pour eux.*

Vincent a reniflé. C'était bien Carmine de réduire sept cents ans d'horreur existentielle à une petite phrase percutante digne d'une quatrième de couverture.

Il a fouillé plus profondément, à travers un tas de correspondance qui retraçait l'arc de son propre déclin moral : du courrier de fans de sectateurs, du courrier haineux d'autres sectateurs, des suppliques de plus en plus désespérées de son agent pour respecter les délais. Et puis il l'a trouvé — un dossier, abîmé et moucheté de ce qui aurait pu être du café ou peut-être du sang, étiqueté « Bucarest – version originale ».

Il l'a ouvert, les mains tremblant juste assez pour que ce soit agaçant.

Là, sur la première page, se trouvait la strophe. Il se souvenait de l'avoir écrite, ou plutôt, il se souvenait de l'après : le sentiment de clarté froide qui avait résulté d'une nuit d'absinthe et du besoin vague et urgent d'impressionner Carmine à tout prix.

— *Par le sang il commence, mais l'encre liera / Le vivant au passé enlacé. / Quand le signe est porté dans la jeunesse / Le réceptacle s'éveille et marche dans la vérité.*—

Cela avait semblé être un salmigondis de mots à l'époque, le genre de vers cryptique et vaguement menaçant qui rend les prophéties authentiques tout en ne signifiant absolument rien. Mais Carmine avait adoré, et c'est donc resté.

Vincent a comparé le glyphe sur le manuscrit au souvenir du

tatouage de Ren. Ils correspondaient parfaitement, jusqu'au petit trait en haut à droite. Pas de doute possible.

Il s'est assis et a laissé les implications se décanter, comme le limon dans une rivière boueuse. La fille était un réceptacle. Qu'elle le sache ou non, quelque chose était en train de s'écrire en elle, l'utilisant comme une page. Et étant donné la façon dont Carmine considérait les « réceptacles » par le passé, le résultat probable ne serait pas une photo de groupe festive.

Il y a eu du mouvement dehors, dans le jardin. Il a regardé par la fenêtre et a aperçu Ren dans le jardin, illuminée par le projecteur de sécurité à détecteur de mouvement, blottie sur les marches arrière dans une couverture trop fine pour le temps, sirotant du thé à deux mains. Mrs Barley se tenait au-dessus d'elle, les bras croisés, sa silhouette à la fois menaçante et maternelle.

Il a regardé Mrs Barley dire quelque chose, et Ren a ri. Un petit rire, bref et soudain, et un instant, la méfiance a quitté son visage.

Vincent a frissonné. Il avait déjà vu cette scène, ou quelque chose de semblable — chaque fois qu'une prophétie commençait à se dérouler, chaque fois qu'un petit malin décidait que les règles ne s'appliquaient pas à lui. Ça commençait toujours par un rire, et ça finissait toujours, toujours, dans les cris.

Il a feuilleté le reste du dossier, mais n'a rien trouvé d'autre que de vieilles factures et une fleur séchée pressée entre les pages. Il l'a refermé, a posé la dague en os sur le dessus de la pile et a épousseté ses mains.

En bas, la voix de Mrs Barley est montée jusqu'à lui : — Tu descends, ou on doit commencer sans toi ?

Vincent a jeté un regard en arrière vers le manuscrit, puis vers la fenêtre et la jeune fille en bas.

— Ça va finir dans les flammes, a-t-il marmonné, avant de descendre les rejoindre.

TROIS

Ren était assise au bord d'un fauteuil à oreilles affaissé, serrant une tasse ébréchée emplie de la mixture noire de Mme Barley. Le goût était un mélange de camomille et de quelque chose d'autre qui lui laissait la langue comme délicatement exfoliée. Sa lèvre, fendue la veille, avait joliment cicatrisé, mais le reste de son corps demeurait en état d'alerte — les épaules nouées, la jambe tremblotante, les yeux passant sans cesse de Vincent au crucifix-décapsuleur fixé au-dessus de la cheminée.

Vincent la dévisageait depuis le canapé, le corps avachi mais les doigts battant un allegro nerveux sur son genou. Il avait enfilé une chemise qui paraissait impeccable de loin, mais qui révélait de près une constellation de taches de café. De temps à autre, il jetait un coup d'œil à Ren, puis détournait le regard avec la nonchalance étudiée d'un homme qui ignorerait une fuite de gaz dans un théâtre bondé.

— Alors, a dit Ren, rompant un silence qui s'était installé, lourd et suspect, c'est le moment où tu m'annonces que je suis l'élue, ou juste que je vais mourir d'une façon très créative ?

Vincent a fait mine de réfléchir. — Ni l'un ni l'autre. C'est le moment où je fais obstruction et où j'espère que tu te lasseras avant de poser une question pertinente.

Ren a découvert les dents dans un sourire aussi amical qu'un piège rouillé. — Trop tard. Tu es dans la merde jusqu'au cou. Crache le morceau. C'est quoi, ce symbole ? Pourquoi il me grouille sous la peau ? Et pourquoi je n'arrête pas de rêver en rimes, bordel ?

— Rêver en rimes, ce n'est pas aussi rare qu'on le pense, a dit Vincent. C'est un symptôme classique d'exposition à une prophétie mal ficelée. Ou d'avoir fait ses classes dans une école privée.

Elle a plissé les yeux. — Et les voix ?

Il a soupiré, retirant un éclat de quelque chose — de la peinture, ou peut-être de la peau — de l'accoudoir du canapé. — Les voix, c'est la norme. On s'y habitue. Évite juste de te disputer tout haut dans les supermarchés, ça rend le passage en caisse gênant.

Ren le fixa, incrédule. — Tu plaisantes, sérieusement ? Tu sais que j'ai failli perdre une main à cause de ta « prophétie » hier ?

— Techniquement, ce n'est pas ma prophétie, a dit Vincent. Juste une œuvre dérivée. Je décline toute responsabilité.

Ren a poussé un grognement qui suggérait qu'elle lui aurait jeté sa tasse à la tête si elle n'était pas encore en train de boire dedans. — Alors, c'est le bordel de qui ?

Vincent lui a lancé un regard en coin. — Peu importe. Il est mort. Ou il se cache. Ou il fait semblant d'être mort d'une manière très publique et racoleuse. Carmine n'a jamais été subtil.

Ren a plissé les yeux, une lueur de reconnaissance dans son regard. — Carmine, comme dans la Prophétie de Carmine ? C'est un vrai truc ? Je pensais que c'était juste des conneries de gothiques qu'on trouve sur des forums paumés de Reddit.

Vincent a eu un demi-sourire, un geste qui tenait plus de la grimace. — Tout est réel, un jour ou l'autre. Les prophéties ont juste une meilleure équipe de communication.

Le couloir a résonné du bruit de chaussures fonctionnelles et d'une exaspération à peine voilée. Mme Barley a fait irruption dans la pièce, portant un plateau de toasts et une bouteille de produit nettoyant, cette dernière brandie comme une matraque.

— Buvez ça, a-t-elle dit, en posant l'assiette devant Ren. Vous aurez besoin de vos forces. Et si vous comptez encore saigner sur le tapis, prévenez-moi à l'avance.

Ren a pris le toast, mais son attention était rivée sur Mme Barley. — Vous êtes au courant de cette histoire de prophétie, alors ?

Mme Barley a essuyé une tache sur la table avec une efficacité chirurgicale. — Bien sûr. C'est pour ça que vous êtes là. Vous fuyez de la prophétie.

Ren s'est étranglée. — Pardon ?

Mme Barley a haussé les épaules, imperturbable. — Ça arrive. Normalement, on s'en rend compte avant que quelqu'un se fasse faire un tatouage, mais ce qui est fait est fait.

Vincent s'est mis à examiner le mur du fond avec un intérêt soudain pour le papier peint qui s'écaillait. — Elle ne fuit pas, exactement. C'est plus comme si elle... émettait. Diffusait.

Ren s'est tournée vers lui, féroce. — Qu'est-ce que ça veut dire, putain ?

Vincent a passé une main dans ses cheveux, puis l'a laissée retomber, vaincu. — Ça veut dire qu'il y a quelque chose en toi qui veut sortir. La prophétie, c'est un peu comme un parasite, ou une chaîne de mails. Tu es infectée, et tout à coup, ce ne sont que des présages, des envies bizarres et le besoin irrépressible de tout noter.

Ren a cogné sa tasse sur la table. — Je ne suis pas un parasite. Et je ne veux rien de tout ça. J'essayais juste de... — Elle s'est interrompue, la colère s'évanouissant, remplacée par une panique contenue et oppressante. — J'essayais juste de m'enfuir. Ils ne voulaient pas me laisser partir.

Mme Barley l'a regardée avec une sympathie soudaine et inconfortable. — Qui ça ?

Ren a hésité, puis a lâché : — Je sais pas, une sorte de secte. Je crois. Je ne sais pas s'ils s'appelaient comme ça, mais tout le monde le faisait. Ils disaient que j'étais... le Réceptacle de la Plume. — Elle leur a lancé un regard furieux, les mettant au défi de rire, mais ni Vincent ni Mme Barley ne l'ont fait.

L'expression de Vincent n'a pas changé. — Classique. Toujours avec les réceptacles.

Ren s'est recroquevillée dans son sweat à capuche. — Ils nous faisaient recopier ces livres à la main. Des pages et des pages. Ils disaient que c'était pour la « transmission ». Mais chaque fois que j'écrivais, les rêves empiraient. Et puis le glyphe est apparu.

Mme Barley s'est agenouillée devant elle, tous ses angles vifs s'étant un peu adoucis. — Vous vous êtes enfuie. C'était intelligent.

Ren a hoché la tête, les poings serrés sur ses genoux. — Ouais. Et j'ai piqué un des livres. Je me suis dit que si je l'avais, ils ne pourraient pas finir leur rituel, quel qu'il soit.

Vincent a penché la tête. — Qu'est-ce que tu as fait du livre ?

— Je l'ai brûlé, a dit Ren. Ou j'ai essayé. Il a saigné. Puis il a crié.

Un silence assez épais pour être coupé au couteau s'est abattu sur la pièce. Vincent a fermé les yeux, s'est pincé l'arête du nez et a attrapé un verre de vin de la veille. Il a bu une gorgée, a fait la grimace, puis en a repris une autre comme si la persévérance allait en améliorer le goût.

— Bien sûr qu'il l'a fait, a-t-il dit, si doucement que c'était presque pour lui-même.

Ren l'observait, attendant la chute.

Vincent a rouvert les yeux, l'air las. — Les livres comme ça sont difficiles à tuer. Ils ont généralement des plans de secours. Des sécurités. Parfois dans la reliure, parfois dans la personne qui les brûle.

Le visage de Ren a perdu le peu de couleur qui lui restait. — Et alors, je vais me transformer en livre ?

Mme Barley a répondu la première, la voix douce et d'une tendresse maternelle inhabituelle. — Non, ma chère. Vous êtes l'histoire. Le livre n'est que le support.

Ren a cherché confirmation auprès de Vincent, mais son visage était figé dans un masque de résignation. — Ce n'est pas aussi terrible que ça en a l'air, a-t-il dit, mais même lui ne semblait pas convaincu.

Elle s'est penchée en avant, la voix basse et dure. — Comment j'arrête ça ?

Vincent a fait tourner la lie de son vin, observant les sédiments former une spirale. — Tu ne l'arrêtes pas, a-t-il dit. Tu y survis. Si tu as de la chance, tu peux écrire ta propre fin.

Un silence ayant la force d'une sentence de prison s'est refermé sur eux, seulement interrompu par le tic-tac incessant de l'horloge et le son lointain de corbeaux se disputant dans le jardin.

Ren a pris une bouchée de toast, mâchant avec une agressivité délibérée. — Et qu'est-ce qui se passe si je n'y arrive pas ?

Vincent l'a regardée droit dans les yeux, pour la première fois depuis son arrivée. — Alors, c'est elle qui finira de t'écrire. Et dans cette version, tu n'es pas le personnage principal.

Elle l'a dévisagé, le défiant de tressaillir ou de détourner le regard, mais il a soutenu son regard avec la bravade lasse d'un homme qui avait déjà perdu cette discussion par le passé.

Mme Barley s'est levée, a ramassé le plateau et leur a lancé à tous les deux un regard qui combinait exaspération, fierté et la nette impression qu'elle avait déjà commencé à planifier l'itinéraire de fuite de Ren et les funérailles de Vincent. — Mangez, a-t-elle dit. Nous aurons besoin de nos forces.

Elle a quitté la pièce, et les échos de sa résolution pragmatique sont restés en suspension dans l'air.

Ren a baissé les yeux sur ses mains, la marque sur son poignet vibrant faiblement de sa propre logique.

Vincent a fini son vin, les yeux toujours fixés sur le vide. — C'est toujours les plus malins, a-t-il dit, à personne en particulier, puis — par habitude ou par espoir — il a rempli son verre et s'est préparé pour la suite.

Le déjeuner, en tant que concept, n'avait jamais vraiment pris dans l'appartement de Vincent, en partie parce que son heure de déjeuner était minuit, et qu'à ce moment-là, il était toujours au milieu de quelque chose. En partie aussi parce qu'il avait toujours considéré cela comme une affectation, au même titre que la méditation ou l'hygiène dentaire. Mais Mme Barley était une fanatique de la routine, et donc, à minuit cinq, elle avait parqué Vincent et Ren dans la cuisine, posé une miche de pain et un bocal de quelque chose de mariné sur la table, et lancé de sévères avertissements sur les conséquences de « ne pas finir ce qu'on a dans son assiette, jeune fille ».

La cuisine était moins une pièce qu'une cellule de dégrisement pour légumes égarés et appareils électroménagers en fin de vie. La fenêtre, striée par les coulures d'un millier d'expériences ratées, donnait sur le jardin — un petit rectangle de mauvaises herbes et de romarin sauvage, bordé par une clôture qui penchait à quarante-cinq degrés, comme si elle essayait de voir ce qui poussait de l'autre côté.

Vincent était assis dos à la porte, coupant le pain avec le couteau à manche en os qui avait autrefois servi à des sacrifices rituels (et, plus souvent, à trancher du salami). Le couteau semblait légèrement offensé par la banalité de sa tâche. Mme Barley versait du thé d'une théière ébréchée, une infusion si dense qu'elle clapotait à peine dans la tasse.

Ren était perchée sur le bord d'une chaise, les bras croisés, sa capuche zippée jusqu'au menton. Le tatouage sur son poignet — trois croissants et la chaîne de points osseux — avait l'air presque contusionné, la peau livide contre ses phalanges. Elle observait Vincent, sans ciller.

— Alors, a-t-elle dit, cette histoire de prophétie. C'est quoi, le verdict ? Je vais mourir, ou juste perdre la boule ?

Vincent a beurré son pain avec la concentration grave d'un homme qui évite scrupuleusement le sujet. — Les deux sont possibles, a-t-il dit. Mais ne nous emballons pas. Parfois, ces choses... s'estompent toutes seules.

Mme Barley a émis un bruit sec et dédaigneux. — Arrête tes conneries. Si tu lisais tes propres écrits, tu saurais que ça ne s'estompe jamais.

Ren a pointé la pointe de son pain vers Vincent. — Tu vois ? Même ta gouvernante t'a percé à jour.

Vincent a grimacé, puis a posé son couteau et s'est penché en arrière, lorgnant le plafond comme si une réponse pouvait y être écrite, entre les fissures. — La Prophétie de Carmine n'était pas censée être un vrai truc, a-t-il dit. C'était censé être une satire. J'étais jeune, j'étais saoul, et Carmine pensait que le monde avait besoin d'une nouvelle Révélation pour l'ère postmoderne.

— Laisse-moi deviner, a dit Ren. C'est toi qui l'as écrite ?

Il a haussé les épaules. — Je l'ai écrite anonymement, techniquement. Carmine n'a fait qu'ajouter son nom. Et beaucoup de sang inutile.

Mme Barley a rempli les tasses avec un geste magistral qui suggérait qu'elle pouvait transformer le liquide en arme à tout moment. — Il est modeste. La prophétie, c'est son bébé. Comme tous les hommes, il le regrette immédiatement après l'accouchement.

Vincent lui a jeté un regard noir, mais le visage de Mme Barley était de granit.

Ren a bu une gorgée de thé et a fait la grimace. — Vous n'avez pas répondu à ma question.

Vincent a croisé son regard, et pour une fois, son air fuyant avait disparu. — Il ne s'agit pas de mourir. Il s'agit d'être réécrite. La prophétie est... virale. Elle veut être racontée, et peu lui importe qui s'en charge.

Mme Barley a hoché la tête. — Comme une infection fongique très enthousiaste.

Ren a encaissé l'information. — Donc, elle va me réécrire pour m'intégrer à son histoire.

Vincent a acquiescé, la bouche une ligne dure. — Si tu as de la chance, tu peux garder les morceaux qui te plaisent. Sinon... eh bien, t'as déjà lu une fanfiction tellement hors-sujet que ça en devenait douloureux ?

Ren lui a lancé un regard vide. — Toutes les fanfictions sont hors-sujet. C'est le but.

Mme Barley a gloussé, une seule fois. — Elle n'a pas tort.

Vincent a laissé échapper un soupir qui était à la fois de la frustration et de l'admiration. — Très bien. Oui. Tu es la page. Quelque chose va essayer de s'inscrire dessus. Soit tu résistes, soit tu le diriges. C'est le mieux que quiconque ait réussi jusqu'à présent.

Ren a baissé les yeux vers son poignet, puis les a relevés. — Comment on dirige ça ?

Vincent a haussé les épaules. — Reste en mouvement. Sois imprévisible. Ne la laisse pas te coincer. Si tu t'arrêtes, si tu laisses l'histoire te rattraper, elle t'écrit dans le scénario. C'est arrivé au dernier Réceptacle. Elle a fini en légende urbaine à Budapest, mi-femme, mi-allégorie, et entièrement insupportable.

Ren a cligné des yeux, puis a ri — un rire court, sec, plein de défi. — C'est censé me faire peur ?

— Non, a dit Vincent. C'est censé t'encourager. La prophétie ne supporte pas l'ironie.

Ren a bu son thé d'une traite, et a posé la tasse avec un bruit sec. — Et si je fais juste enlever le tatouage ?

Mme Barley a secoué la tête. — C'est sous la peau. Il faudrait vous arracher tout le bras.

Ren a regardé Vincent, dont le visage disait : *n'y pense même pas*.

Le repas s'est poursuivi dans un silence gêné, seulement ponctué par les mastications rythmiques et le cri occasionnel provenant du jardin. Dehors, le vent se levait, et la clôture grinçait, comme si quelque chose de plus gros qu'un renard se déplaçait dans les parages.

Vincent a fini son pain et empilé son assiette, puis il a commencé à rassembler les bouts de papier éparpillés sur la table — de vieilles notes, des brouillons de la Prophétie de Carmine, certains avec des corrections à l'encre rouge, d'autres avec des mots isolés griffonnés d'une écriture qui ressemblait de façon alarmante à celle de Ren.

Mme Barley s'est penchée en avant, les yeux fixés sur Vincent. — Tu vas devoir lui dire la suite.

Vincent a hésité. — Ce n'est pas nécessaire. Pas à moins que—

— Dis-lui, a ordonné Mme Barley, de la voix qui avait un jour convaincu un démon de s'excuser pour son manque de manières.

Vincent a regardé Ren, qui était devenue très silencieuse. — La prophétie s'auto-réplique, a-t-il dit doucement. Si tu es infectée, tu peux la transmettre. Parfois par les mots, parfois par le sang, parfois juste en étant au mauvais endroit au mauvais moment. Elle veut un public.

Ren a ramené ses genoux contre sa poitrine. — Alors il y en a d'autres comme moi ?

— Probablement, a admis Vincent. Mais ils ne durent pas long-temps. La plupart s'épuisent, ou se font avaler par l'histoire.

Elle est restée silencieuse un instant, puis a demandé : — Pourquoi moi ?

La réponse de Vincent fut un petit rire amer. — Pourquoi qui que ce soit ? Tu étais au mauvais endroit, tu as lu le mauvais livre, tu t'es enfuie au mauvais moment. L'univers n'a pas de goût.

Mme Barley s'est levée, a ramassé les assiettes et les a déposées dans l'évier avec plus de force que nécessaire. — Assez d'apitoiement sur soi pour un repas. Elle a besoin de savoir ce qui l'attend.

Vincent a jeté un coup d'œil à la fenêtre. Le ciel était devenu noir, les nuages s'empilant comme du linge humide au-dessus des toits. Dans le jardin, quelque chose a bougé — juste une ombre, mais elle s'est attardée plus longtemps qu'elle n'aurait dû.

Il s'est levé. — Très bien. Voilà ce qui va se passer. La prophétie va monter en puissance. Il y aura des signes. Les gens que tu rencontreras essaieront de te pousser dans une direction ou dans l'autre — à raconter l'histoire, ou à l'arrêter pour de bon. Aucun des deux camps n'est particulièrement sympathique.

Mme Barley s'est séché les mains, puis est venue se placer à côté de Ren. — Mais vous n'êtes pas seule. Nous pouvons faire diversion. Vous faire gagner du temps.

Ren les a regardés tous les deux, et pour la première fois, une partie de sa combativité s'est éteinte. — Et si elle me rattrape ?

Vincent a souri, un sourire sombre mais sincère. — Alors, au moins, ce sera une sacrée histoire.

Ils ont nettoyé, Mme Barley restaurant la cuisine à sa version de l'ordre — eau de Javel, eau bouillante, l'odeur persistante de romarin et de deuil.

Alors que Vincent allait jeter les miettes par la porte, Mme Barley l'a intercepté sur le seuil. Elle a gardé la voix basse. — Elle ne fait pas que fuir de la prophétie. C'est une page blanche. Quelque chose a déjà commencé.

Vincent a croisé son regard. — Qu'est-ce que tu veux dire ?

Mme Barley a jeté un regard en arrière vers la table, où Ren était assise, le menton dans les mains. — Regarde ses notes. L'écriture n'est pas la sienne.

Vincent a dégluti, la prise de conscience et une vieille terreur se heurtant dans sa poitrine. — Tu penses que c'est Carmine ?

Mme Barley a hoché la tête, une seule fois. — Ou quelque chose de plus vicieux. Quoi qu'il en soit, tu dois réparer ça. Cette fois, correctement.

Vincent a observé Ren, le tatouage brûlant sur son poignet comme une date butoir. Il a ressenti la vieille certitude, ancrée jusqu'à l'os, que l'histoire se répétait, et il s'est demandé ce qui était le pire : la prophétie, ou le rôle qu'il y jouait.

QUATRE

On a frappé à la porte avec la précision d'un sniper : trois coups, puis deux, puis de nouveau trois, si forts et si codés qu'ils auraient pu être du Morse pour « ouvrez ou je continue de frapper ». Tous les trois se sont figés. La première pensée de Vincent a été « huissiers », suivie de près par « secte prophétique », puis, en lointaine troisième position, « facteur ».

Mme Barley s'est levée, avec la posture d'une femme sur le point de signifier un avis d'expulsion à la Mort en personne. Elle a sorti un petit couteau d'office de la poche de son tablier, a serré la mâchoire et s'est dirigée d'un pas décidé vers la porte. « Parlez entre vous, a-t-elle marmonné. Je reviens dans un instant. »

Vincent a échangé un regard avec Ren. Elle a haussé les épaules, s'est versé plus de thé et a observé le couloir comme un renard guettant un poulailler rempli de feux d'artifice.

Le couloir était étroit et hostile aux visiteurs. Son unique ampoule a vacillé au moment où Mme Barley a ouvert la porte.

— Oui ?

Sur le seuil se tenait une femme approchant la quarantaine, les cheveux coupés très court à la manière de quelqu'un qui considérait le brushing comme une perte de temps et de patience. Elle portait un lourd caban noir par-dessus un pull qui semblait tricoté main mais conçu pour tenir chaud, et arborait une sacoche de coursier en bandoulière avec l'aisance naturelle de quelqu'un prêt à s'en servir comme arme improvisée. Ses yeux, d'une nuance trop claire pour être rassurante, ont jaugé Mme Barley en une seconde avant de la juger insuffisamment menaçante.

— Zara Delacourt, a dit la femme. On m'attend. Ou on devrait. Son accent était celui d'une Anglaise de la haute société, mais réglé sur la fréquence d'une opératrice des urgences du centre-ville : efficace, impossible à bluffer, conçu pour dominer le chaos.

Mme Barley a reculé, le couteau toujours visible mais relevant désormais plus de la suggestion que de la promesse. « Entrez, alors. »

Zara est entrée dans l'appartement comme une experte traversant un territoire hostile. Elle a ignoré le désordre et le fait que le plafond menaçait de décapiter quiconque dépassait 1,75 m. Elle a repéré la cuisine et ses occupants d'un seul coup d'œil, puis s'est arrêtée sur le seuil, imposant sa présence comme une bibliothécaire rancunière.

— Lupo, a-t-elle dit à Vincent, avec un sourire qui semblait répété devant un miroir pour des situations exactement aussi gênantes.

Vincent a tenté un geste de bienvenue qui a finalement pris des airs d'excuse résignée. « Zara. Je te croyais en Suède. »

— Stockholm était une impasse. Je suis revenue. Elle a jeté un regard à Ren, puis à la théière, puis à Mme Barley, qui avait regagné son poste au comptoir et dévisageait à présent le sac de Zara comme s'il pouvait être rempli de cobras vivants. « Maintenant, je vois pourquoi on se retrouve toujours chez moi. »

Vincent a grogné. « C'est cosy. Facile à garder propre. »

— Pour qui, a demandé Mme Barley en le regardant de travers.

— Tu as rencontré Mme Barley, ma gouvernante. Il a fait un geste vers Ren. « Voici Ren. C'est la, euh... »

— Le réceptacle, a complété Mme Barley. Ou l'hôte. On n'a pas encore bien défini l'intitulé de son poste.

Zara s'est concentrée sur Ren, qui a répondu en repoussant sa tasse et en la fusillant du regard. La tension dans la pièce est montée d'un cran, comme si quelqu'un venait d'annoncer le début d'un concours de lancer de couteaux.

Zara s'est adressée directement à Ren, la voix adoucie d'un millimètre. « Comment va la prophétie ? »

Ren a ricané. « Toujours virale. Mais les effets secondaires sont plutôt cools, je suppose. Tu es la docteure ? »

Zara a souri, sincèrement cette fois. « Je suis le département de recherche. » Elle a déboutonné son manteau, révélant un T-shirt usé avec le logo d'un obscur magazine de science-fiction. « Avant, je faisais des recherches pour les livres de Vincent, pour m'assurer qu'ils étaient historiquement et géographiquement exacts. Avant qu'il ne décide de tout inventer. »

La bouche de Vincent s'est tordue. « Certains d'entre nous doivent payer un loyer. Mes lecteurs s'en fichent de toute façon, tant qu'il y a une rupture au troisième acte et un "ils vécurent heureux". »

Zara l'a ignoré et s'est retournée vers Mme Barley. « Tu as quelque chose de plus fort que du thé ? J'ai marché depuis la gare. »

— Je ne te recommanderais pas le gin, a dit Mme Barley. On s'en sert comme décapant pour peinture.

— Je vais prendre le risque, a répondu Zara, et Mme Barley, après un instant de calcul, a été chercher une bouteille et trois verres, qu'elle a posés sur la table avec un bruit sourd.

Zara s'est assise, sans y être invitée, et a inspecté la cuisine comme une experte de la police scientifique sur une scène de crime avec de multiples victimes. Elle s'est versé un shot, l'a descendu d'un trait, puis a expiré, comme pour purger l'air des fantômes des précédents locataires.

— Venons-en au fait, a-t-elle dit en faisant rouler son verre entre ses paumes. Il y a une nouvelle secte. Une faction dissidente du groupe Carmine, mais en plus méchant. Ils se font appeler l'Apostolat Carmine.

Vincent a pâli, ou du moins est passé à une nouvelle nuance de gris. « Apostolat ? Ce n'est même pas un vrai mot. »

— Ça l'est, maintenant, a répliqué Zara. Ils ont commencé à distribuer des tracts à Soho, et quelqu'un a tagué la National Portrait Gallery avec ton sceau. Elle a sorti un prospectus froissé de son sac et l'a jeté sur la table. Le papier était glacé, le logo un triple croissant traversé d'une éclaboussure de rouge. En dessous, en police sérif épaisse, on pouvait lire : *LE RÉCEPTACLE DE LA PLUME S'EST ÉVEILLÉ. TOUTE L'HISTOIRE SE PLIE À SON SCÉNARIO.*

Ren l'a lu, sans expression. « Accrocheur. Un peu dramatique, cela dit. »

Zara a haussé un sourcil. « Ce n'est pas ça, la partie dramatique. » Elle s'est penchée en avant, baissant la voix. « Une librairie à Bloomsbury — spécialisée dans les apocryphes et les prophéties rares. Elle a brûlé jusqu'aux fondations la nuit dernière. Aucun survivant, mais plein d'os calcinés avec ta marque dessus, Lupo. »

Vincent a tenté la bravade mais n'a produit que de l'inertie. « Probablement une arnaque à l'assurance. »

Zara a pris un autre shot, en versant un cette fois pour Ren, qui l'a bu sans sourciller. « Je ne m'occupe pas d'assurance. Je m'occupe de données. Ces gens sont sérieux, et ils ont déjà commencé à traquer ton "Réceptacle". » Elle a fait un signe de tête vers Ren, dont la posture était passée de méfiante à combative en moins d'une minute.

Ren a ramassé le prospectus et l'a retourné, comme s'il pouvait y avoir un message secret au dos. « Je ne comprends toujours pas pourquoi ça m'a choisie, moi. »

Zara a haussé les épaules. « Parce que tu es là. Parce qu'il fallait bien quelqu'un. La prophétie est une grande perverse qui adore les coïncidences. »

Mme Barley a terminé son propre verre, sans prendre la peine de cacher sa grimace. « On peut s'occuper de quelques brutes avec un fer à marquer. Quel est le vrai risque ? »

Zara a fait glisser un petit sachet de preuves en plastique sur la table. À l'intérieur se trouvait un fragment d'os calciné, ou peut-être de bois, gravé d'un glyphe qui a glacé le sang de Vincent. « Ils ont transformé le texte en arme. Ils ont commencé à l'intégrer dans des ancrages physiques. Aux dernières nouvelles, ils essayaient de ressusciter les anciens rituels des archives de Bucarest. »

Vincent, plus par habitude que par espoir, a demandé : « Est-ce que Carmine lui-même est impliqué ? »

Zara a secoué la tête. « Toujours présumé mort. Mais tu sais ce que c'est — les sectes prophétiques recyclent leurs leaders comme les papes. » Elle a regardé Ren, puis Vincent. « Je ne suis pas là pour la nostalgie. Je suis là pour m'assurer que ça ne redevienne pas viral. »

Ren a tambouriné des doigts sur la table. « Qu'est-ce que tu attends de moi ? »

Zara l'a observée avec le détachement analytique d'une scientifique disséquant une grenouille rare. « Fais exactement ce que tu ferais de toute façon. Reste en vie. Reste imprévisible. Si tu as d'autres rêves, note-les. On comparera nos notes. Et si tu vois quelqu'un en soutane rouge, cours dans l'autre sens. »

Ren a regardé Vincent. « Des soutanes rouges ? Sérieusement ? »

Vincent lui a offert un sourire sombre. « Ne juge pas. Chacun ses petites manies. »

La conversation s'est fragmentée, comme toutes les meilleures. Mme Barley s'est affairée dans la cuisine, marmonnant sur les « intellos » et la supériorité d'une bonne serpillière sur n'importe quelle théorie occulte. Zara et Ren ont jouté verbalement en spirales serrées et elliptiques, toutes deux appréciant visiblement cette partie d'escrime intellectuelle. Vincent regardait, détaché, tandis que le monde qu'il avait passé des années à fuir se reconstituait autour de lui, pièce par pièce.

Il a essayé d'imaginer qu'il fuyait, qu'il faisait ses valises et s'enfuyait loin de la prophétie et de son étrange attraction récursive. Mais il n'a pas bougé. Il s'est juste versé un autre verre, a écouté le bourdonnement statique du frigo, et a attendu que le prochain désastre se manifeste.

Ce n'était qu'une question de temps.

La nuit s'est étirée, la cuisine se remplissant peu à peu de l'espoir éventé d'une vie normale. Mais l'air était différent maintenant. Chargé, comme si la prophétie écoutait, attendant sa chance de changer d'hôte.

Zara, dans un rare moment d'immobilité, a fixé Vincent du regard. « Tu sais que c'est toi l'ancrage, pas vrai ? »

Il a feint l'ignorance. « Pour quoi ? »

— Pour tout ça. La prophétie, la secte, la fille, l'histoire. Tu as toujours été l'ancrage. Nous autres, on ne fait que graviter autour.

Vincent lui a adressé un sourire cassant. « Personne n'aime être un point fixe, Zara. »

Elle a haussé les épaules, a fini son verre et s'est levée. « Peu importe. Quand la page se tournera, tu seras toujours là. Autant rendre ça intéressant. »

Elle a quitté la cuisine, suivie par Mme Barley, et Vincent les a entendues discuter à voix basse et rapide. Ren, toujours à table, traçait le contour du triple croissant sur le prospectus. Ses lèvres bougeaient silencieusement, comme si elle s'entraînait à la forme de sa propre signature.

Après une longue minute, elle a levé les yeux. « Comment je saurai si je pense mes propres pensées ou ce que la prophétie veut que je pense ? »

Vincent a pensé aux preuves, aux rêves, à la marque sur son poignet. « Je pense que tu es l'auteure. Le reste, c'est juste de la correction. »

Ren a réfléchi à cela, puis a hoché la tête. « Il y a pire. »

Puis, d'un ton si sec qu'il aurait pu être en poudre, elle a ajouté : « Au moins, j'aurai de la bonne matière. »

Vincent a failli rire. Failli.

Zara est revenue dans la cuisine et a pris place. Elle l'a fait avec son mélange habituel d'impatience intellectuelle et de manque de tact social — un sourcil arqué, les deux mains jointes sur la table comme si elle s'apprêtait à donner une conférence sur l'inévitabilité de leur perte collective.

— Tu as gardé les Archives, n'est-ce pas ? a-t-elle demandé, les yeux fixés sur Vincent.

Vincent a grimacé, comme s'il anticipait une visite chez le dentiste. « Tu veux parler de celles que j'ai promis de brûler il y a douze ans ? »

Zara a haussé les épaules. « Toi et moi savons très bien que la sentimentalité l'emporte sur l'instinct de survie. »

Ren s'est redressée, intéressée. « C'est quoi, les Archives ? »

— C'est là que Vincent garde tout ce qu'il préférerait oublier mais ne peut se résoudre à jeter, a dit Zara. Les premières ébauches, les cartes annotées, les sorts de sang ratés, un stylo-plume maudit de temps en temps. Tout ce qui date de l'époque Carmine.

Ren a hoché la tête, les yeux brillants à la perspective d'une véritable histoire d'horreur. « Je veux voir ça. »

Vincent a cherché du soutien du côté de Mme Barley, mais elle s'est contentée de sourire et de faire un geste vers le plafond. « Ne fais pas attendre une dame. »

Il a soupiré, roulant des épaules comme un condamné s'échauffant pour l'échafaud. « Très bien. Mais tu passeras l'aspirateur après. »

La montée vers le bureau était un cauchemar pour la santé et la sécurité. L'escalier avait deux lumières fonctionnelles, aucune sur le même circuit, et le tapis de couloir a tenté de les assassiner à chaque marche. L'air sur le palier était encore plus épais que dans la cuisine, mariné dans des décennies de tabagisme passif et de malaise existentiel.

Vincent a ouvert la marche, a poussé la porte et a révélé l'antre de l'iniquité littéraire.

Zara a tout observé avec un calme professionnel. « Tu n'as pas redécoré depuis que Victoria était sur le trône. »

— Je ne voulais pas risquer de perturber le chi, a marmonné Vincent en se dirigeant vers la bibliothèque derrière le bureau. Il a atteint la troisième étagère en partant du bas, ses doigts glissant sur les volumes couverts de poussière, et a tiré sur un exemplaire abîmé de *Cinquante Nuances de Grey* de E. L. James jusqu'à ce qu'il entende un clic. Dans un grincement et un soupir, l'étagère a pivoté vers l'avant, révélant une cavité creusée dans le plâtre ancien.

À l'intérieur : une boîte à chaussures, une pile d'enveloppes kraft et un bocal étiqueté « pour les urgences — ne pas ouvrir ». La boîte était fermée avec du ruban adhésif, couverte d'avertissements dans au moins cinq alphabets.

Ren a regardé par-dessus son épaule. « C'est tout ? On dirait une capsule temporelle pour une école primaire sous-financée. »

Vincent a posé la boîte sur le bureau et a commencé à retirer les couches de ruban adhésif. « Si c'est pour te moquer, fais-le après la hantise. »

Il a soulevé le couvercle et a immédiatement reculé. L'air à l'intérieur a chancelé, comme si la boîte avait retenu sa respiration pendant des décennies et venait d'exhaler une masse de mauvaises idées.

Il a sorti le premier artefact : une liasse de papiers jaunis, chaque page couverte d'une écriture rouge sang qui se tordait et déteignait sur ses doigts.

Zara a fait un bruit d'approbation. « L'ébauche originale de Carmine. »

— Non corrigée, a dit Vincent. Je l'ai écrite dans un état fiévreux. Carmine la voulait brute. Il a feuilleté quelques pages ; les glyphes dans les marges pulsaient, faiblement luminescents. Ren s'est penchée, assez près pour que l'encre parfume ses cheveux.

Ensuite, il a sorti une plume d'oie, dont la pointe était encore humide. La plume a tressailli dans sa main, puis s'est immobilisée. « Ne laisse pas ça toucher ta peau, a dit Vincent, à moins de vouloir halluciner en latin pendant une semaine. »

Ren a souri. « Noté. »

Il a posé la plume — avec précaution — et a attrapé les enveloppes. La première était adressée au « Récipiendaire Réticent » de la propre main de Vincent, bien qu'il ne l'ait jamais écrite. Il l'a ouverte et une seule page en a glissé, l'écriture instantanément familière.

Elle disait : *Ça recommence. Essaie de ne pas tout foirer cette fois.*

Pas de signature, pas de date, juste cette seule ligne, écrite d'une main qui était celle de Vincent mais qui, il l'aurait juré sur sa propre tombe, n'avait pas été écrite par lui.

Il a tendu la note à Zara, qui l'a lue, puis l'a retournée comme si elle s'attendait à une chute.

— Ce n'est pas de la prophétie, a-t-elle dit, le ton assombri. C'est de la récursion narrative.

Ren a froncé les sourcils. « En français, s'il te plaît ? »

Zara a posé la lettre sur le bureau. « Ce n'est pas un message prédisant l'avenir. C'est un message du futur. Ou de la prochaine boucle. La prochaine itération. Quelqu'un — peut-être toi, peut-être Carmine, peut-être la prophétie elle-même — est en train de réinitialiser le script. D'améliorer l'ébauche. »

Ren a absorbé cette information en se mordillant la lèvre. « Donc je ne suis pas juste dans l'histoire. Je suis l'histoire en cours de réécriture. »

Vincent s'est versé un verre de rouge de la bouteille cachée derrière une pile de romans de dark romance avec des métamorphes. Il a bu, puis s'est resservi. « Génial, a-t-il dit, sa voix un chœur grec de déception à lui tout seul. Toutes ces années, et je me fais encore corriger par un éditeur. »

Mme Barley, qui s'était matérialisée dans l'embrasure de la porte comme la Valkyrie la plus critique du monde, observait les événements les bras croisés. « Tu as trouvé ce que tu cherchais ? » a-t-elle demandé à Zara.

Zara a empoché la note, l'expression grave. « Oui. Et je n'aime pas ce que ça signifie. »

Vincent, sentant un début de mal de tête s'installer derrière ses yeux, s'est affalé dans sa chaise de bureau. « Est-ce que ça veut dire qu'on est tous fichus ? »

Zara a réfléchi. « Ça veut dire qu'on est tous des personnages. Et que l'auteur commence à s'impatienter. »

Le bureau est tombé dans le silence, à l'exception du frigo en bas, qui s'est mis en marche et y est resté, son bourdonnement soudain si fort qu'il aurait pu réciter ses propres incantations.

Ren se tenait près de la fenêtre, traçant le tatouage du Réceptacle de la Plume sur son poignet. La peau à cet endroit semblait à vif, comme si l'étiquette avait été marquée au fer plutôt qu'encrée. Elle a pressé son pouce sur la marque, testant la pression.

— Et si je m'en allais, tout simplement ? a demandé Ren, sans se détourner de la vitre. Que je prenais un train, que je changeais de nom, sans me retourner ?

Vincent a eu un rire si creux qu'il a menacé de faire s'effondrer le bâtiment. « Les histoires ne te laissent pas t'en aller. Pas si tu es l'intrigue principale. »

Ren est restée silencieuse, les épaules droites. Puis, d'un mouvement rapide et violent, elle s'est détournée de la fenêtre. « Et maintenant ? »

Vincent a fini son vin. « Maintenant, on attend le prochain chapitre. Ou le prochain visiteur. Ou le prochain désastre. »

Zara a hoché la tête, se dirigeant déjà vers la porte. « Je vais appeler mes contacts. Voir si la récursion peut être cartographiée. Si elle se réécrit elle-même, il y aura un schéma. Il y en a toujours un. »

Mme Barley les a regardés sortir, puis s'est attardée jusqu'à ce que les autres soient partis. Elle a fermé la porte du bureau et s'est penchée, la voix basse.

— Tu dois arrêter de traiter ça comme si c'était de ta faute, a-t-elle dit à Vincent.

Vincent a fixé ses mains, tachées d'encre et tremblant légèrement. « Et si ça l'est ? »

Mme Barley a secoué la tête. « Ça n'a pas d'importance. L'histoire est plus grande que toi. Elle l'a toujours été. »

Vincent a levé les yeux, et pour une fois, son sourire était presque sincère. « Ça fait mal, quand même. »

Mme Barley lui a tapoté le bras. « Tu as le droit d'avoir mal. Tu n'as pas le droit d'abandonner. »

Elle est partie, refermant la porte derrière elle. Vincent est resté où il était, entouré de fantômes et d'ébauches ratées, le poids du prochain mouvement pesant de tous côtés.

Il a jeté un œil à la note sur le bureau — *Essaie de ne pas tout foirer cette fois* — et s'est demandé quelle version de lui-même l'avait écrite. Et si, cette fois, il allait peut-être suivre son propre conseil.

En bas, le frigo bourdonnait, et l'histoire attendait son signal.

CINQ

Ren a repris connaissance dans un hoquet, le genre qui aspirait le reste de la pièce dans ses poumons avant même qu'elle ait pu ouvrir les yeux. C'était une sorte de réveil familier : fébrile, urgent, la queue d'un cauchemar agrippée à ses côtes comme une bardane. Ce qui n'était pas familier, c'était l'odeur.

Elle était dans la chambre d'amis de Vincent, ou ce qui en tenait lieu — un débarras reconverti, dont les dimensions étaient mesurées avec optimisme en demi-mètres, bourré d'attirail gothique et des tentatives de peinture à l'huile de Vincent. Les murs étaient d'un noir qui absorbait la lumière et probablement la fraude fiscale. La literie était un massacre de plaids dépareillés, chacun plus synthétique et source d'électricité statique que le précédent. L'air avait un goût de moisi et de cette poussière hantée unique qui ne s'accumule que sur le dos des livres et les rêves non lavés.

Ren était emmitouflée dans au moins trois couvertures et un drap qui s'était soudé à son visage avec de la sueur séchée. Elle a essayé de bouger, mais sa tête a martelé en signe de protestation, une douleur sourde irradiant depuis son nez. Elle a touché sa lèvre supérieure et ses doigts sont revenus humides, poisseux et — elle a scruté dans la pénombre — noirs.

— Oh, putain de merde, a-t-elle croassé.

Ce n'était pas du sang. Ou si c'en était, il avait été filtré dans une raffinerie de pétrole pour en ressortir de l'autre côté en pur cauchemar brut. Une perle s'est formée sur le bout de son doigt, épaisse comme de l'encre d'imprimerie, et quand elle l'a étalée sur le drap, elle a laissé une tache huileuse qui semblait luire et fumer dans le froid. L'effet était, à tout le moins, raccord avec le décor.

Un morceau de papier était collé à sa joue. Elle l'a décollé, s'attendant à moitié à ce que ce soit un Post-it avec l'un des messages de motivation de Vincent (« Tu n'es pas encore morte ! Fais plus d'efforts ! ») mais c'était un bout de papier déchiré, aux bords calcinés et à l'écriture inconnue. Le message était laconique :

La fille rentrera dans le rang, ou elle tombera en morceaux.

Ren a plissé les yeux, forçant son regard à coopérer. Les mots ne se contentaient pas de reposer sur la page ; ils rampaient, frémissant sur les bords, comme s'ils résistaient à la lecture. Elle l'a plié une fois, puis deux, et l'a glissé dans la poche de son sweat à capuche, où il a rejoint une collection de fossiles de catastrophes antérieures.

Vincent s'est matérialisé dans l'embrasure de la porte, sa silhouette encadrée par la lueur orange et pâteuse d'une ampoule de couloir qui ne s'était jamais remise des années Thatcher. Il portait une robe de chambre qui avait dû être bordeaux un jour, et ses cheveux étaient dans un désordre qui suggérait qu'il avait perdu un combat à la fois contre l'oreiller et le concept de dignité personnelle.

Il l'a examinée, puis les traînées noires qui s'écoulaient de son nez, et enfin le drap, qui donnait maintenant l'impression d'avoir été impliqué dans le suicide très médiatisé d'une imprimante.

— Bonjour, a-t-il dit, la voix râpée par les vieilles cigarettes et des regrets encore plus vieux. Tu as dormi, ou tu as juste hanté le matelas toute la nuit ?

Ren a tenté de s'asseoir. — Définis « dormir ».

— Si tu as rêvé de te noyer dans tes propres pensées, alors oui. Bienvenue dans la malédiction familiale. Il s'est avancé dans la pièce et s'est perché sur le bord d'un bureau branlant, seule concession au terme « meuble » en dehors du lit. Tu as saigné sur tout l'oreiller, a-t-il ajouté, non sans une certaine sympathie.

Elle s'est à nouveau tamponné le visage. — Ce n'est pas du sang.

Il a plissé les yeux, puis a hoché la tête, comme si c'était une distinction clinique digne d'être notée. — De l'encre ? Un résidu prophétique ? Ou juste une infection des sinus vraiment ambitieuse ?

Ren a réfléchi. Le goût dans sa bouche était métallique et inconnu, mais pas entièrement déplaisant. — Ça pourrait être n'importe quoi. Ou tout ça à la fois. Ou ce qui arrive quand tu fais une overdose de métaphores surnaturelles.

Vincent a bu une gorgée de sa tasse, a fait une grimace à cause de l'amertume, puis en a repris une autre. — Mrs Barley est en train de préparer une sorte de remède, a-t-il dit. Elle ne m'a pas laissé approcher de la cuisinière. Apparemment, je « contamine l'air avec mon sarcasme ».

Ren a réussi un demi-rire, qui s'est transformé en toux, qui s'est transformée en un second saignement de nez, plus léger. Elle l'a essuyé avec le dos de sa main, étalant l'encre sur sa joue comme une peinture de guerre. — J'ai fait un rêve, a-t-elle dit. Sauf que ce n'était pas un rêve. C'était... Elle a hésité, cherchant un mot qui ne sonne pas comme un symptôme. Écrit d'avance. Je bougeais, mais je ne contrôlais rien. Tu sais, ce truc où tu te regardes d'en haut ?

Vincent a hoché la tête, les yeux soudain vides. — Narration omnisciente à la troisième personne. C'est un effet secondaire classique. Beaucoup d'écrivains l'ont. Généralement avant de s'éteindre.

La voix de Ren a baissé. — Ça t'arrive parfois ?

Il a fixé sa tasse, comme s'il espérait une réponse au fond. — Plus maintenant. Le sommeil est un produit de luxe, ces jours-ci. Et les rêves... Il s'est interrompu, a haussé les épaules, puis a réessayé. Si j'en fais, j'ai droit à la version du monteur, pas à celle de l'auteur.

Les mains de Ren tremblaient, juste un peu, et elle les a cachées sous les couvertures pour qu'il ne voie pas. — Je crois que quelque chose est en train de changer. En moi. Ou autour de moi. Elle a pris une inspiration qui a crépité dans sa poitrine. C'est comme si je sentais la prophétie bouger. Comme si elle attendait que je... Elle a secoué la tête, à court du verbe adéquat.

La posture de Vincent s'est adoucie, le sarcasme se dissipant pour révéler l'empathie froissée en dessous. — Elle veut que tu termines l'histoire, a-t-il dit. C'est le problème avec les prophéties. Elles ne sont jamais satisfaites de là où elles en sont. Elles ont toujours un œil sur le chapitre suivant.

Ren a pensé au bout de papier, à l'écriture rampante, à l'avertissement dont elle n'avait pas besoin car son propre corps l'avait déjà rendu assez clair. — Est-ce que c'est sans danger ? Que je reste ici ?

Vincent a réfléchi, puis a montré les murs. — Cette pièce est protégée de mille et une façons. Si une prophétie essaie de te liquider ici, elle devra d'abord signer un bail et verser une caution salée. Il a souri, mais ça n'a pas atteint ses yeux.

Elle n'a pas demandé quelles étaient les autres façons, ni ce qui était arrivé aux précédents locataires. À la place, elle s'est concentrée sur la plus petite chose qu'elle pouvait gérer. — Tu as un autre oreiller ?

Il s'est levé, et pendant un instant, la robe de chambre lui a donné l'air d'un curé hanté. — Je vais en piquer un à Mrs Barley.

Elle ne remarquera rien, sauf si c'est celui avec le sachet de lavande.

Il a commencé à partir, puis s'est arrêté dans l'embrasure de la porte. — Hé, Ren ?

Elle a levé les yeux, s'attendant à une autre mauvaise blague.

Le visage de Vincent a été à vif une seconde. — Tu ne tombes pas en morceaux. Tu te fais juste remixer.

Elle n'aurait su dire si c'était censé être réconfortant. Mais ça a aidé, de la même manière que connaître son diagnostic aide parfois, même si le remède est encore très loin.

Il est parti, et le couloir l'a avalé.

Ren s'est laissée retomber sur le lit. Les couvertures étaient de trop, mais elle les a laissées l'y clouer, juste pour l'instant. L'encre noire de son nez avait laissé une petite constellation sur la taie d'oreiller, chaque tache comme un petit système planétaire de fins ratées.

Elle s'est essuyé le visage à nouveau, cette fois en étalant délibérément une traînée de la pommette à la mâchoire. Dans la pénombre, on aurait dit qu'elle était à mi-chemin de devenir quelqu'un d'autre.

Elle a repensé à la phrase : *La fille rentrera dans le rang, ou elle tombera en morceaux.*

Elle s'est demandé, pas pour la première fois, si c'étaient vraiment des options différentes.

Elle est restée éveillée, écoutant la maison se tasser et le frigo ronronner, jusqu'à ce que Mrs Barley entre une heure plus tard avec une tasse de thé et un oreiller propre. À ce moment-là, elle avait déjà décidé de ne parler à personne de l'autre chose qu'elle avait découverte au réveil : la façon dont son pouls battait maintenant en syllabes, et non en battements. La façon dont, si elle écoutait attentivement, elle pouvait entendre l'histoire penser.

Elle a pressé son pouce dans l'encre noire, l'a sentie tiédir sous la peau, et a fermé les yeux.

Ren a compté douze fissures au plafond de la cuisine avant d'avoir fini sa première tranche de pain grillé, et au moment où elle s'était forcée à avaler la seconde, elle avait aussi catalogué les six nouveaux bleus sur ses bras et les cinq façons dont la tisane de Mrs Barley avait un goût de punition. La cuisine était froide, inhospitalière, et si elle avait un jour connu la lumière du soleil, elle en avait depuis longtemps effacé le souvenir de ses propres murs. La porte arrière était entrouverte pour l'« aération », mais la seule chose qui parvenait à entrer était le bruit des bambins des voisins résistant à l'heure du bain, et un front météorologique que l'on pourrait au mieux décrire comme une « moisissure enthousiaste ».

Vincent se tenait au comptoir, le regard vitreux, sirotant une poche médicale de sang synthétique comme si c'était un gin tonic. La paille dépassait à un angle qui suggérait qu'il avait renoncé aux apparences, mais pas tout à fait à la vie. Il avait troqué sa robe de chambre de curé hanté, mais le T-shirt qu'il portait (« Le Papa le plus Passable du Monde », acquis ironiquement) et le bas de survêtement ne trompaient personne.

Mrs Barley était introuvable. Ren soupçonnait qu'elle était soit derrière à interroger le bac à compost, soit en train de faire une offrande au comité de surveillance du quartier, dont les notes passives-agressives (« Veuillez vous abstenir de brûler des os dans votre jardin, certains d'entre nous ont des allergies. ») arrivaient avec la fréquence et la fureur des plaies bibliques.

Vincent a brisé le silence le premier. — On dirait que tu es morte dans ton sommeil et que tu n'as pas reçu le mémo.

Ren a haussé les épaules, puis s'est essuyé le nez avec le dos de la main. Pas d'encre cette fois, juste la plus faible trace de noir séché sous sa narine gauche. — Toi non plus, tu n'as pas l'air très embaumé.

Il a souri, une expression ayant toute la chaleur d'un tiroir de morgue réfrigérée. — Il est trop tôt dans la soirée pour les compliments. Surtout de la part d'une femme qui a failli faire une hémorragie d'imprimerie sur tout mon lit d'amis.

Ren a tourné son poignet, inspectant la marque. Le triple croissant s'était estompé en un léger bleu, mais quelque chose de nouveau était apparu à l'intérieur de son avant-bras, juste sous le pli du coude : une plume fine et stylisée, sa pointe d'encre enfouie profondément dans la veine. La peau chatoyait là où le symbole rencontrait la chair, et de temps en temps, il pulsait, comme s'il se rappelait d'exister. Elle l'a touché, s'attendant à ce qu'il soit en relief ou chaud, mais ce n'était que de la peau — sa peau, ou quelque chose qui faisait semblant.

Vincent, remarquant le mouvement, a froncé les sourcils. — Ça n'était pas là hier.

Ren a retroussé sa manche, exposant entièrement la marque. — Les bleus non plus, mais je ne te vois pas t'inquiéter pour ça.

Il a abandonné sa poche de sang, s'est approché à grandes enjambées et a inspecté son bras. Il ne l'a pas touché — il ne touchait jamais, sauf s'il était ivre, ou s'il y avait une blessure à tripoter — mais son examen était assez intense pour laisser sa propre pression. — Ce n'est pas le sceau du Réceptacle, a-t-il dit, d'une voix presque révérencieuse. C'est une variante.

Ren a essayé d'empêcher le tremblement dans sa voix. — Alors qu'est-ce que ça fait ? Est-ce que ça, genre, réécrit mon génome, ou est-ce que ça me fait juste chier de la poésie à mille mots par jour ?

Les lèvres de Vincent ont tressailli à cette remarque, mais le sourire est mort en chemin. — C'est une Marque d'Éditeur. Il l'a dit à voix basse, comme si même les mots pouvaient invoquer quelque chose. C'est ce qu'on utilise quand une prophétie est devenue incontrôlable et a besoin d'être... redirigée de force.

Ren l'a dévisagé, sans prendre la peine de cacher son scepticisme. — Donc quelqu'un essaie de réécrire la réécriture ?

Vincent a hésité. — Ou de reformater. Ou de te faire disparaître en note de bas de page.

Ren a voulu rire, mais l'expression sur le visage de Vincent a tué la blague. Elle a tapoté la marque, voulant qu'elle ait un sens, ou au moins qu'elle fasse mal. Ça n'a pas été le cas.

La porte arrière a claqué et Mrs Barley est entrée, les mains pleines de romarin sauvage et un air de violence contrôlée. — Tu brilles, a-t-elle dit à Ren, la voix aussi plate que la table. Pas au sens figuré, malheureusement. Il y a une signature lumineuse visible.

Ren a cligné des yeux. — Tu es en train de dire que je suis radioactive ?

— Pire, a dit Mrs Barley. Tu es tendance.

Vincent s'est frotté les tempes. — Ça dégénère.

Mrs Barley a jeté le romarin dans l'évier, s'est lavé les mains avec une minutie chirurgicale et a sorti son téléphone d'une poche de son tablier. Elle a tapé avec deux doigts, chaque frappe sonnant comme un glas. — J'envoie un message à Zara. Elle saura ce que c'est.

Ren a observé la marque. Elle brillait vraiment, faiblement, sous l'halogène maladif de la cuisine. Elle a tourné son bras, espérant la voir sous un angle flatteur, mais cela n'a fait que faire ressortir les os sous sa peau. Elle a fini son pain grillé, l'acte de mâcher étant la seule chose qui l'ancrait dans le moment présent.

Le téléphone de Vincent a vibré. Il y a jeté un coup d'œil, puis à Mrs Barley. — Comment tu as fait pour qu'elle réponde si vite ?

Mrs Barley a haussé les épaules. — Je lui ai dit que c'était urgent et que tu n'étais d'aucune aide.

Vincent a lancé un regard à Ren, comme pour dire « Tu vois ce que j'endure ? », mais elle était occupée à réévaluer ses choix de vie.

La sonnette a retenti. Cette fois, personne ne s'est embarrassé de préambules. Zara est entrée d'elle-même, traversant le couloir comme un agent de recouvrement à la commission. Elle portait le même caban que la veille, mais il était maintenant boutonné sur ce qui aurait pu être un pyjama, et ses cheveux étaient humides d'une douche rapide et agressive.

Elle a balayé la cuisine du regard, a repéré le sceau lumineux et a immédiatement commencé à déballer son sac : une loupe de bijoutier, une lame de verre, une pipette. — Ne bouge pas, a-t-elle dit à Ren, sans méchanceté, et a pris son bras avec une poigne étonnamment douce.

Ren a tressailli. — Tu ne vas pas me prendre de sang, n'est-ce pas ?

Zara a secoué la tête. — Pas à moins que la marque ne soit parasitaire. Dans ce cas, je cautériserai et je m'excuserai plus tard. Elle s'est penchée, examinant le sceau sous tous les angles, son propre souffle formant de la buée dans le froid. C'est magnifique, a-t-elle dit, d'un ton neutre. Pas du Carmin. C'est plus récent, plus itératif. Tu es une version bêta en accès anticipé.

Vincent planait derrière elle, à la fois curieux et horrifié. — Marque d'Éditeur, c'est ça ?

Zara a grogné. — En quelque sorte. Mais ce n'est pas standard. Quelqu'un personnalise la charge utile. Elle a levé les yeux vers Ren, le regard perçant. Qui que ce soit qui a fait ça, il ne veut pas seulement se servir de toi comme d'une page. Il essaie de pirater la prophétie à la source.

Mrs Barley a fait un bruit à mi-chemin entre le dégoût et l'admiration. — Et qu'est-ce que ça fait ?

Zara a réfléchi, puis a touché la marque avec un stylo bouché. — Si je devais deviner ? C'est un outil d'accès à distance. Tu es maintenant officiellement connectée à celui qui écrit les modifications.

Ren a digéré l'information. — Donc quelqu'un peut me réécrire à distance.

— Oui, a dit Zara, et même elle semblait impressionnée. Mais tu n'es pas encore réécrite. Tu es encore majoritairement toi.

— Majoritairement, a répété Ren, et cette fois elle a ri, d'un rire sombre et tranchant. Peut-être que je deviens enfin intéressante.

Zara a rebouché son stylo, sans quitter Ren des yeux. — Non. Juste narrativement pratique.

Vincent s'est affalé sur sa chaise, comme si la vérité avait un poids et qu'il en prenait tout le choc. — Ce n'est pas juste une répétition, a-t-il dit. C'est une mutation. La prophétie s'adapte.

Mrs Barley a servi à boire à tout le monde, du café pour Zara et elle-même, une poche de sang pour Vincent, de l'eau pour Ren. Le geste était si domestique qu'il frisait la parodie.

Zara a soufflé sur son café, attendant la prochaine catastrophe. — Il va falloir la contenir. Ou au moins la mettre en quarantaine jusqu'à ce qu'on sache ce que fait la marque.

Ren a de nouveau regardé son bras. La plume était plus brillante, les pulsations plus rapprochées. Elle le sentait maintenant, dans sa tête et dans ses mains et quelque part juste derrière ses yeux : un bourdonnement bas et insistant, comme une voix juste hors de portée, attendant de lui dire quoi faire.

Elle a caché ses mains sur ses genoux. — Je devrais m'inquiéter ?

Zara a haussé les épaules, a bu une gorgée de café. — Si c'était moi, je commencerais à paniquer. Mais tu le gères. C'est un signe positif.

Vincent l'a regardée, longuement. — Tu n'es pas obligée d'être stoïque. C'est... sans précédent.

Ren a haussé les épaules, mais elle a serré sa tasse plus fort. — Ça va, a-t-elle menti, et a essayé de ne pas se demander à quoi ressemblerait la prochaine version d'elle-même.

Cela faisait au moins une heure qu'ils étaient tous à court de choses intelligentes à dire.

Ren était assise, voûtée, au bord du canapé, une manche retroussée, le pouce s'enfonçant dans la peau juste sous son coude. La marque vibrait comme si elle avait son propre pouls. Elle dégageait de la chaleur, et toutes les deux pulsations, un léger spasme envoyait une réplique à travers son crâne et directement dans ses dents.

De l'autre côté de la table, Zara feuilletait ses notes avec l'air de quelqu'un qui essaie de reconstituer un meurtre en utilisant seulement des crayons de cire et des pailles flexibles. Les pages, la plupart tachées et quelques-unes roussies, produisaient un bruissement fragile et nerveux. De temps en temps, elle s'arrêtait, marmonnait une série d'invectives polysyllabiques, puis griffonnait un nouveau calcul dans la marge. Ses cheveux, toujours agressivement raides, ondulaient maintenant aux tempes à cause de la sueur et de l'électricité statique.

Mrs Barley avait réquisitionné le fauteuil, son parapluie en équilibre sur ses genoux comme un toutou capricieux. Elle avait passé les dernières minutes à marmonner dans sa barbe, parfois en anglais, parfois dans un latin si antique qu'il donnait à l'appartement un air médiéval par association. Ses mains exécutaient des gestes lents et secrets, et de temps en temps, elle jetait un coup d'œil au bras de Ren, puis se signait, juste au cas où.

Vincent, qui s'était approprié le tabouret de la cuisine et la majeure partie du vin restant, contemplait le rassemblement avec l'épuisement attendri d'un gardien de zoo du mauvais côté des barreaux. Il a essayé de se verser un verre, a raté son coup et l'a versé directement dans sa bouche à la place. Il a grimacé lorsque l'alcool a touché un aphte, puis a dit, à travers le sifflement : — Quelqu'un d'autre a l'impression de venir d'embrasser une prise électrique ?

Personne n'a répondu. L'appartement vibrait de silence, les seuls bruits étant le bourdonnement bas et plaintif du réfrigérateur et le tic-tac léger de l'horloge murale dans le couloir.

Ren a frotté à nouveau la marque. Ce n'était plus juste de la douleur ; c'était un vecteur, un minuscule moteur qui brûlait sous la peau. Chaque pulsation déréglait son cœur, synchronisant sa tension artérielle avec une source externe à laquelle elle n'avait pas consenti. Ça aurait été poétique si ce n'était pas si incroyablement irritant.

Elle a fini par craquer. — Est-ce que ça va empirer, ou j'ai juste de la chance ?

Zara n'a pas levé les yeux. — Probablement les deux, a-t-elle dit, son crayon dansant sur le bord de la page. Si tu te sens attirée par un incident déclencheur, c'est que le sceau fait son travail.

Le sourcil de Vincent s'est haussé d'un cran. — De la douleur avec un soupçon d'intrigue ? Merveilleux. Combien de temps avant qu'elle ne commence à léviter ou à aboyer en latin ?

Les yeux de Mrs Barley se sont rétrécis. — Tu aurais bien de la chance. La dernière personne que j'ai vue avec une marque comme ça a fini par prophétiser les lois sur le blé en araméen, puis s'est noyée dans un bain d'oiseaux.

Ren a grogné, en partie par respect, en partie pour masquer le fait que ses dents vibraient maintenant. Elle a pressé deux doigts sur le pouls de son poignet. Le battement était régulier, mais toutes les trois ou quatre pulsations, une tombait à contretemps, comme si son corps essayait d'envoyer un signal de détresse en morse.

— Je crois que ça se synchronise, a-t-elle dit, et a regretté le mot instantanément.

Zara a levé les yeux, alerte pour la première fois depuis la dernière crise. — Décris.

Ren s'est mordu la lèvre, surprise de constater qu'elle en avait encore une. — C'est comme... Je suis un métronome. Ou un putain de pacemaker. Je le sens qui se cale. Parfois il est en avance, parfois en retard. Mais il se rapproche.

Le parapluie de Barley a tressailli. — Quelque chose veut que tu respectes un calendrier. Pour quoi ?

Zara a tourné les pages de ses notes en arrière, son index suivant une ligne d'encre. — Le sceau a été conçu pour établir une connexion narrative persistante. Si tu te synchronises, ça veut dire que l'autre bout est en train d'émettre. Ce qui veut dire...

Ren a terminé pour elle. — Quelqu'un m'utilise comme balise.

— Tu sais, quand ils ont dit que les morts-vivants marcheraient parmi nous, a dit Vincent, je pensais qu'on aurait plus d'avantages. Peut-être une mutuelle dentaire.

Il a croisé le regard de Ren, et pendant un instant, l'air est devenu élastique. Il a tenté un sourire, a échoué, puis a passé une main dans des cheveux qui auraient dû être lavés il y a deux jours et connaître une épiphanie il y a plusieurs siècles.

— Bon, a-t-il dit, est-ce qu'on attend que l'apocalypse vienne frapper à la porte, ou est-ce qu'on va frapper nous-mêmes ?

Mrs Barley était déjà debout. Elle a refermé son parapluie d'un coup sec et a passé son sac sur une épaule. — Personne avec un demi-cerveau n'attend que les ennuis aient fini leur thé. Allons-y.

Zara a rassemblé ses papiers et s'est levée, mais pas avant d'avoir pris une photo minutieuse du bras de Ren. Elle s'est penchée tout près, les lèvres pincées. — Le motif change. Ce n'est plus juste une marque maintenant, c'est de l'écriture. Regarde —, a-t-elle pointé, — il y a des lettres qui se forment. Un langage.

Ren a plissé les yeux vers sa peau, maintenant une ecchymose de bleu changeant. Les caractères pulsaient, se déformant à chaque battement. Elle ne pouvait pas le lire, mais elle n'en avait pas besoin. Le sens est arrivé comme la chute d'une blague cruelle.

— Ruelle, a-t-elle dit. Changement de décor.

Vincent a poussé un bruit à mi-chemin entre un rire et un grognement. — Le scénario veut qu'on aille fouiller les poubelles. Génial.

Ren s'est levée, étirant la crampe dans son mollet. Au moment où elle a posé le poids sur sa jambe, l'attraction s'est intensifiée. Ce n'était plus seulement dans son bras — ça descendait le long de sa colonne vertébrale et dans la plante de ses pieds. À chaque pas qu'elle faisait, les lattes du plancher de l'appartement résonnaient en écho, plus fort qu'elles n'auraient dû.

Elle a attrapé sa veste, l'a zippée. — Je jure que si ce truc me traîne dans un Starbucks, je déserte.

Ils ont quitté l'appartement dans le genre d'ordre qui ne vient qu'après une catastrophe, Ren en tête, les autres formant une phalange lâche et nerveuse derrière. Ils ont descendu les escaliers quatre à quatre, le son de leurs pas martelant un avertissement dans la cage d'escalier.

Dehors, Londres était une tache humide de lampadaires, de bruine et de moiteur. La pluie avait commencé à tomber pour de bon, les gouttelettes assez fines pour être confondues avec de la poussière, mais assez persistantes pour tremper un pull en quelques minutes. Le néon de l'épicerie de nuit d'à côté coulait en ruisselets le long de la maçonnerie, s'accumulant dans les fissures du trottoir.

Ren s'est arrêtée sous l'auvent, et pendant un instant, le bruit de la ville s'est réduit à un murmure. Elle pouvait encore sentir la marque battre sous sa peau, mais maintenant il y avait une direction — une attraction vers l'est, dans la rue adjacente bordée de poubelles et de promesses non tenues.

Elle s'est retournée, a croisé le regard de Vincent. — On y va ?

Vincent a hoché la tête, les mains déjà dans ses poches, les épaules voûtées comme s'il essayait de dévier la pluie par sa seule posture.

Mrs Barley était déjà à mi-chemin dans la rue, parapluie ouvert, fendant la brume comme une proue. Zara trottinait pour suivre, une main agrippée à ses notes, l'autre protégeant son téléphone des intempéries.

La marche a été courte, mais chaque pas resserrait la tension. la bande-son habituelle de la ville — sirènes, cris, l'aboiement lointain d'un chien — s'est estompée jusqu'à ce qu'il ne reste plus que le frottement de leurs bottes et le tic-tac incessant du bras de Ren.

Vincent est resté en retrait, scrutant les lignes de mire. — Quelqu'un d'autre a l'impression qu'on marche dans un piège ?

Mrs Barley n'a pas ralenti. — Ce n'est pas un piège si on sait qu'il arrive. C'est une fête.

Ren a reniflé, puis a avancé. En s'approchant d'un café, la pulsation du sceau est devenue presque insupportable, chaque battement accompagné d'une pointe de chaleur et d'un faible écho chuchotant dans son oreille gauche. Elle a essayé de l'ignorer, mais il a commencé à s'articuler, à former des mots — pas les siens, mais écrits quelque part plus profondément.

Elle s'est arrêtée à la porte et s'est retournée. — Ça... parle. La marque. Ça dit...

Zara s'est approchée, les yeux brillants. — Quoi ?

Ren a fermé les yeux, s'est concentrée. Les mots n'étaient pas en anglais, ni dans aucune langue qu'elle reconnaissait, mais le sens était précis, chirurgical.

— « Derrière. Terminer l'histoire. »

Vincent a grogné. — Toujours avec les métaphores.

Mrs Barley est passée devant, la pointe de son parapluie tapotant le seuil. — Ce n'est pas une métaphore si ça te tue, a-t-elle dit, et les a entraînés à sa suite.

SIX

La ruelle derrière le café était exactement le genre d'endroit où l'on s'attendait à trouver un cadavre : mi-dépôt à poubelles humide, mi-latrines improvisées, le tout verni d'un lustre huileux de négligence. Au-dessus de la scène, l'enseigne au néon de l'Occult Café faisait miroiter sa promesse — CAFÉ | CHAI | CRISTAUX — projetant des éclats bleus et rose maladif sur la maçonnerie. La pluie, ayant renoncé à tout prétexte de purification, s'écoulait dans les caniveaux en longs ruisseaux graisseux, formant des flaques autour du corps avec une diligence que la plupart des services municipaux ne pouvaient qu'envier.

Ren a atteint l'entrée de la ruelle la première. Elle a repéré le tas informe qui aurait pu être du linge, puis a réalisé ce que c'était, et a aussitôt souhaité le contraire. Elle a tourné son visage vers le mur, a craché une fois et a rabattu la capuche de sa veste sur ses yeux, comme si l'obscurité pouvait la protéger de ce qui s'était joué dans ce théâtre de bas-fonds.

Zara l'a suivie, pataugeant dans le caniveau où l'eau lui arrivait aux chevilles, avec le pas pragmatique d'une femme qui avait déjà porté des talons dans un champ marécageux. La torche de son téléphone a découpé une barre de lumière blanche sur la scène, illuminant le tableau par fragments : les mains écartées, la tête penchée à un angle calculé pour un impact maximal sur le public, la flaque de sang noirâtre qui avait déjà commencé à se figer en quelque chose de plus proche du goudron que de quoi que ce soit d'humain.

Vincent suivait prudemment trois pas derrière, les bras croisés sur sa poitrine comme s'il se préparait à une interrogation surprise sur ses pires souvenirs. Il a regardé Zara s'accroupir près du corps, enfilant une paire de gants en nitrile avec un claquement qui paraissait presque joyeux dans ce contexte.

— Ça va ? a demandé Vincent à Ren, bien que son attention n'ait jamais quitté le cadavre.

— Belle soirée pour une petite balade, a dit Ren, ses mots étouffés par sa manche et le bruit de la rue. Elle a risqué un coup d'œil vers le corps, puis a eu un haut-le-cœur avec la délicatesse de quelqu'un qui avait appris jeune à garder les secrets de son estomac. — Mon Dieu, l'odeur.

Zara, accroupie au-dessus de la victime, a expiré par le nez et a dit :

— On s'y habitue. À la longue. Elle a posé deux doigts sur le cou de l'homme mort — non par espoir, mais pour la forme — puis, avec une série de mouvements vifs et étrangement doux, a commencé à cataloguer la scène. — Homme blanc, fin de la vingtaine. Pas de portefeuille, pas de téléphone, pas de clés. Pas de dignité non plus, mais on ne peut pas tout avoir.

Vincent s'est approché un peu plus. Le corps était mis en scène, réalisait-il maintenant, avec la précision grotesque d'un metteur en scène dérangé : la jambe droite étendue, le bras gauche drapé, les doigts placés juste comme il fallait. La mâchoire avait été forcée pour rester ouverte, et un bout de papier roulé avait été coincé entre les dents. Le tableau entier était si artificiel, si délibérément théâtral, que la première pensée, traîtresse, de Vincent a été : « C'est une blague. »

Sa deuxième pensée a été : « C'est ma blague. »

Zara lui a lancé un regard.

— Alors ? Ça te dit quelque chose ?

Vincent a dégluti, puis s'est penché, a retiré le rouleau de la bouche du cadavre et l'a déroulé. Il a immédiatement reconnu la police de caractères, ainsi que les mots :

On ne peut pas boire à la coupe de l'immortalité sans s'attendre à ce qu'elle vous empoisonne, mon cher. C'est pourquoi les plus malins s'en tiennent au whisky.

Il l'a lu deux fois, puis a laissé échapper un long et bas grognement.

— J'ai coupé cette réplique. De *Bloodlust & Biceps*. C'était censé être une métaphore, pas... une chute.

Zara a eu un petit rire sec.

— On dirait une lecture incontournable. Eh bien, on dirait que quelqu'un n'est pas fan de tes corrections.

Ren s'est redressée, a essuyé sa bouche avec le dos de sa manche et a examiné la note.

— C'est celui avec l'orgie de sang au chapitre trois ?

Vincent a haussé les épaules.

— Ils ont tous une orgie de sang au chapitre trois. C'est pour construire une image de marque. Donner aux lecteurs ce qu'ils veulent... Mais personne ne l'écoutait.

Zara a passé une main gantée dans les cheveux de l'homme mort, inclinant la tête pour examiner son crâne.

— Pas de traumatisme crânien, a-t-elle marmonné. — Mais regardez là. Elle a écarté le col, exposant une ligne d'incisions peu profondes, chacune espacée précisément de deux centimètres, partant juste sous la mâchoire et descendant dans la chemise.

— Un motif, a dit Zara. — Pas aléatoire. Une sorte de signature ?

Vincent s'est penché, plissant les yeux dans la brume des néons.

— Ça pourrait être un rituel. Ou juste quelqu'un qui essaie d'envoyer un message.

— Ou les deux, a dit Zara en prenant une photo rapide. Elle a déplacé la main de la victime — avec précaution, comme pour ne pas déranger une pièce à conviction — et a révélé un second bout de papier, plié serré dans la paume.

Ren, qui avait enfin maîtrisé son réflexe nauséeux, a dit :

— On ne peut pas juste... envoyer une menace par e-mail de nos jours ? Ou la taguer sur un mur de toilettes publiques comme un psychopathe normal ?

— L'écriture manuscrite a plus d'intimité, a dit Vincent, avec une pointe d'amertume dans la voix. — Comme recevoir une carte de Saint-Valentin d'un harceleur. Ou une lettre de refus manuscrite d'un éditeur.

Il a pris le second bout de papier, l'a déplié et a grimacé. Celui-ci était encore pire :

Mon cher, tu as toujours été meilleur pour la fiction que pour la réalité. Vois maintenant le goût de la plume quand ce n'est pas toi qui la tiens.

Vincent l'a lu à voix haute, et Zara a reniflé.

— Ça, ça t'est définitivement adressé.

Ren a frissonné.

— C'est tordu. Même pour ton cercle.

Zara a terminé son inspection, cataloguant chaque angle avec l'appareil photo de son téléphone et un petit carnet qui débordait déjà des péchés non classés des deux derniers mois.

— Pas de papiers d'identité, a-t-elle dit, — mais les empreintes ont probablement disparu de toute façon. Vous voyez ?

Elle a levé la main droite de la victime. Les empreintes digitales avaient été poncées, la peau était à vif, rose et ensanglantée. Même sous l'éclairage public, l'effet était évident — celui qui avait fait ça voulait que l'homme soit intraçable, anonyme, un message codé destiné à l'attention de Vincent.

— Ils ont fait de lui un personnage, a dit Vincent, doucement. — Un protagoniste vierge.

— Un protagoniste mort, a corrigé Zara. — Il y a une différence.

La porte arrière du café nocturne, entrouverte, laissait passer le sifflement et le gargouillis réguliers d'une machine à expresso, le bruit fendant la ruelle comme la fraise d'un dentiste. Cela ajoutait au surréalisme : homicide de haute volée, caféine artisanale, et la vague impression que quelqu'un dans le café était sur le point de sortir fumer une clope et de voir sa soirée irrévocablement gâchée.

Ren a contourné la flaque, s'est accroupie à côté de Vincent et a plissé les yeux sur les blessures au cou.

— On dirait... des points de suspension ? a-t-elle dit, d'une voix incertaine. — Comme... vous savez. Point, point, point.

Vincent s'est penché pour regarder de plus près.

— Ou des points de suspension avec un point final. Comme une phrase inachevée. Il a eu envie de rire de l'absurdité de la chose, mais son estomac était trop occupé à essayer de se nouer sur lui-même.

Zara, dont la patience pour le symbolisme littéraire n'avait d'égal que son mépris pour les meurtres non résolus, a pris une dernière photo et s'est levée.

— Il va falloir déplacer le corps. La dernière chose qu'on veut, c'est que la police s'en mêle à ce stade.

Les yeux de Ren se sont écarquillés.

— Tu veux dire qu'on va juste l'emmener avec nous ?

— Pas lui, a dit Zara. — L'histoire. On prend l'histoire, et on écrit la fin nous-mêmes.

Vincent l'a dévisagée, puis a regardé le cadavre, puis les notes qu'il tenait encore crispées dans son poing. Il a essayé d'imaginer le genre de personne qui mettrait en scène un meurtre basé sur les répliques supprimées de ses vieux manuscrits, et n'y est pas parvenu. Ou, plus précisément, il y est parvenu, mais la personne qu'il a imaginée, c'était lui-même, vingt ans plus jeune et deux fois plus en colère.

Il a plié les bouts de papier, les a mis dans sa poche et s'est levé. La pluie avait commencé à se transformer en grésil, chaque gouttelette reflétant le néon en miniature.

— Autre chose ? a demandé Vincent, sa voix à peine plus forte que le sifflement de l'expresso.

Zara a retiré ses gants et les a jetés dans un sac en plastique, qu'elle a noué avec une efficacité militaire.

— Une dernière chose, a-t-elle dit, en sortant une troisième feuille de papier de la veste de la victime. Elle l'a tenue pour qu'il puisse la lire :

« *Chapitre Sept. Ne coupe pas celui-là, mon cher.* »

Vincent n'a pas souri. Il a juste fixé le papier, sentant le poids de la note de relecture la plus élaborée du monde atterrir lourdement sur sa poitrine.

Ren lui a donné une tape dans le dos, assez fort pour le sortir de sa torpeur.

— Vois le bon côté des choses, a-t-elle dit. — Au moins, tu as un fan club.

Vincent a pensé au cadavre, aux points de suspension, aux empreintes à vif.

— Ouais, a-t-il dit. — Ils tuent pour avoir de la matière.

Zara a haussé les épaules d'un air petit et pratique.

— On le cache dans la poubelle. Ce n'est pas infaillible — quelqu'un pourrait quand même le trouver — mais ça nous fait gagner du temps. Allez.

Vincent a grogné, s'est penché et a soulevé le cadavre comme un sac de livres mouillés. Le corps s'est affaissé dans ses bras, étrangement léger et horrible. Il l'a transporté jusqu'à l'une des bennes métalliques de la ruelle ; Mme Barley, qui montait la garde près de la porte, s'est avancée et a soulevé le couvercle comme si elle l'avait fait mille fois auparavant — bien qu'habituellement avec des classeurs.

— Bon voyage, alors, a-t-elle dit, la voix basse et absurdement sérieuse en regardant dans la benne. — Ne laisse pas l'au-delà faire de toi un éditeur. Elle a adressé au cadavre un petit hochement de tête qui aurait pu être une bénédiction ou un reproche, puis a laissé Vincent déposer l'homme dans les ordures d'une poussée efficace.

Ils ont refermé le couvercle et sont repartis dans la rue. Mrs Barley a posé un bras compatissant sur l'épaule de Ren.

— J'aimerais te dire que ce sera le premier et le dernier cadavre que tu verras.

— Mais c'est peu probable, n'est-ce pas ? a demandé Ren, en se mordillant la lèvre inférieure.

— Non, a dit Mrs Barley en pointant son parapluie en direction de la maison.

Vincent a trouvé Mrs Barley assise à son poste habituel, la surface en Formica de la table débarrassée de tout, sauf d'un panier en fil de fer rempli de factures et d'un unique taille-crayon à l'allure cérémonielle. Mrs Barley travaillait le crayon avec la menace patiente d'un bourreau de la vieille école, s'arrêtant de temps en temps pour examiner la pointe avant de la remettre sur la lame. Elle portait son tablier par-dessus un épais cardigan et ses cheveux étaient coiffés si sévèrement que Vincent se demandait si elle n'avait pas eu recours à de la colle.

— Tu t'attends à des ennuis ? a demandé Vincent, en jetant un coup d'œil au rassemblement de crayons militarisés désormais disposés comme une minuscule phalange à côté de sa tasse de thé.

Mrs Barley n'a pas levé les yeux.

— La semaine a été propice aux ennuis. D'ailleurs, un crayon bien taillé vaut mieux qu'un pieu émoussé, sauf si on cherche à se mettre des échardes. Elle a terminé avec une fioriture et a placé le dernier ajout à son arsenal dans un mug en céramique portant l'inscription « La Meilleure Gouvernante du Monde (Selon les Morts) ».

Vincent a grogné et s'est dirigé vers le frigo, fouillant à la recherche de n'importe quoi avec un pourcentage d'alcool supérieur à du « jus de fruits pour le petit-déjeuner ». Il a versé un doigt de gin dans un mug — celui de Mrs Barley, par erreur, mais cela semblait approprié — et l'a bu d'un trait. Il était à mi-chemin d'un deuxième verre quand il a remarqué l'enveloppe : épaisse, crème, éclaboussée de ce qui ressemblait étrangement à une pulvérisation artérielle, et reposant en plein centre de la pile de courrier.

Il a poussé l'enveloppe du bout du mug.

— Courrier de fan, ou convocation ?

Mrs Barley a haussé les épaules.

— Pas d'adresse de retour. Arrivée par livraison spéciale pendant que tu dormais. Le coursier n'a même pas voulu de signature. Elle l'a poussée vers lui avec deux doigts, comme si elle pouvait mordre.

Vincent a examiné le recto. En lettres capitales dactylographiées et soignées : VINCENT LUPO, ESQ. Pas de rue, pas de ville, juste son nom, comme si l'univers n'avait besoin de rien d'autre pour le trouver. Il l'a soupesée dans sa main, puis a glissé un pouce sous le rabat et l'a ouverte, en faisant attention de ne pas déchirer le contenu.

À l'intérieur : une seule feuille, impeccable et parfaitement blanche, le texte composé dans une police si austère qu'elle frisait le théologique. Il l'a lue à voix haute, parce que c'est ce qu'on faisait avec les menaces, les prophéties ou les très bonnes blagues.

— *LUPO SANS-LUMIÈRE,*
VOTRE DIVINE DICTION M'ENIVRE.
JE MÈNERAI L'HISTOIRE JUSQU'À SA JUSTE FIN.
LE CHAPITRE SEPT COMMENCE AVEC UNE AUTRE MORT.
ÊTES-VOUS PRÊT À L'ÉCRIRE CORRECTEMENT CETTE FOIS-CI ?

—

Vincent a fixé la page, puis Mrs Barley, puis de nouveau la page. Ses crocs le démangeaient, une douleur sourde derrière les gencives, mais il a gardé la bouche fermée et s'est plutôt servi le reste du gin.

Mrs Barley a pris la lettre, l'a scannée et a laissé échapper un bourdonnement bas et peu impressionné.

— Si polis, ces fous. Toujours avec la salutation formelle. Jamais un s'il vous plaît ou un merci, par contre.

— Ce doit être un Américain, a marmonné Vincent, mais la blague est tombée à plat.

Depuis le salon, la voix de Ren a fendu la tension :

— Tu as vraiment les pires groupies. Elle est entrée dans la cuisine, les cheveux encore humides de sa douche, et a regardé la lettre à l'envers. — Ils ne parlent même pas de moi.

— Laisse-leur le temps, a dit Mrs Barley, déjà en train de trier le reste du courrier avec un mouvement si rodé qu'il en devenait rituel. — Tu viens à peine de devenir virale, ma chère.

Ren s'est perchée sur le bord du comptoir, se servant une poignée de céréales sèches dans la boîte ouverte près de l'évier. Elle a regardé Vincent avec une expression à mi-chemin entre l'amusement et l'inquiétude.

— Alors, c'est quoi le plan, petit génie ?

Vincent a réfléchi, puis a tenu la lettre à la lumière. Il n'y avait rien au dos, pas de filigrane, pas de message caché. Juste la promesse de plus de morts et, vraisemblablement, de plus de critiques.

Il s'est affalé sur une chaise.

— Partir du principe que le prochain corps apparaîtra avec des corrections à l'encre rouge et une liste de lectures suggérées.

Mrs Barley a taillé un autre crayon, les copeaux tombant en une spirale serrée sur la table.

— Ou bien, a-t-elle dit, — on pourrait prendre de l'avance sur l'éditeur. Le forcer à venir à nous.

Vincent l'a observée.

— Tu suggères un piège.

Elle a hoché la tête une fois, le chignon sur sa tête oscillant en signe d'approbation.

— C'est ce que je ferais, si j'étais l'auteur d'un tel gâchis.

— Où ? a demandé Ren.

— À la Librairie Occulte, a dit Mrs Barley. — Le foyer de toutes les meilleures histoires.

Ren a souri, ses dents brillantes dans la pénombre.

— Je suis partante. Je peux choisir l'appât ?

Les yeux de Mrs Barley ont pétillé.

— Bien sûr, ma chère. Fais juste attention de ne pas en mettre sur le tapis.

Vincent a plié la lettre, avec soin et délibération, puis l'a glissée dans la poche de poitrine de sa chemise. Il a regardé ses mains, tachées d'encre et tremblant légèrement, puis les deux femmes dans sa cuisine, complotant une contre-attaque avec le même calme qu'elles utiliseraient pour une liste de courses.

Dehors, la pluie martelait la fenêtre, comme si elle essayait d'entrer. L'appartement semblait incroyablement petit, tous entassés sous le même toit, attendant que le prochain chapitre tombe.

Mais pour le moment, ils étaient prêts.

Vincent a levé son mug en un salut ironique.

— Au chapitre sept, alors.

Mrs Barley a entrechoqué sa propre tasse de thé contre le sien.

— Puisse-t-il être moins sanglant que le dernier.

Ren a mâché ses céréales, puis a haussé les épaules.

— J'en doute.

Vincent n'a pas dit le contraire. Il a juste siroté sa boisson, et attendu que l'histoire les rattrape.

SEPT

La librairie avait une odeur, et pas celle à laquelle on pouvait s'attendre. Bien sûr, il y avait le musc obligatoire des arbres morts et des vœux pieux, mais une fragrance âcre et piquante flottait par-dessus, l'équivalent olfactif d'une dent cassée. Ils s'étaient faufilés par la porte de derrière à quatre heures du matin, fatigués et grincheux, au terme d'une nuit qui avait déjà trop tiré sur les nerfs de chacun.

L'endroit appartenait à un homme dont le nom n'existait que dans la légende, un marchand de livres de poche interdits et d'éditions limitées hors de prix, mais ce soir, il appartenait à Zara. Elle se déplaçait entre les rayons avec l'assurance de quelqu'un qui avait lu chaque ouvrage de référence de la section occulte et les avait tous jugés insuffisants. Vincent soupçonnait qu'elle préférait la boutique sous sa forme vide et résonnante — moins pour les clients que pour les histoires qu'ils laissaient derrière eux dans les marges.

La pluie martelait la devanture, tombant en rafales obliques pour s'acharner contre la vitre. Dehors, la rue était une scène de crime néon, chaque enseigne rivalisant pour crier plus fort que la suivante, mais à l'intérieur, la seule lumière provenait d'une lampe « Offre spéciale » cabossée sur le comptoir et d'un néon vacillant au-dessus de l'alcôve des livres rares. L'effet était un *chiaroscuro* version vide-grenier.

Ren avait les pieds posés sur une pile de livres à prix réduit sur la guérison par les cristaux, sa chaise en équilibre sur deux pieds, mettant la gravité au défi d'en faire quelque chose. Vincent, quant à lui, était perché sur le bord d'un tabouret à roulettes avec la tension d'un homme s'attendant à ce que l'alarme incendie se déclenche d'une seconde à l'autre.

Zara a ouvert la séance d'un clic de briquet, allumant non pas une cigarette, mais une petite bougie parfumée au clou de girofle sur le comptoir. — Nous n'avons pas beaucoup de temps, dit-elle, les yeux balayant l'entrée, où le rideau de sécurité pendait comme la lame d'une guillotine au ralenti. — Si quelqu'un nous traque, c'est ici qu'il vérifiera en premier.

Ren a ricané. — Tu crois vraiment que le psychopathe va nous chercher dans une librairie ? Ce n'est pas exactement une cible de grande valeur.

Zara a haussé un sourcil. — Tu serais surprise. La plupart des pires commencent dans les bibliothèques.

Vincent a levé les yeux au ciel, puis l'a aussitôt regretté lorsque son regard a croisé le clignotement migraineux du néon au-dessus de lui. — On peut en venir au fait ? Si je ne rentre pas bientôt, Mme Barley va passer les draps à l'eau de Javel par pure méchanceté.

Zara a posé sa sacoche et a commencé à en extraire le contenu : une liasse d'imprimés, une clé USB et une paire de lunettes de lecture qui semblaient conçues pour scruter d'autres dimensions. — Nous avons eu deux autres incidents, a-t-elle annoncé, sa voix se calant sur le rythme des mauvaises nouvelles. — Tous les deux au cours des dernières quarante-huit heures. Tous les deux avec des glyphes de Carmine, et tous les deux... elle a retourné une feuille, révélant une photo de scène de crime de la police, — mis en scène pour ressembler à des scènes de tes livres.

Vincent a dévisagé la photo, puis Zara. — Je n'en ai publié que quatre dans cette série.

— Des inédits, alors, a dit Zara. — Des fanfictions. Des scènes coupées. Des brouillons que tu n'as jamais terminés.

La chaise de Ren est retombée sur ses quatre pieds. — Attends. Comment quelqu'un aurait-il pu mettre la main là-dessus ?

Zara n'a pas répondu, se contentant de fixer Vincent d'un regard qui disait : *Tu sais très bien.*

Vincent a eu la bouche sèche. — Tu penses que c'est... quoi, un foutu collectionneur ? Ou juste quelqu'un avec trop de temps libre et une connexion internet ?

— Je pense, a dit Zara, — qu'ils utilisent ton œuvre comme une bible de scénariste, un plan directeur. La question est de savoir ce dont tu te souviens vraiment, et ce que tu es prêt à déterrer.

Ren a fait craquer ses doigts. — Je dis qu'on débusque le moindre fragment. Numérique, physique, tout le cimetière. Si ce psychopathe s'inspire des plus grands succès de Vincent, on trouve la setlist avant lui.

Vincent a reculé. — Tu veux que j'exhume des premiers jets ? Certains sont dangereux. Sans mentionner qu'ils sont embarrassants.

Ren a affiché un sourire de loup. — Pas aussi embarrassant qu'un cadavre avec ton prologue tatoué dessus.

Zara a fait glisser un carnet à spirale sur le comptoir. — J'ai commencé à rassembler les informations. Tout ce qui porte le glyphe. Tout ce qui porte la marque de Carmine. Mais tu es le seul à savoir ce qui manque.

Vincent a regardé le carnet comme s'il pouvait mordre. Il se souvenait du glyphe, bien sûr — trois croissants de lune, joints au centre, comme une triqueta de troisième ordre — et des nuits sans fin dans son vieil appartement humide, à gribouiller sur tout ce qui pouvait retenir l'encre. Certains de ces manuscrits n'avaient pas vu la lumière du jour depuis des siècles. Certains avaient été dévorés par les rats, d'autres par le feu. Mais il n'avait jamais vraiment cru à la permanence de la suppression.

Il a pris le carnet, les mains tremblantes. — Si je fais ça, ça pourrait devenir... récursif. La prophétie...

— N'est qu'une histoire, l'a interrompu Ren. — Tu l'as dit toi-même. Les histoires peuvent être réécrites.

Les yeux de Zara ont vacillé à la lueur de la bougie. — C'est bien ce qui me fait peur.

Une rafale de vent a secoué la porte, assez fort pour faire trembler les étagères. Ils ont tous tressailli, même Ren, qui a masqué sa réaction par une toux. Vincent a serré la mâchoire et a feuilleté les premières pages du carnet.

— Tout est là, a-t-il dit. — Les glyphes, les rituels, et même les fichues notes de bas de page. Mais celui qui fait ça...

Zara l'a interrompu : — ... a accès à ton processus créatif. Pas seulement au produit fini.

Ren a coupé court : — Alors on s'en sert. On devance les modifications.

Vincent a secoué la tête. — Les prophéties ne sont pas censées être autoréalisatrices. Ce sont des contes moraux. Si tu essaies de pirater la fin, tu te retrouves juste dans une boucle.

Zara a fermé les yeux un bref instant, comme si elle se souvenait d'une migraine qu'elle avait un jour prêtée à une amie. — Une prophétie ne requiert pas la foi, seulement un élan narratif. Si notre tueur pense qu'il accomplit la prophétie, peu importe que tu y croies ou non. L'histoire va là où on la pousse.

Ren a pointé le carnet du doigt. — Alors, on riposte. Qu'est-ce qui peut arriver de pire ? Que quelqu'un nous efface de la réalité ?

Zara et Vincent ont échangé un regard. Ils savaient tous les deux, sans avoir à le dire, que le pire était déjà arrivé. Plus d'une fois.

La lampe sur le comptoir et le néon au plafond ont grésillé, puis se sont éteints, plongeant la boutique dans une faible brume bleue provenant des néons extérieurs. Pendant un instant, Vincent a senti la pression de cent mille livres, respirant tous à l'unisson, attendant qu'il fasse un geste.

Il a refermé le carnet. — Très bien. On fait ça à votre façon. Mais si quoi que ce soit que je trouve dans ces brouillons essaie de dévorer le visage de quelqu'un, je me décharge de toute responsabilité légale, morale et métaphysique.

Ren l'a salué avec une pinte invisible. — Marché conclu.

Zara a remis ses lunettes, s'est pincé l'arête du nez et a dit : — On commence demain au coucher du soleil. Vincent, tu devras faire une liste de tout ce que tu as jamais écrit portant le nom de Carmine. Même les textes inachevés. Surtout ceux-là.

Le visage de Vincent s'est décomposé à cette perspective. — Certains ne sont même pas cohérents. Il y en a un qui est juste une liste de courses croisée avec un haïku érotique.

Ren a gloussé. — Pas étonnant que je ne trouve pas tes bouquins en librairie.

Le vent a de nouveau battu les fenêtres, et quelque part au bout de la rue, le tonnerre a grondé, bas et réprobateur.

Zara a rangé les photos et la clé USB et s'est servie deux grimoires reliés en cuir derrière le comptoir. — Je vais continuer à creuser. Ren, tu t'occupes de la reconnaissance sur le front numérique. Vincent... prépare-toi.

Il a ramassé le carnet et ce qui lui restait de dignité. — Quand vous me trouverez en train de pleurer sur une impression matricielle dans une baignoire, souvenez-vous : ce n'était pas mon idée.

Ren l'a suivi dehors, mais pas avant de s'emparer d'un livre de poche abîmé sur la pile des soldes. — Pour la recherche, a-t-elle prétendu en le fourrant dans sa poche.

Zara s'est attardée, balayant la boutique du regard comme pour en compter les ombres. Elle a surpris son propre reflet dans la vitre de la devanture — pâle, légèrement flouté par le clignotement du néon — et a froncé les sourcils, à peine, devant la forme des choses à venir.

Dehors, la pluie avait commencé à se changer en grésil, chaque goutte une chiquenaude glacée vers la prochaine catastrophe. Les trois silhouettes se sont blotties dans l'embrasure de la porte, préparant déjà leur retraite.

Derrière eux, la librairie attendait. Ses étagères se penchaient en avant, tendant l'oreille pour entendre le prochain brouillon, la prochaine histoire, le prochain chapitre d'une prophétie qui refusait de mourir.

La nuit était longue, et la tempête ne montrait aucun signe d'accalmie.

Mais au moins, pour une fois, ils avaient un plan.

Vincent a passé la dernière heure avant le lever du soleil à arpenter l'appartement avec la grâce d'une hyène en cage. Chaque tour le menait de la fenêtre — où le halo de sodium de la ville estompait les contours de tout ce qui valait la peine d'être vu — au réfrigérateur, puis retour, en évitant toujours l'endroit où Ren était devenue sauvage dans son sommeil.

Elle était recroquevillée dans un coin du canapé, les genoux relevés, les bras croisés, son sweat à capuche rabattu pour engloutir son visage. L'effet était caricatural, comme la première tentative de quelqu'un de réaliser un origami humain, mais ce qui la trahissait était le pied qui dépassait, les orteils s'agitant chaque fois qu'elle atteignait une phase de rêve particulièrement agitée.

Le reste de l'appartement était silencieux, à l'exception du bourdonnement persistant du réfrigérateur et du tic-tac métronomique de l'horloge du couloir de Mme Barley — elle l'avait « empruntée » à un vicaire, selon l'histoire, bien que Vincent soupçonnât un lien avec une affaire d'empoisonnement non résolue dans le Surrey. Quoi qu'il en soit, l'horloge marquait le temps comme si on pouvait le retenir, et chaque tic-tac sonnait comme un compte à rebours vers quelque chose qu'il allait absolument regretter.

Il avait laissé la lumière éteinte, se fiant à l'éclairage du réfrigérateur. Chaque fois qu'il ouvrait la porte, la lueur bleu-blanc lui donnait un air moins vivant, les os de ses mains transparaissant à travers la peau comme un avertissement. Il restait debout devant le frigo ouvert pendant plusieurs minutes d'affilée, le froid s'infiltrant en lui, essayant de se convaincre qu'il n'avait pas faim, juste soif de réponses.

Sur le comptoir : un carnet, immaculé et intact, du genre qui vous met au défi d'y laisser une marque. Vincent l'avait positionné de manière à le voir de n'importe où dans la cuisine, à la fois comme un défi et une menace. Ses doigts le démangeaient de prendre un stylo, mais il savait qu'il ne fallait pas. Après tout ce que Zara avait dit, après les preuves, les cadavres et le soupçon grandissant que ses propres brouillons se promenaient dans les rues, la seule chose plus effrayante que d'écrire était de ne pas écrire.

Il a fait un autre tour de l'appartement. Le parquet gardait ses secrets, craquant juste assez pour faire savoir au bâtiment que vous étiez en vie. En passant devant Ren, elle a marmonné quelque chose, un fragment de comptine, puis s'est retournée et a frappé un coussin avec la conviction d'un boxeur. Le sweat à capuche était trop grand pour elle, mais elle le portait comme un bouclier contre tout, y compris elle-même.

Il est retourné au réfrigérateur et l'a rouvert. À l'intérieur : le chaos habituel. Une poche de sang, étiquetée « AB Négatif Premium » dans une police conçue pour suggérer l'autorité médicale ; une bouteille de gin à moitié vide ; trois récipients de restes, tous impossibles à distinguer dans l'obscurité ; et une seule carotte triste, noircissant à son extrémité.

Il a fixé la poche de sang un long moment. La faim était de retour, aiguë et insistante, et il savait que s'il ne s'en occupait pas maintenant, elle viendrait le trouver dans son sommeil. Il a pris la poche, a dévissé le bouchon et l'a portée à ses lèvres. Le goût aurait dû être réconfortantement métallique, la saveur de la vie en attente, mais à la place, c'était...

Un souvenir. Froid, visqueux, comme lécher un timbre-poste imbibé de larmes.

La peur, acide et électrique, rampant sous sa langue comme des fourmis.

L'encre, noire et ancienne, tachant sa bouche à chaque gorgée.

Il s'est étouffé, a toussé et a craché un épais caillot dans l'évier. Il a éclaboussé et s'est collé, refusant d'être nettoyé même lorsqu'il a mis le robinet à pleine puissance. Le goût persistait, enrobant sa bouche et sa gorge d'une amertume qui semblait presque vivante.

Il a regardé la poche dans sa main, le cœur battant d'une manière qu'il n'avait plus connue depuis la dernière fois qu'il avait eu vraiment peur. Le bouchon était toujours scellé. Intact.

Il a reposé la poche et a examiné ses propres mains, cherchant une réponse dans le réseau de veines et de cicatrices. Il était sûr de l'avoir ouverte. Il sentait encore le résidu visqueux sur ses dents, la façon dont il s'était agrippé à sa gorge. Mais le sceau était intact.

Un frisson lui a parcouru l'échine, du genre qui commence par un frémissement raisonnable et se termine par une semaine à dormir avec les lumières allumées.

Sur la porte extérieure du réfrigérateur, écrit dans une tache de condensation apparue près de la poignée, un message était apparu. Il n'était pas là avant. Il en était certain.

TU BOIS CE QUE TU RENVERSES.

Les crocs de Vincent ont pulsé, un rappel de son propre mauvais câblage. Il a reculé, les mains tremblantes, puis s'est retourné, lentement et délibérément, pour vérifier le reste de l'appartement.

Ren dormait toujours, la bouche ouverte, un minuscule filet de bave assombrissant la manche de son sweat. Elle a de nouveau marmonné quelque chose, plus doucement cette fois, les mots enchaînés dans une rime si parfaite que c'en était douloureux.

« Au cœur de l'histoire, l'encre se glace,

les lettres se multiplient, les lignes se délacent.

Dis tes secrets, verse ton sang,

et noie tes monstres dans le grand courant. »

Les mots flottaient dans l'air, fragiles comme une toile d'araignée. Vincent voulait rire, ou pleurer, ou boire quelque chose qui brûlerait ce souvenir.

À la place, il est resté dans le noir, comptant les secondes entre chaque tic-tac de l'horloge, et a attendu que la page suivante se tourne.

HUIT

L'université avait une façon bien à elle de dissimuler ses atouts les plus dangereux au vu et au su de tous, mais parfois elle enfonçait le clou en les cachant dans des sous-sols banals et sans surveillance. Les archives de Zara existaient dans une sorte de limbes spatiaux et administratifs sous le bâtiment de théologie — derrière une porte marquée « Sous-sol 2A : Stockage », en bas d'un escalier aux marches si inégales qu'elles auraient pu être coulées comme une mauvaise blague, et dans un couloir que l'on pouvait charitablement décrire comme étant soutenu par une « moisissure porteuse ».

Vincent, qui avait vu l'intérieur de plus d'archives qu'il ne voulait bien en cataloguer, a tout de même senti un frisson le parcourir tandis qu'il suivait Ren dans la pénombre. L'air était lourd d'une odeur mêlant à parts égales vieux papier, cuir et sueur nerveuse des assistants de recherche qui n'étaient jamais remontés. Leur progression était rythmée par le claquement des bottes de Ren, le frottement régulier du trousseau de clés de Zara contre ses phalanges, et la façon dont les propres nerfs de Vincent s'emballaient à la vue de certaines boîtes scellées le long du mur.

Zara les guidait à la lueur d'une lampe frontale cabossée, qui projetait des ombres arachnéennes devant leurs pas. Elle a ignoré les panneaux d'avertissement (« Ne pas ouvrir sans gants », « Attention : Textes psychoactifs », « Retours en trois exemplaires uniquement ») et a continué jusqu'à l'extrémité, où une double grille en fer gardait l'entrée des archives proprement dites.

Il a fallu trois clés et un mot de passe murmuré pour désactiver la serrure (« Golgotha », entonné comme une malédiction), puis ils se sont retrouvés à l'intérieur : une pièce de la taille d'une petite cathédrale, tapissée du sol au plafond d'étagères dans tous les états de délabrement possibles. Des livres dégringolaient des rayonnages, des parchemins pendaient à des crochets, et des armoires entières bombaient sous le poids de dossiers si denses qu'ils déformaient la façade de leurs propres tiroirs. Au centre, une table de bibliothèque supportait une maquette architecturale du chaos — plus de lampes de lecture que nécessaire, plus de taches de café que strictement plausible.

— Bienvenue dans mon royaume, a dit Zara, sa voix se répercutant sur la pierre. Faites attention où vous mettez les pieds. Et à vos métaphores.

Ren a fait mine d'inspecter l'espace, puis a désigné un ensemble de ce qui ressemblait à des Bibles attachées avec des serre-câbles, suspendues au plafond. — C'est une mesure de sécurité, ou juste la dernière tendance en matière de bondage ecclésiastique ?

Zara n'a pas répondu ; elle était déjà plongée jusqu'aux coudes dans une caisse étiquetée « Carmine/Lupo, pré-2000 », marmonnant tout en triant des dossiers et des liasses scellées à la cire. Ren, livrée à elle-même, a entrepris une visite autoguidée, tapotant des artefacts étranges et lisant les dos à voix haute, sur un ton qui tenait à la fois du one-man-show et de l'éloge funèbre.

Vincent s'est attardé sur le seuil, résistant à l'envie de détaler. Il reconnaissait trop de titres, et chacun lui faisait l'effet du fantôme d'une vieille erreur. Il a gardé les mains dans les poches de son manteau et a essayé d'avoir l'air décontracté, mais même la température ambiante semblait chuter d'un cran chaque fois qu'il s'approchait d'une étagère particulière.

— Alors, lequel de ceux-là va infecter mon cerveau et me transformer en adepte d'une secte ? a lancé Ren en brandissant un exemplaire de « *Eschatologie : Guide du débutant pour les hyper-investis* ».

Vincent n'a pas daigné lui répondre. Au lieu de cela, il s'est approché de Zara, dont la recherche s'était transformée en une sorte de fouille archéologique — couches de poussière, puis dossiers, puis strates entières de brouillons annotés. Elle ne semblait avoir besoin ni de lumière, ni de nourriture, ni d'encouragement ; la chasse était sa propre récompense.

— Qu'est-ce qu'on espère trouver, au juste ? a demandé Vincent, en baissant la voix au cas où l'une de ses œuvres passées déciderait de sortir de sa cachette pour lui intenter un procès.

Zara n'a pas levé les yeux. — Les scénarios originaux de Carmine. Avant révision. Si le tueur suit tes ébauches, on doit savoir quelles versions sont en circulation.

Ren s'est approchée, portant un mince volume dont la couverture avait été noircie au marqueur, à l'exception du titre en relief : « *Sonnets du Marché de la Nuit* ». Elle a haussé un sourcil. — C'est de toi ?

Vincent a grogné. — Ne l'ouvre pas. Ce n'est vraiment pas ce que j'ai fait de mieux.

Naturellement, Ren l'a ouvert et a lu la première page. — « Au lecteur : si vous n'êtes pas encore maudit, continuez à lire. » Waouh, tu étais vraiment à fond dans cette esthétique de l'immortel torturé, pas vrai ?

Vincent a grincé des dents. — C'étaient les années 90. Tout le monde était torturé.

Zara leur a jeté un regard par-dessus son épaule. — Vous

pourrez flirter plus tard. J'ai trouvé quelque chose. Elle a sorti un classeur épais rempli de pochettes en plastique, chacune contenant ce qui ressemblait aux restes déchiquetés d'un roman, ainsi que des notes en marge dans au moins quatre langues.

Elle l'a ouvert et Vincent a blêmi à la vue de son ancienne écriture : penchée, prétentieuse, comme si la plume essayait de devancer la main. — Je pensais avoir détruit les premières ébauches, a-t-il marmonné.

— Ne jamais faire confiance à une université avec une déchiqueteuse, a répliqué Zara. D'ailleurs, il y a un marché pour la nécromancie littéraire.

Ren a eu un haut-le-cœur. — Tu veux dire que des gens paient pour ce genre de trucs ?

— Des collectionneurs, surtout. Et l'archiviste de service convaincu que la fin du monde est cachée dans une note en marge sur les cépages. Zara a tourné les pages, s'arrêtant sur une feuille où l'encre avait traversé le papier, formant un Rorschach de désespoir. — Voilà le passage que je cherchais.

Elle a lu à voix haute, son ton devenant le parler sans expression de ceux qui sont vraiment horrifiés : *Quand le troisième signe sera invoqué, le réceptacle prendra forme, ses contours définis par le souvenir du sang et le refus de l'histoire de rester morte.*

Vincent a fait la grimace. — Ça sonnait mieux quand j'étais saoul.

Ren a reniflé. — C'est aussi comme ça que la plupart des tatouages voient le jour.

Zara a continué, tournant vers une page marquée. — Le tueur ne se contente pas de copier la prophétie. Il mélange les versions. Ce paragraphe vient de l'exemplaire de Bucarest. Cette ligne — *la tête portera la marque, ainsi que les mains* — ne se trouve que dans le manuscrit privé.

Vincent a froncé les sourcils. — Quel manuscrit privé ?

Zara l'a regardé, l'air contrarié. — Celui que tu as écrit et jamais publié. Celui avec la... fin alternative.

Un silence s'est installé tandis que Vincent se rappelait, avec une terreur grandissante, ce que « fin alternative » signifiait dans ce contexte. — Je l'ai brûlé, a-t-il insisté.

Zara a tapoté la page. — Apparemment pas assez bien. Parce qu'il y a encore une scène que le tueur n'a pas jouée. Celle du bal masqué.

Ren, qui s'était perchée sur le bord de la table, a balancé ses jambes et a dit : — Laisse-moi deviner. Entrée côté jardin, il y a une fête, tout le monde porte un masque, quelqu'un perd la tête, au sens propre.

Zara a hoché la tête, une seule fois. — Et la tête est exposée, en public, à la vue de tous. C'est le bouquet final.

Vincent a fermé les yeux. Il se souvenait de la scène maintenant, avec des détails nauséabonds — écrite dans la fièvre, révisée dans le dégoût de soi, et (pensait-il) confiée aux flammes. Il ne lui était jamais venu à l'esprit que quelqu'un voudrait en faire une réalité.

Ren a feuilleté le volume. — Tu as même écrit des didascalies pour le meurtre. C'est glauque, mec.

— Ce n'est pas un scénario, a dit Vincent, plus pour lui-même que pour quiconque d'autre. C'était juste... une expérience de pensée.

Zara a refermé le classeur d'un coup sec. — C'en est un maintenant. Et si le tueur le suit, nous avons peut-être quarante-huit heures avant le prochain corps.

Ren a claqué des doigts, comme soudainement inspirée. — On devrait s'incruster à la fête. Ou quoi que ce soit. Arriver les premiers.

L'estomac de Vincent s'est noué. — Tu sais combien de bals masqués ont lieu à Londres ce week-end ? Ou même juste à Soho ?

— Peu importe, a dit Ren, on n'a besoin que du plus bizarre.

Zara a acquiescé, mais ses yeux étaient fixés sur Vincent, cherchant quelque chose. — Tu es sûr de ne pas te souvenir à qui tu as envoyé ces ébauches ? Pas de collectionneurs, pas de vieilles flammes ?

Vincent a hésité, et pendant un instant, son visage a trahi une émotion à vif. — Il y en a eu une. À Shoreditch. Elle se faisait appeler « l'Éditrice ».

Ren a hurlé de rire. — Oh mon dieu. Tu es sorti avec quelqu'un qui s'appelait *l'Éditrice* ? C'est un niveau de masochisme auquel même moi je n'ai jamais aspiré.

Vincent a grogné. — Je ne suis pas sorti avec elle. C'était une... transaction.

— Bien sûr que c'en était une, a dit Ren en souriant.

— Elle ne l'a pas fait fuiter ni fait de copies. J'en suis certain.

Vincent a regardé autour de lui dans les archives, les rangées de savoirs interdits, et a senti le passé converger vers lui comme un nœud coulant. Pendant un instant, il a souhaité n'être qu'un vulgaire vampire de base, avec toute l'amnésie opportune que cela impliquait.

Ren a refermé le livre de sonnets, puis l'a jeté à Vincent. Il l'a rattrapé par réflexe, puis a grimacé en voyant l'inscription sur la page de garde — la sienne, d'une main qui semblait bien plus assurée que dans son souvenir : *À tous les lecteurs qui n'ont jamais demandé à être hantés. — V.L.*

Elle a souri. — Je suppose qu'on est hantés maintenant, patron.

Zara a éteint sa lampe frontale, l'obscurité se refermant sur eux avec un sens du timing parfait. — Allons-y, a-t-elle dit, et l'écho de sa voix a persisté dans l'espace caverneux. On a une fête à laquelle s'incruster. Et un scénario à réécrire.

Ils sont sortis en file indienne, les grilles de fer se verrouillant derrière eux, et ont laissé les archives à leurs piles de livres maussades et vivantes. Au-dessus, le monde attendait, et l'histoire avait déjà un chapitre d'avance.

Les toits étaient le seul endroit de la ville où Vincent se sentait être une personne, plutôt qu'un mémo du département des mauvaises décisions de l'univers. Le vent, qui montait du fleuve, tranchant comme un couteau, découpait la nuit en éclats et poussait la brume de côté, si bien que l'air au-dessus des archives était une soupe glaciale de brouillard, de smog et de chauves-souris occasionnelles plus ambitieuses que sensées.

Vincent a refermé la porte d'accès au toit d'un coup d'épaule, laissant son claquement résonner derrière lui. Ren était déjà à mi-chemin sur le gravier, sa silhouette se découpant sur une ligne d'horizon faite à parts égales de flèches gothiques et d'immeubles portant le nom de fournisseurs de téléphonie mobile. Elle portait son sweat à capuche usé comme une armure, fixant la ville avec une intensité qui parvenait à paraître à la fois prédatrice et blasée.

Il a sorti en tâtonnant une cigarette de son paquet froissé, puis a réalisé que son briquet était dans sa poche gauche — évidemment, celle qu'il ne pouvait atteindre sans se livrer à une danse ridicule. Ren l'a observé, silencieuse, tandis qu'il parvenait enfin à l'allumer. Le tremblement de ses doigts ne venait pas du froid, mais le vent faisait un excellent travail pour masquer la vérité.

Il a tiré une bouffée, l'a expirée et a regardé sa propre fumée et son souffle s'entremêler dans l'air. — Tu sais, a-t-il dit, dans une autre vie, je serais ici en train de comploter pour dominer le monde. Ou au moins un suicide spectaculaire.

Ren a penché la tête sur le côté, songeuse. — Il est encore temps pour les deux, si tu es multitâche.

Il a eu un rire bref et surpris. — C'est toi l'optimiste dans cette relation, alors ?

Elle a eu un sourire en coin, mais plus doux que son rictus

habituel. — S'il te plaît. Si j'étais optimiste, j'aurais démissionné dès que ce truc est apparu à mon poignet. Ou au moins après qu'on a trouvé un cadavre dans la rue.

Vincent a fait tomber la cendre de sa cigarette par-dessus le parapet. — On s'y habitue. Au côté existentiel, pas au décompte des cadavres.

Ils sont restés silencieux un moment, à regarder les lumières se brouiller dans la brume. Quelque part en bas, une sirène a hurlé, puis s'est coupée en plein cri, ne laissant que le murmure grave et perpétuel de la ville.

Ren a brisé le silence. — Alors. C'est le moment où on a notre séance de rapprochement larmoyant, ou c'est plutôt une séance de déprime de groupe ?

— Pourquoi pas les deux ? a dit Vincent.

Elle a haussé les épaules, puis a fouillé dans son sac en bandoulière et en a sorti un thermos, qu'elle a dévissé et lui a tendu. Il l'a accepté par habitude, sans attente particulière, et a reniflé le contenu : du café, bas de gamme, et assez noir pour servir de preuve dans une bataille pour la garde d'un enfant.

— Merci, a-t-il dit, et il le pensait. Il a bu une gorgée, l'amertume étant un contrepoint bienvenu à la cigarette. Tu sais, quand je me suis transformé, j'ai cru que je perdrais le goût pour ce genre de choses.

Ren lui a jeté un regard de côté. — Non ?

Vincent a secoué la tête. — Tout change, mais pas de la façon dont on le pense. On garde les anciennes faims. On en ajoute juste de nouvelles par-dessus.

Elle a hoché la tête, comme si c'était la chose la plus raisonnable qu'on ait jamais dite. — Donc tu as faim tout le temps.

Il a contemplé la ville, le café, le bouillonnement dans ses propres entrailles. — Ouais. Certains jours, j'ai assez faim pour dévorer le soleil.

Ren a retroussé sa manche, exposant l'intérieur de son poignet.

Le tatouage du Réceptacle de la Plume luisait faiblement même dans la pénombre. Elle a tendu le bras vers lui, ni par provocation, ni par défi, mais avec le pragmatisme d'une amie offrant un pansement.

Vincent a eu un mouvement de recul — non pas à cause du sang, mais de l'offre elle-même. Il a secoué la tête, reculant d'un pas. — Ça... non. Je ne suis pas à ce point désespéré.

Elle a maintenu son poignet tendu une seconde de plus, puis a haussé les épaules, sans être offensée, et a rabaissé la manche de sa fermeture éclair. — Comme tu veux. Mais si tu commences à te morfondre sur ta faim tragique, je te gaverai de mon propre O négatif.

Il a souri, penaud. — Tu en serais capable, en plus.

Ren a de nouveau fouillé dans son sac, en sortant cette fois une bouteille de jus de betterave pressé à froid. Elle la lui a lancée, et il l'a rattrapée, surpris par le poids. — C'est un compromis, a-t-elle dit. Pas du sang, mais ça tache tout et ça a le goût de la terre. Si tu n'en veux pas, je te l'échange contre le café.

Il a dévissé le bouchon, a bu une gorgée et a grimacé. — C'est immonde.

Elle a gloussé. — Tu vois ? Maintenant tu es trop occupé à souffrir pour avoir faim.

Ils se sont installés sur le toit, côte à côte sur le rebord de béton qui s'effritait. Le bruit de la ville s'est estompé en une sorte de silence sous-marin, les lumières en bas se transformant en spectres bleus et orange. Vincent a écrasé sa cigarette et est resté silencieux, sentant la présence de la jeune femme à ses côtés — une étrange gravité humaine qui l'ancrait mieux que n'importe quel charme mystique.

C'est Ren qui a rompu le charme, sa voix plus basse qu'avant. — Tu penses que, si tu étais encore humain, tu aurais écrit tout ça différemment ?

Il n'a pas répondu tout de suite. La question était trop vaste, ou peut-être juste trop évidente. À la place, il a fixé la brume et a laissé la ville combler le silence.

Quand il s'est enfin tourné pour la regarder, il y avait sur son visage un sourire qui n'avait rien à voir avec la cigarette, la faim ou le bruit en bas. — Probablement pas, a-t-il dit, mais j'aurais peut-être pensé à utiliser un nom de plume.

Elle a ri, et c'était le genre de son qui reste, même après que le brouillard se soit refermé et que le monde en dessous ne soit plus que formes et suppositions.

Ils sont restés là-haut, à regarder les lumières, jusqu'à ce que le froid les pénètre complètement et que le café soit fini. Quand ils sont finalement redescendus, c'était en tant que deux personnes qui comprenaient exactement ce que signifiait être hanté — et pourquoi on continuait, malgré tout.

La ville continuait de respirer. L'histoire continuait de s'écrire. Et, pour le moment, c'était suffisant.

NEUF

La pluie s'abattait sur la fenêtre avec une persistance qui fit se demander à Vincent si le ciel n'était pas en train de porter plainte. Il était allongé dans son lit, le visage tourné vers le mur, écoutant la batterie arythmique du mauvais temps et le contrepoint plus grave et plus furieux de quelque chose qu'on passait violemment au mixeur dans la cuisine. Il y avait une certaine symétrie dans tout ça : l'indignation de la nature et celle de Mme Barley, toutes deux programmées à la même heure.

Il s'extirpa du lit et traversa le couloir à pas feutrés, les pieds froids sur le parquet. La cuisine était baignée de la lumière crue d'un plafonnier bon marché. Mme Barley se tenait près du comptoir dans ce qu'elle décrivait comme sa « tenue de confrontation formelle » — un tailleur-jupe bleu marine, un chemisier à col montant et un collier de perles qui aurait probablement pu étrangler un ours. Elle avait l'air sur le point de présider un tribunal pour crimes de guerre, pas de faire le ménage dans l'appartement.

Le mixeur rugit, puis se tut. Mme Barley versa le contenu — d'un rouge vif et visqueux — dans une rangée de verres à xérès, tout en ignorant l'existence de tasses plus appropriées pour le petit-déjeuner. Elle croisa le regard de Vincent, puis en versa délibérément un quatrième, les alignant sur la table.

Ren était affalée sur le canapé, la tête en bas, suspendue juste au-dessus de la moquette poisseuse. Elle mangeait une tartine grillée en commençant par la croûte, des miettes tombant dans la capuche de son sweat-shirt. Son visage portait une constellation de plis de sommeil et le genre d'expression que seule pouvait arborer une personne qui n'avait visiblement pas trop souffert pour s'adapter au mode de vie de Vincent, « debout toute la nuit, au lit toute la journée ».

— 'Soir, fit Ren, la tartine étouffant le mot.

Mme Barley l'ignora et fixa Vincent d'un regard qui suggérait qu'il s'agissait d'une intervention, ou peut-être d'un exorcisme. — Asseyez-vous, ordonna-t-elle.

Vincent s'assit. Mme Barley fit glisser un verre vers lui. Il renifla le bord : tomate, sel de céleri, quelque chose d'âcre et de sanglant qui ne ressemblait à aucun légume qu'il connaissait. — C'est un petit-déjeuner ou un avertissement ?

— Les deux, déclara Mme Barley. Elle se glissa sur la chaise d'en face, sa jupe se posant avec la gravité d'un impact de météore. — Nous avons un problème.

Ren fit un mouvement de balancier avec sa main. — C'est un problème du genre « linge sale dans l'évier » ou du genre « complot de vampires qui menace le monde » ?

Mme Barley ne répondit pas. À la place, elle sortit de sa manche un morceau de papier glacé, le déplia avec une précision chirurgicale et le posa au centre de la table.

Vincent tendit la main pour le prendre. Le prospectus avait été imprimé par un professionnel, en noir et argent avec une touche de rouge artériel. En haut, dans une police de caractères qui menaçait d'un procès, on pouvait lire : LE VELVET VEIN VOUS INVITE CORDIALEMENT À...

Son regard tomba sur le sous-titre : UNE NUIT DE

MASQUE, DE SANG ET DE DÉCADENCE — RECréA-
TION DU DERNIER CHAPITRE DE *L'ARRANGEMENT
ÉCARLATE*.

Il le lut une deuxième fois. Puis une troisième, au cas où le mauvais temps ou le mixeur auraient brouillé sa compréhension. — Ce n'est pas... Ils ne peuvent pas...

Ren se redressa d'un seul coup, intéressée. — C'est ta pièce ?

Vincent hésita, puis, du ton de quelqu'un qui avouerait un double meurtre : — Oui.

Le sourire de Mme Barley était fin comme une lame de rasoir. — Il semblerait que votre communauté de fans ait évolué. Ils montent à présent des dîners-spectacles immersifs basés sur vos tragédies inédites.

Vincent repoussa le prospectus, comme s'il risquait d'exploser. — J'ai brûlé tous les exemplaires de *L'Arrangement Écarlate*.

Mme Barley tapota la table. — De toute évidence, pas assez bien. C'est demain soir, à vingt-trois heures, au Velvet Vein. Elle laissa le nom en suspens, comme une malédiction ou une bénédiction. — Vous y assisterez.

Il faillit rire, mais le visage de Mme Barley était un mur de briques. — Je ne vais pas assister à un cabaret de vampires basé sur ma propre pièce ratée.

Ren haussa les épaules. — Moi, j'irais bien. Ça a l'air marrant.

Vincent désigna Ren d'un geste, avec sa tartine et tout le reste. — Pourquoi tu prends son parti ?

— Je ne prends pas son parti, dit Ren. Je pense juste que ce serait génial. Et puis, si tu es l'auteur, tu as les boissons gratuites.

Mme Barley hocha la tête, un rare moment d'unité dans l'équipe. — Et c'est le seul moyen de découvrir qui est derrière tout ça. Ils passent de la fanfiction à la performance artistique. La prochaine étape, c'est de rejouer la scène finale.

Vincent ferma les yeux. Il se souvenait de la scène finale. Elle impliquait trois meurtres, une orgie de sang simulée et la décapitation sur scène d'un personnage au nom suspect de V. Lupo. — Non, dit-il. Absolument pas.

Mme Barley joignit les doigts, telle une mante religieuse sur le point de dévorer son partenaire. — Si vous ne le faites pas pour votre propre postérité, faites-le pour la sécurité de l'appartement. Ou pour le Réceptacle, ajouta-t-elle en jetant un coup d'œil à Ren.

Ren fit mine de prendre son pouls. — Je vais bien. Sauf s'il y a une autre prophétie dont je n'ai pas entendu parler.

Mme Barley l'ignora. — Il nous faudra des costumes. Des masques. Peut-être de fausses invitations. Elle égrenait les impératifs sur ses doigts, chacun étant un clou de plus dans le cercueil de Vincent. — Je m'occuperai de la logistique.

Vincent regardait le plan lui échapper, comme d'habitude. — Je n'ai rien à me mettre, dit-il, désespéré.

Mme Barley sourit avec quelque chose qui ressemblait à de la pitié. — Vous porterez un masque, Vincent. C'est tout l'intérêt.

Il baissa les yeux vers le prospectus, puis vers les verres à xérès. Il en prit un, le souleva à hauteur de ses yeux. Le liquide rouge était épais, s'accrochant aux parois au ralenti. — Je croyais que c'était un Bloody Mary.

Mme Barley secoua la tête. — Ce n'est pas à boire. C'est pour la forme.

Il reposa le verre, les mains tremblantes. Ren, maintenant bien droite et complètement réveillée, finit sa tartine et se lécha les doigts. — Si on va à une fête de vampires, dit-elle, je prends le masque le plus dangereux.

Mme Barley regarda Vincent, le mettant au défi de refuser. Il pensa à la soirée du lendemain : la musique, les inconnus, la probabilité de se faire assassiner sur scène pour le divertissement de pervers immortels. Il regarda Ren, qui trépignait d'excitation, puis Mme Barley, qui était aussi immuable que le destin.

— Très bien, dit-il. Mais je n'applaudirai pas s'ils ratent ma scène de mort.

Mme Barley tapota le prospectus. — Bon garçon. Maintenant, buvez. Vous aurez besoin de forces.

Vincent examina le verre, puis la pièce, et essaya de se souvenir de la dernière fois qu'il était allé à une fête qui ne s'était pas terminée dans les cris. Il but une gorgée du liquide rouge. Ça avait le goût de la betterave, avec un arrière-goût d'effroi.

Ren sourit. — Ça va être génial.

Vincent en doutait, mais il continua de boire quand même.

La tempête revint pour un deuxième round alors que le soir se fondait dans la nuit, faisant vibrer les vitres du bureau de Vincent avec l'indignation d'un inspecteur municipal à qui l'on aurait refusé l'entrée. La vue depuis son bureau était une zone de guerre d'éclairs et d'antennes satellites, chaque flash révélant un peu plus de l'optimisme grêlé de la ville. À l'intérieur, l'atmosphère n'était pas moins volatile : les livres avaient recommencé à se réorganiser, se déplaçant sur les étagères avec l'énergie passive-agressive de fantômes en colocation.

Vincent était assis à son bureau, ou plutôt, recroquevillé derrière, comme pour se protéger de l'assaut de son propre travail. La correspondance du jour était étalée devant lui — une liste de choses à faire impossible, composée de corrections, d'avertissements et de menaces polies de la part de Zara. La poche de sang à son coude suintait de condensation, son étiquette se couvrant de gouttelettes dans le froid, mais il s'efforçait de l'ignorer. Ses mains, cependant, n'avaient pas reçu le mémo. Elles tremblaient avec la férocité d'un sevrage d'opium, ou peut-être de quelque chose de plus ésotérique, tandis qu'il tapait, effaçait et retapait la même phrase encore et encore.

Il était si concentré sur l'acte délibéré de ne pas se nourrir qu'il n'entendit pas Ren avant qu'elle ne se tienne dans l'embrasure de la porte, une silhouette encadrée par la lumière bleue du palier. Elle portait le même sweat à capuche que toujours, mais avec les manches retroussées, révélant la nouvelle marque sur son avant-bras : encore à vif, brillant encore faiblement dans la pénombre.

— Tu évites ton déjeuner, dit-elle.

Vincent leva les yeux, surpris. — Je travaille.

Ren ricana. — Tu n'es même pas connecté. Elle traversa la pièce, attrapa la poche de sang et la tint à hauteur de ses yeux comme un animal de compagnie récalcitrant. — Bois ça, ou je te le verse de force dans le gosier.

Il essaya de rire, mais l'effort se coinça dans sa poitrine. — Ça ne marche pas comme ça.

Ren le dévisagea, son expression un mélange de dédain et d'inquiétude. — T'es un vampire, pas un martyr. Si tu dépéris, on n'arrivera pas au troisième acte.

Vincent détourna le regard, se concentrant sur les lumières de la ville floutées par la pluie. — Parfois, je pense que la faim est la seule chose qui me rend réel.

Elle se percha sur le bord du bureau, balançant ses pieds comme une enfant qui s'ennuie. — C'est l'excuse la plus merdique que j'aie entendue cette semaine, et j'ai passé samedi dernier à parler à un type qui mange des ampoules pour le plaisir.

Il ferma les yeux. — Ce n'est pas si simple.

Ren se pencha vers lui, la voix basse. — Bien sûr que si. Tu as peur que si tu agis comme un monstre, tu en deviennes un.

Il tressaillit, mais ne le nia pas.

Le ton de Ren s'adoucit, d'un cheveu à peine. — Tu penses que ne pas te nourrir te rend plus humain ? Ça te rend juste moins de tout. Affamé, fatigué, inutile. À la fin, tu seras trop faible pour même broyer du noir correctement.

Il ouvrit la bouche pour protester, puis la referma d'un coup. Elle n'avait pas tort. Il détestait qu'elle n'ait pas tort.

Ren posa la poche de sang devant lui, sa main s'attardant dessus un instant. — Écoute, je comprends. Personne ne veut admettre qu'il a besoin de quoi que ce soit. Mais là, tout de suite, on a besoin de toi debout et pas en train d'halluciner sur de la poésie.

Il s'efforça de rire. — C'est si grave que ça ?

Elle eut un sourire en coin. — Tu as essayé de réciter Ozymandias dans ton sommeil la nuit dernière. C'était embarrassant pour nous tous.

Il se massa les tempes. — Très bien. Je vais la boire. Plus tard.

Ren se leva en s'étirant jusqu'à faire craquer sa colonne vertébrale. — Comme tu veux. Mais ne me fais pas recommencer ça.

Il la regarda partir, la pièce plus silencieuse en son absence, mais pas vraiment paisible. La poche de sang était là, accusatrice. Il la ramassa, la tournant et la retournant dans ses mains.

Il ne voulait pas se nourrir. Se nourrir, même avec une poche médicale, lui rappelait tout ce qu'il avait perdu en sept siècles d'années affamées. La maîtrise de soi. La dignité. Un pouls.

Mais Ren avait raison. Il n'était bon à rien comme ça. Il n'était bon à rien pour lui-même, non plus.

Il fit sauter le bouchon et but. Le goût était métallique et épais, presque assez pour noyer le bruit de fond du dégoût de soi.

Quand il eut fini, il s'essuya la bouche du dos de la main et fixa le mur pendant un long moment.

Son téléphone vibra. C'était un message de Ren : « Essaye de ne pas sombrer dans le coma à force de broyer du noir. Descends quand tu seras prêt. »

Il sourit, un sourire sombre mais sincère.

Il ouvrit un nouveau message et tapa un seul mot : « Dîner ? Demain soir ? »

Son doigt plana au-dessus du bouton d'envoi. Il imagina l'Éditrice, où qu'elle soit, le recevant. Il l'imagina lever les yeux au ciel, puis répondre avec une heure et un lieu, tous deux inutilement précis.

Il appuya sur envoyer. La petite flèche clignota, puis disparut.

Vincent s'affala dans son fauteuil, écoutant la tempête battre la fenêtre et les livres marmonner entre eux. Pour la première fois depuis des jours, la faim n'était plus qu'un bruit de fond.

Il se laissa dériver, les lumières de la ville vacillant dans l'humidité, et attendit de voir ce qui allait se passer ensuite.

DIX

L'Éditrice vivait dans un appartement si blanc que le regarder directement faisait mal aux yeux, un appartement qui rejetait activement toute accumulation de personnalité. Vincent a hésité sur le seuil, se sentant crasseux en comparaison, comme s'il s'apprêtait à taguer une salle d'opération. Les lumières à l'intérieur étaient des LED, réglées sur la température de couleur d'une autopsie, et la seule œuvre d'art était une gravure ancienne de l'*Anatomie de la Mélancolie* encadrée avec une précision chirurgicale au-dessus du bureau. Des étagères couvraient les murs — des Ladderax, bien sûr, car l'Éditrice croyait au réagencement modulaire du savoir comme du mobilier — mais contrairement aux tours d'entropie de son propre domicile, ses étagères étaient bien rangées, classées par ordre alphabétique, avec des références croisées, et, il le soupçonnait, dépoussiérées chaque semaine.

Elle a ouvert la porte avec la courtoisie méfiante de quelqu'un qui s'attendait à voir des huissiers, pas un vieil ami. Elle portait un long cardigan bleu marine qui faisait à la fois office de blouse de laboratoire et de barrière sociale, et ses cheveux étaient tirés en arrière si sévèrement que cela lui donnait un lifting académique. Une légère odeur de chien mouillé flottait dans l'entrée, luttant contre le système de purification d'air qu'elle avait récemment installé. Il a reconnu le modèle : il était commercialisé pour les immunodéprimés et les grands paranoïaques.

— Tu es en retard, a-t-elle dit, puis elle s'est écartée pour le laisser entrer. Elle n'a pas pris la peine de saluer, de serrer la main, ni d'échanger les banalités sur la pluie qui avaient contaminé le reste de Londres.

Vincent a retiré son manteau et l'a accroché au crochet qu'elle lui a indiqué d'un unique geste souverain. Il a risqué un regard vers l'intérieur : des étagères cubiques blanches, une table blanche, des sols blancs, la seule rupture dans ce champ de neige étant un amoncellement de dossiers codés par couleur sur le plan de travail de la cuisine. Dans le salon, un unique canapé gris s'accrochait au centre de l'espace comme un banc de sable dans un océan stérile.

— Désolé, a-t-il dit, bien qu'il ne le soit pas vraiment.

— Ça va. Assieds-toi.

Il s'est assis. Le canapé était si immaculé qu'il a couiné, un bruit qui a sonné comme une violation. Vincent a gigoté, puis s'est immobilisé, les mains jointes sur ses genoux, tel un écolier pris entre une interro et une réprimande.

Elle est passée devant lui, le cardigan traînant derrière elle tel un drapeau synthétique d'intention, et est revenue avec deux objets : un simple verre d'eau et une boîte de mouchoirs neuve, encore dans son emballage. Elle a posé le verre sur la table basse devant lui, puis a ouvert la boîte de mouchoirs avec l'efficacité d'un chirurgien déballant un scalpel.

— Tu veux discuter des conditions ? a-t-elle demandé en s'installant dans un fauteuil en face de lui.

— Des conditions ?

Elle l'a considéré avec cet amusement impassible qui lui a instantanément donné le sentiment de ne pas être à sa place dans la même pièce. — Tu as demandé à te nourrir. Je suppose que tu n'as pas perdu le sens des convenances depuis la dernière fois.

Vincent a senti le sang lui monter aux oreilles. — Je... oui. Bien sûr. Protocole standard. Volume... euh, minimum. Pas de marques permanentes. Tu peux fixer les limites.

Elle a incliné la tête, puis a détaché un mouchoir du dessus de la pile et a tamponné une tache imaginaire sur son poignet. — Le bras gauche, alors. Et seulement jusqu'à ce que je dise d'arrêter.

Il a hoché la tête, soudain très conscient de la façon dont sa propre langue pressait contre ses crocs, comme impatiente d'entrer en scène. Il a gardé les mains sur ses genoux, les jointures blanches, et a fixé le verre d'eau comme s'il pouvait soudain se découvrir un goût pour les métaphores.

Ils sont restés assis en silence pendant un long moment, à se jauger.

C'est lui qui a craqué le premier. — Tu ne pratiques vraiment pas la conversation de salon, hein.

Le regard de l'Éditrice s'est aiguisé, un scalpel dégraissant la conversation de tout superflu. — Nous savons tous les deux pourquoi tu es là. Le préambule est une perte de temps.

— Je pourrais faire semblant de m'intéresser à ta dernière bourse de recherche, a proposé Vincent, mais je me ridiculiserais avec une mauvaise blague sur l'évaluation par les pairs.

Elle a levé les yeux au ciel, mais c'était un geste ancien, familier, un tic intellectuel de l'époque où ils se disputaient les mêmes miettes académiques. — Le projet a été reporté. Les financements ont été coupés. Elle a fléchi son poignet, le lui présentant avec un air professionnel. — Contraintes budgétaires, tu comprends.

— Chronique, a-t-il dit, et il le pensait.

Elle l'a observé le temps d'une demi-inspiration, puis a sorti de sa poche un petit flacon d'alcool isopropylique, un coton et un pansement. Elle a nettoyé sa propre peau avec une efficacité impitoyable, puis lui a fait signe de procéder.

Vincent s'est rapproché, essayant d'ignorer la façon dont la lumière donnait à ses propres mains un air jauni et étranger. — Tu pourrais au moins essayer de rendre ça moins clinique, a-t-il marmonné.

Le sourcil de l'Éditrice a tressailli. — Tu préfères un rituel ? De l'encens, une lumière d'ambiance, un peu de jazz feutré ?

— Jamais de jazz, a dit Vincent, et ils ont presque souri ensemble.

Mais le moment était purement professionnel. Il a pris son bras, a senti le pouls sous la fine couche de peau, et a frissonné. Elle se tenait parfaitement immobile, les yeux fixés sur le mur blanc derrière lui. Pendant une seconde, il s'est senti comme un intrus, un parasite, mais la faim était maintenant réveillée, furieuse et élégante, et elle le guidait avec une assurance que ses nerfs ne pouvaient égaler.

Il a mordu.

La perforation initiale n'était presque rien, une piqûre d'épingle, mais alors que le sang perlait, lent et précis, il a senti l'onde de chaleur se propager de ses lèvres jusqu'au bout de ses doigts. L'Éditrice a expiré — une décompression audible et contrôlée — et son autre main s'est crispée sur l'accoudoir, ses jointures blanchissant.

Vincent a bu par petites gorgées, déterminé à ne pas perdre le contrôle, à ne pas laisser l'animal sous sa peau diriger le moment. Il gardait un œil sur son visage, la regardait respirer à travers la montée d'adrénaline, et il était absurdement conscient du minuteur au mur qui égrenait les secondes.

Après exactement trente secondes, l'Éditrice a levé une main. — Ça suffit.

Il s'est arrêté instantanément, mais l'arrière-goût persistait — métallique, relevé de quelque chose qui ressemblait à un souvenir. Il a pressé le mouchoir sur la morsure, a essuyé l'excès de sang, et a appliqué le pansement avec des doigts tremblants.

Elle a repris son bras, a inspecté son travail, puis a fléchi son poignet. — Toujours aussi méticuleux, a-t-elle dit. Tu n'as rien perdu de ta précision.

Il s'est affalé, embarrassé par la rougeur de ses joues et la douleur dans son estomac, la faim et son soulagement étant tous deux une sorte d'humiliation. — Je fais de mon mieux. Je ne voulais pas avoir un mauvais avis sur Trustpilot.

Elle a reniflé. — Tu n'es toujours pas drôle.

— Je suis hilarant dans certains cercles, a-t-il dit, mais sa voix était plus douce.

Ils sont restés ainsi une minute, l'air vibrant de choses non dites. L'Éditrice a pris le verre d'eau, a bu une gorgée, puis l'a reposé avec une force superflue. Elle l'a dévisagé, l'évaluant.

— Alors, c'est quoi l'urgence ? D'habitude, tu ne viens pas supplier, sauf si c'est la fin du monde.

Il a envisagé de mentir, mais l'honnêteté post-prandiale lui déliait toujours la langue. — C'est le manuscrit disparu. Celui contre lequel tu m'avais mis en garde.

Ses lèvres se sont pincées, mais elle n'a pas semblé surprise. — Tu l'as trouvé ?

— Pire, a-t-il dit. Il est dans la nature.

L'Éditrice s'est penchée en avant, son expression se durcissant. — Qui l'a ?

Il a secoué la tête. — Pas sûr. Mais il y a un fan-club. Une secte, peut-être. C'est récursif, la prophétie. Ou peut-être que c'est juste un foutu script, suivi à la lettre.

Elle a tapoté le pansement sur son poignet, un geste à mi-chemin entre l'irritation et la nostalgie. — Tu n'aurais jamais dû l'écrire.

— C'est toi qui l'as édité, a rétorqué Vincent, et il a immédiatement regretté sa mesquinerie.

Elle a laissé passer. — On ne peut pas changer le passé, Vincent. Tout ce qu'on peut faire, c'est gérer les dégâts.

Ils sont restés assis, de vieilles blessures respirant dans le silence.

Il s'est ressaisi, sentant la nouvelle énergie s'infiltrer dans ses os. — Je serai prudent, a-t-il dit, puis, merci.

L'Éditrice a hoché la tête, une seule fois, et s'est levée. Elle a rassemblé les débris médicaux en une pile bien nette, puis les a déposés dans une poubelle sous l'évier.

Alors que Vincent enfilait son manteau, elle a hésité près de la porte. — Tu écris toujours la culpabilité comme si c'était un genre littéraire, a-t-elle dit.

Il l'a regardée, vraiment regardée, pour la première fois depuis qu'il était entré dans l'appartement. — Et toi, tu édites toujours les gens au milieu d'une phrase.

Ils ont tous deux souri, un sourire fragile, et elle lui a ouvert la porte. Il s'est arrêté sur le seuil, s'attendant à moitié à un au revoir, un avertissement, une demande de nouvelles.

Au lieu de ça, elle a simplement dit : — Ne reviens pas, sauf si tu en as vraiment besoin.

Il a hoché la tête, est sorti, et a laissé le couloir l'avaler.

L'air extérieur était plus frais, moins désinfecté, et il l'a avalé à grandes goulées, essayant de remplacer le sentiment rongeur dans sa poitrine par la réalité de ce qu'il venait de faire. Il se sentait mieux, au sens le plus littéral et biologique du terme. Mais la faim n'avait toujours été qu'un symptôme, jamais le remède.

Il a marché, les mains au fond de ses poches, à travers la lueur humide des lampadaires, essayant de ne pas imaginer toutes les choses qu'il avait laissées derrière lui dans ce monde blanc et aseptisé.

Ce qu'il voulait, plus que tout, c'était se retirer dans son bureau et travailler sur son dernier roman, mais il avait un bal masqué auquel assister.

Il n'était même pas vingt et une heures et l'appartement de Vincent ressemblait déjà au genre de loge hantée qu'on ne trouve que dans les compagnies de théâtre en fin de vie ou dans certains bars de Vauxhall. Chaque vêtement qu'il avait acquis au cours de ses sept siècles (les deux derniers dans des friperies) avait été exhumé et jeté à travers l'appartement, créant une topographie de cravates abandonnées, de vestes en velours et de t-shirts de groupes de rock élimés. Le chaos était si complet qu'il avait envahi la cuisine, où Ren était assise sur le comptoir, les jambes se balançant, en train de fabriquer un masque à partir de bandes de soie rouge et d'un pistolet à colle qui aurait dû, en toute logique, être classé comme une arme.

Mrs Barley occupait la seule chaise restante, polissant une paire d'anciennes bottes de combat et feuilletant un catalogue de capes d'opéra vintage, comme si elle auditionnait pour le rôle de « la mort en sursis ». Elle avait les cheveux relevés, toujours aussi sévères, mais l'effet était amoindri par le velours lie-de-vin drapé sur ses genoux.

Ren a lorgné les bottes, puis la cape. — Ça date du Blitz ou c'est juste pour le style ?

Mrs Barley lui a jeté un regard. — J'y étais, au Blitz, ma chère. Le style, c'est que j'y ai survécu.

Ren a reniflé, puis a repris son propre bricolage. La soie était probablement volée — Vincent ne la reconnaissait d'aucun costume précédent, et la façon dont Ren la découpait impliquait un mépris total pour la provenance ou la valeur de revente. Elle était un peu négligente avec sa découpe, si bien que l'œil gauche était légèrement plus grand que le droit, ce qui donnait au masque une expression de surprise permanente.

Vincent, pendant ce temps, était embourbé dans une bataille avec sa propre garde-robe. Le mieux qu'il ait pu trouver était un costume anthracite (deux tailles trop petit, mais « vintage » si on plissait les yeux) et une cravate si funèbre qu'elle aurait pu officier à son propre service commémoratif. Il a regardé son reflet dans le miroir de l'entrée, espérant un air « byronien », mais se retrouvant carrément avec celui d'un « croque-mort déshérité ». Le repas chez l'Éditrice l'avait laissé regonflé et nerveux, la peau électrique, ses pensées refusant de se poser dans l'un de leurs sillons familiers et réconfortants de dépression.

Mrs Barley l'a surpris en train de se regarder. — Tu gigotes.

Il a tiré sur sa cravate. — Le tissu me gratte.

— Bien sûr qu'il te gratte, a-t-elle dit, il est censé te mettre mal à l'aise. Ça s'appelle s'habiller. Maintenant, assieds-toi, avant de faire craquer une couture.

Il s'est assis, obéissant comme le chien d'un pensionnat, et a regardé Mrs Barley lacer les bottes. Il ne parvenait pas à chasser l'image de l'appartement de l'Éditrice — sa clarté aseptisée, la façon dont sa présence avait rempli chaque mètre cube, la faim qui était maintenant assouvie mais pas satisfaite. Le souvenir ne cessait de s'accrocher à la manière dont l'Éditrice avait évité de mentionner davantage le manuscrit, même si c'était la seule chose dont ils voulaient tous deux discuter.

Ren est intervenue : — On dirait que tu es sur le point d'épouser une crypte.

Vincent lui a adressé un minuscule sourire. — Et toi on dirait que tu viens d'en cambrioler une.

Elle a montré les dents, ravie.

Mrs Barley a fini de lacer ses bottes et a jeté la cape sur ses épaules avec panache. — Bien. Revoyons le plan, s'il vous plaît. Pas d'improvisation. Pas d'héroïsme. Nous sommes là strictement pour observer, recueillir des informations, et ne pas nous faire assassiner par des vampires autoproclamés.

Ren ignorait déjà la dernière partie. — Si on se fait repérer, on court, ou on met le feu à quelque chose ?

— On court d'abord, a dit Mrs Barley, puis on met le feu si courir ne marche pas.

Vincent a jeté un coup d'œil à l'horloge murale. — On devrait y aller. Le Velvet Vein commence à fermer les portes après minuit. Et je préférerais ne pas être l'after.

Mrs Barley s'est levée, a vérifié le contenu de son sac — miroir de poche, clés, trois gousses d'ail (« juste au cas où », a-t-elle dit avec un regard entendu vers Vincent) — puis a mené le chemin vers l'entrée. Le miroir du couloir les a presque tous saisis alors qu'ils passaient : Mrs Barley en revenante bottée, Ren en éclair de chaos rouge et noir, et Vincent, s'il avait eu un reflet, fermant la marche avec tout l'enthousiasme d'un condamné sur un char de parade.

Dehors, la ville passait déjà en mode nocturne. La rue scintillait sous une pluie fraîche, et l'air avait l'arôme épicé des ruelles, un mélange de brique humide et de friture. Ren a dévalé les marches devant eux, mettant son masque en place, et Mrs Barley gardait un œil méfiant sur les voitures silencieuses qui tournaient au ralenti sur le trottoir. Les nerfs de Vincent tressaillaient à chaque forme qui passait, l'afflux de sang neuf donnant à chaque ombre l'air d'une métaphore chargée de sens.

— Arrête de marcher comme si tu allais te faire assassiner, a dit Ren par-dessus son épaule.

Vincent a répondu : — Statistiquement, si ce n'est pas encore arrivé, ça ne saurait tarder.

Mrs Barley a reniflé, une rare manifestation de solidarité. — Essaie au moins d'avoir l'air d'être à ta place.

Il a essayé. Vraiment. Mais la cravate l'étranglait, le costume le grattait, et chaque pas vers le Velvet Vein ressemblait à une descente plus profonde dans le ventre d'un monstre qu'il avait lui-même engendré. Il ne pouvait dire si ce bruit de fond émotionnel était la faim, la culpabilité, ou juste l'anticipation d'un autre désastre. Heureusement, le lieu n'était qu'à environ un kilomètre et demi.

Alors qu'ils tournaient au coin de la rue du club — une rue secondaire éclairée par des néons et l'éclat occasionnel d'une bougie vacillante — Ren s'est arrêtée et a attendu que les autres la rattrapent.

Elle a regardé Vincent. — Ça va ?

Il a voulu dire quelque chose d'intelligent, ou du moins de dédaigneux. Mais le mieux qu'il ait pu formuler fut : — Finissons-en, c'est tout.

Mrs Barley lui a frappé le dos, avec une force qui a menacé de lui déboîter l'épaule. — Voilà l'esprit, mon garçon. Maintenant, allons faire notre petit numéro et voyons ce qu'on peut découvrir.

Et c'est ce qu'ils ont fait : trois amis improbables en parures d'emprunt, marchant vers le Velvet Vein avec la résolution sombre de gens qui savaient pertinemment qu'ils feraient mieux de s'abstenir, mais ne pouvaient s'en empêcher.

ONZE

Le Velvet Vein ne faisait pas de publicité. Il n'en avait pas besoin. Sa réputation grandissait à la manière d'une gangrène urbaine : inévitable, irrépressible, et discrètement dévastatrice pour quiconque avait des principes. Soit on recevait une invitation, soit on n'en recevait pas. La façade, un bar clandestin abandonné coincé entre une boutique de vapotage artisanal et un prêteur sur gages qui n'ouvrait jamais, avait une porte sans sonnette et une fenêtre si crasseuse qu'elle faisait office de miroir noir. Si on savait où frapper, on était déjà à l'intérieur.

Vincent menait leur avancée, une trinité de maladresse à peine coordonnée : Ren dans son masque de soie rouge et son style « chic crime de guerre », Mme Barley bardée de l'équivalent vestimentaire de la Convention de Genève, et lui-même affublé de la cravate de funérailles qui menaçait encore de l'asphyxier. Le videur, un colosse en gilet de brocart, a dévisagé leur trio, puis a hoché la tête avec une marque de respect qui signifiait qu'il avait vu des ensembles plus étranges ce soir-là et n'en regrettait aucun.

Ils ont descendu un escalier en lacets qui semblait s'étirer à l'infini, les murs tapissés de vieilles taxidermies et de vitrines de fleurs conservées — chaque arrangement soigneusement composé pour être à la fois menaçant et coûteux. La basse vibrait à travers la pierre, une pulsation que l'on sentait d'abord dans la plante des pieds, puis dans les plombages. La porte en bas s'ouvrait sur la salle principale du club, et l'effet tenait moins de « l'antre de vampires » que de « l'après-soirée infernale de l'Eurovision ».

C'était bondé : la vieille garde en costumes sur mesure et robes de soirée dos nu, leurs masques aussi subtils que des logos de banque ; les nouveaux riches en néon et latex, les visages dissimulés par des becs élaborés de médecin de peste et des visières à miroir. L'air portait le parfum du sang épicé, des cigarettes sans filtre, et de l'effort collectif de plusieurs siècles de catastrophes vestimentaires. Chaque table avait une bougie, chaque bougie était noire, et chaque surface scintillait d'un genre de résidu qui ne pouvait jamais être complètement expliqué, seulement enduré.

Vincent a ajusté son masque (un domino noir classique — peu d'effort, grande part de déni plausible) et a balayé la foule du regard. Les visages derrière les masques auraient pu être ceux de n'importe qui : des cousins éloignés, d'anciennes maîtresses, des créanciers, un historien de passage. Il a laissé son regard glisser sur eux avec l'ennui étudié d'un habitué des boîtes de nuit, mais à l'intérieur, il tenait un catalogue mental de qui serait susceptible d'essayer de le tuer, et qui serait simplement offensé par sa présence.

Mrs Barley s'est aussitôt détachée, sa trajectoire l'emmenant le long du périmètre avec la concentration d'une technicienne de scène de crime. Elle a passé son doigt le long du bar, a inspecté les appliques à bougies, et s'est arrêtée à intervalles réguliers pour plisser les yeux vers le papier peint comme si elle lisait un texte invisible. De temps en temps, elle prenait une photo rapide avec son téléphone, puis le rangeait comme si elle était gênée d'être vue utilisant une technologie moderne.

Ren était moins méthodique, plus cinétique. Elle s'est frayé un chemin dans la foule, s'est approprié une flûte de champagne sur un plateau qui passait, et a rejoint une petite grappe de nouveaux vampires qui semblaient sortis tout droit d'une soirée gothique de Camden. Ils étaient en plein débat pour savoir s'il était plus authentique de « se nourrir local » ou de partir en « vacances sanguines » sur le continent. Ren, dont les propres préférences alimentaires commençaient et finissaient par « de préférence, pas le mien », s'est immiscée dans la discussion avec une franchise à lever les yeux au ciel qui a immédiatement fait d'elle le centre d'attention du groupe.

Vincent a dérivé, utilisant le bar comme point d'ancrage. Le barman, une belle silhouette androgyne portant un demi-masque vénitien, l'a salué par son nom, ce qui n'a en rien apaisé sa paranoïa.

— Lupo, ont-ils dit. Tu es de retour aux rouges ?

— J'essaie d'être sociable, a répondu Vincent, en désignant d'un geste un verre de ce qui passait pour la spécialité de la maison.

Le barman a versé un liquide épais et cramoisi, garni d'un zeste d'agrume.

— C'est pour la maison. Tu as l'air d'en avoir besoin.

Vincent a balayé la salle du regard, en baissant la voix.

— Quelque chose d'étrange ce soir ?

Le barman a souri, laissant entrevoir ses dents.

— Définis « étrange ». Nous sommes jeudi.

Vincent a accepté d'un hochement de tête. Il a pris une gorgée. La boisson avait un goût de fer et de chagrin d'amour, avec une note de tête de chambre froide. Il l'a laissé s'attarder sur sa langue tandis qu'il observait Mrs Barley faire le tour d'un ensemble de rideaux de velours et Ren pousser ses compagnons de table à un concours pour savoir qui pouvait réciter la légende urbaine la plus embarrassante sur les géniteurs de vampires.

La salle principale du club était construite en niveaux concentriques, avec la piste de danse dans la fosse et les loges empilées en terrasses ascendantes comme une sorte d'amphithéâtre exsangue. Au-dessus, un balcon bordé de balustrades surplombait l'action, et Vincent pouvait à peine distinguer une poignée de silhouettes se déplaçant avec l'assurance désinvolte de ceux qui possédaient l'endroit, ou du moins payaient la facture de nettoyage.

Quelques visages, même derrière les masques, se sont précisés dans sa mémoire. Il y avait le Marquis, dont les fêtes dans les années 1950 s'étaient plus souvent terminées par des descentes de police que par des applaudissements ; il y avait Lady D, son masque une maille complexe de cotte de mailles, dont le goût pour les cocktails de sang n'était surpassé que par son goût pour les maris des autres. Mais aucun d'eux ne semblait remarquer Vincent, ou s'ils le faisaient, leurs visages ne trahissaient rien d'autre que de l'ennui.

Il commençait à se détendre — juste un peu — quand une présence à ses côtés a remis tous ses systèmes d'alerte à plein régime.

Un homme dans un costume qui était vintage avant même que Vincent ne naisse (la première fois), masque noir, bouche figée dans un sourire en coin subtil, s'est penché assez près pour être intime mais pas menaçant.

— Je ne pensais pas te revoir ici, a murmuré l'homme, les mots précis, l'accent indéfinissable. J'ai entendu dire que tu étais passé de mode.

Vincent a souri, laissant le masque faire la moitié du travail.

— Je suis un classique. Parfois, ils reviennent.

L'homme a ri, un rire doux et sincère.

— Pas si tu es l'écrivain. Les écrivains sont toujours les premiers à partir.

Ils ont échangé un silence bref et chargé. Vincent a laissé la conversation en suspens, ne souhaitant s'engager ni dans un souvenir ni dans une reconnaissance.

Les yeux de l'homme ont brillé derrière le masque.

— Si tu cherches les ennuis, tu as quelques siècles de retard.

Il a fait tinter son verre — quelque chose de pâle et de pétillant — et s'est fondu dans la foule, comme s'il s'était seulement arrêté pour rappeler à Vincent sa propre obsolescence.

Vincent a expiré, puis a réalisé qu'il avait retenu son souffle.

La foule sur la piste s'est déplacée, s'ouvrant alors qu'un nouveau DJ prenait les platines, mixant ce qui ressemblait à du Boney M sous absinthe. Vincent a regardé les danseurs, leurs mouvements alternant entre souplesse et prédation, et s'est demandé s'il y avait un réel plaisir là-dedans, ou si tout le monde ici ne faisait que suivre le mouvement jusqu'à ce que quelqu'un annonce la « dernière tournée ».

Sur le périmètre, Mrs Barley a achevé son circuit et est revenue vers Vincent. Ses yeux, vifs derrière une paire de lunettes en écaille de tortue (portées par-dessus son masque, dans un acte apparent d'agression contre la mode et la physique à la fois), l'ont scruté de la tête aux pieds.

— Aucune trace de l'ancienne équipe de Carmine, a-t-elle dit à voix basse. Mais j'ai trouvé trois protections actives sur la porte de la cave à vin, et quelqu'un utilise de la cendre d'os comme condiment de table.

— Le club a vraiment amélioré son hygiène, a plaisanté Vincent.

Elle a ignoré le sarcasme.

— Vous avez vu quelqu'un du groupe de la prophétie ?

Vincent a secoué la tête.

— Juste les suspects habituels. Une personne aurait pu être dans la foule de Bucarest, mais je ne connais pas son nom.

Mrs Barley a réfléchi à cela, puis a sorti un carnet de son sac à main et a griffonné quelque chose.

— Ren s'est fait des amis, a-t-elle observé, avec un mouvement de menton vers la fosse de danse.

Vincent a suivi son regard. Ren tenait toujours salon, son

masque de travers, et était clairement en train de gagner un pari. Le groupe de jeunes vampires était passé des récriminations sur les lignées sanguines à un débat sur la question de savoir si les lampes solaires fonctionnaient réellement comme une forme d'automutilation récréative. Vincent était heureux de la voir sourire, même si c'était le sourire d'un chat qui renverse la cage à oiseaux.

Il s'est retourné vers Mrs Barley.

— Devrions-nous nous mêler à la foule, ou maintenir un déni plausible ?

Elle a haussé un sourcil.

— Elle est plus coriace qu'elle n'en a l'air, elle s'en sortira.

Il a vidé son verre, puis s'est dirigé vers les niveaux supérieurs. Le deuxième étage du club était moins bondé, l'air plus frais, l'éclairage suffisamment tamisé pour qu'on puisse prétendre être qui on voulait. Ici, les masques étaient plus élaborés — plumes, paillettes, un semblait même avoir été construit à partir de vraies dents — et les conversations se déroulaient en chuchotements bas et méfiants.

Vincent a trouvé un point d'observation à la balustrade, dominant le club en contrebas. Il a aperçu Ren se faufilant à travers la foule, traînant derrière elle des rires et des verres à moitié renversés. Mrs Barley s'était postée près d'une collection de vieilles peintures, examinant les cadres avec l'intérêt de quelqu'un qui cherche des compartiments secrets.

Le moment de calme n'a pas duré.

Une main s'est refermée sur le poignet de Vincent, froide et dure, et l'a tiré en arrière de la balustrade.

Il s'est retourné vivement, prêt à gronder, mais la silhouette qui l'avait attrapé ne faisait qu'une fraction de sa propre taille — une jeune femme avec un masque de porcelaine et d'or, les yeux écarquillés par ce qui aurait pu être de la peur ou de la dévotion.

— C'est toi, a-t-elle murmuré. C'est toi qui l'as écrit.

Vincent a senti un frisson, plus froid que l'air du club, lui parcourir les entrailles.

— Écrit quoi ?

Elle a eu un rire cassant.

— L'histoire. Le scénario. Tu es la raison pour laquelle nous sommes tous ici.

Vincent a essayé de dégager sa main, mais elle a tenu bon.

— Si c'est un truc de fan, je ne signe plus de—

Elle a secoué la tête, lentement et délibérément.

— Ce n'est pas du communauté de fans, Lupo. C'est un héritage.

Sa main est tombée, et elle a disparu dans la cage d'escalier, ses pas avalés par la basse.

Vincent l'a regardée partir, puis a vérifié son poignet. Là, dans une écriture parfaite, elle avait tracé un symbole avec son ongle : trois croissants, joints au centre. La marque de la Prophétie de Carmine.

Il a frissonné, et pour la première fois depuis des mois, ce n'était pas une affectation.

Il est retourné au bar, se frottant toujours l'endroit sur son poignet, et a commandé un autre verre. Le barman a haussé un sourcil mais n'a rien dit.

Le club avait commencé à devenir flou sur les bords, la foule plus dense, la musique plus forte, l'air épais du sentiment que quelque chose d'important était sur le point de se produire et que personne ne voulait être le premier à le reconnaître.

Vincent a jeté un coup d'œil à Ren — maintenant en pleine conversation avec sa nouvelle secte, les visages animés et les masques relevés sur leurs fronts — et à Mrs Barley, qui était en plein débat houleux avec un homme coiffé d'une mitre d'évêque et vêtu d'un smoking. Il s'est senti très seul, très à l'écart, ce qui était à la fois familier et totalement malvenu.

Il a dérivé, l'esprit ailleurs, et a failli manquer l'homme au costume vintage alors qu'il le frôlait pour la deuxième fois.

Cette fois, l'inconnu s'est arrêté, s'est penché près de lui, et a murmuré directement à l'oreille de Vincent :

— L'histoire se termine quand on la saigne à blanc.

Vincent s'est figé. Les mots l'ont frappé comme un coup de marteau au sternum : la phrase, exacte, de la tête coupée dans son frigo. La réplique signature d'un script qu'il avait coupé il y a des siècles.

Il s'est retourné, mais l'homme était déjà parti, perdu dans la marée de corps. Vincent a senti le verre trembler dans sa main, le sang — synthétique ou non — bourdonner dans ses veines.

Il est resté là, entouré de masques et de monstres, et a réalisé, avec la certitude d'un homme lisant sa propre nécrologie, que quelqu'un dans cette pièce savait exactement qui il était.

Et pire : ils savaient ce qu'il avait écrit.

Ren a observé du bord de la piste de danse Vincent pâlir près du bar. Il avait été une étude de l'énergie nerveuse depuis leur première rencontre, mais à cet instant, il avait l'air d'un homme qui venait de trouver son propre visage sur un avis de recherche. Elle l'a laissé mariner encore une minute, puis est passée à l'action.

Elle l'a intercepté au pied de l'escalier, lui saisissant le coude avec une poigne qui rendait ses intentions claires.

— En haut. Maintenant.

Vincent a cligné des yeux, le masque peinant à cacher sa confusion.

— Ça peut attendre ? Je suis sur le point de faire une crise de panique au sens distingué du terme — intérieurement, et avec du vin.

Ren a levé les yeux au ciel.

— Tu n'es pas drôle. Pas maintenant.

Il n'a pas répondu, la laissant simplement le guider dans l'escalier étroit, dépassant un couple qui s'embrassait avec des masques de tigre à plumes et une femme qui murmurait quelque chose de sauvage à l'oreille de son cavalier. Sur le palier, Ren s'est faufilée dans une alcôve privée — autrefois un fumoir à cigares, maintenant la plus petite panic room du monde — et a refermé la porte avec l'autorité d'une femme sur le point de mener un interrogatoire.

Vincent a cherché une chaise, n'a trouvé qu'une causeuse élimée, et s'est perché sur le bord le plus éloigné, genoux serrés, mains jointes en signe de reddition.

— J'ai droit à un coup de fil, ou tu me brises les doigts jusqu'à ce que je parle ?

Ren s'est laissée tomber sur le siège d'en face, les yeux vifs au-dessus de son masque.

— Tu n'es pas drôle. Pas en ce moment.

Il a levé les mains.

— D'accord. J'écoute.

Elle a posé son sac sur la table et en a sorti un fanzine : abîmé, taché, ses bords usés par le voyage.

— J'ai trouvé ça à Prague l'année dernière quand j'ai commencé à m'intéresser à... l'occulte et tout ça. Ça ne voulait rien dire à l'époque. Maintenant...

Elle l'a ouvert, a feuilleté jusqu'à trouver la page. Elle a lu :

« La marque passera par le sang et l'encre,

le vaisseau non marqué,

l'auteur non sauvé ;

quand le cœur ne parvient pas à refuser l'histoire,

que la langue soit coupée pour le plus grand script. »

Elle a claqué durement le fanzine sur la table.

— C'est toi, ça, Vincent. C'est ton style. Tu le signes pratiquement.

Vincent a fixé la page, reconnaissant non seulement sa formulation mais aussi sa propre écriture, littéralement.

— C'est juste une mauvaise traduction, a-t-il dit, la voix creuse. Je n'ai jamais voulu que ce soit autre chose qu'une métaphore.

Ren s'est penchée en avant, assez près pour qu'il sente le sel de sa sueur, la résine bon marché du masque.

— Tu veux en faire partie ? De la prophétie, je veux dire. Tu as toujours voulu être le personnage principal ?

Vincent a tressailli, mais la question exigeait une réponse. Il a tendu la main vers le fanzine, ses doigts planant juste au-dessus du papier.

— Non, a-t-il dit, mais le mot est tombé à plat.

Ren n'a pas lâché l'affaire.

— Alors pourquoi j'en fais partie ? Pourquoi ça parle d'un vaisseau non marqué ? Pourquoi chaque version que je trouve correspond à ce qui m'arrive ?

Vincent a senti les murs de la pièce se refermer sur lui.

— Je ne sais pas. Peut-être que tu es une meilleure protagoniste. Peut-être que l'univers s'est lassé et a commencé à revoir le casting.

— Conneries, a claqué Ren. C'est toi qui m'as mise là. Tu savais exactement ce qui allait se passer.

Vincent n'a retrouvé sa voix qu'en s'imaginant la déception de Mrs Barley si la conversation s'arrêtait là.

— Je n'ai jamais voulu ça. Ni pour toi, ni pour personne. J'essayais d'empêcher que ça ne s'ébruite. C'est pour ça que j'ai caché les brouillons. C'est pour ça que je—

Elle l'a coupé.

— Mais tu ne l'as pas fait. Tu l'as juste laissé traîner, attendant que quelqu'un comme moi trébuche dessus.

Il a fermé les yeux.

— Si ça peut t'aider, je me déteste plus que tu ne pourras jamais le faire.

Ren l'a étudié, la colère cédant lentement la place à une sorte d'empathie sombre et fraternelle.

— Ça n'aide pas. Mais au moins tu ne mens pas à ce sujet.

Elle a repris le fanzine, le glissant dans son sac.

— Et maintenant ? On continue de fuir jusqu'à ce que l'histoire se lasse de nous ?

Vincent a essayé de rire, mais ça s'est transformé en toux.

— Je crois que c'est l'intrigue.

On a frappé à la porte de l'alcôve. Vincent a sursauté ; Ren n'a même pas tressailli.

Mrs Barley a ouvert la porte avec la vivacité pragmatique d'une inspectrice sanitaire qui a déjà jugé les lieux insalubres.

— Vous deux, a-t-elle dit. Maintenant.

Ils l'ont suivie, Vincent reconnaissant de la distraction, Ren avec l'air de quelqu'un à qui on a refusé le dernier mot.

Mrs Barley les a conduits à l'autre bout du balcon, où une immense peinture à l'huile était suspendue de travers au mur. Elle a pointé derrière, en prenant soin de ne pas toucher le cadre.

— Regardez.

Vincent s'est penché par-dessus son épaule. Gratté dans le plâtre, encore humide et luisant sous la lumière tamisée du club, se trouvait le sigle de Carmine : trois croissants, joints au centre, encerclés par un griffonnage de texte dans une langue que Vincent se souvenait à peine mais qu'il a instantanément reconnue comme la sienne. L'odeur d'acrylique, bon marché et fraîche, flottait dans l'air.

Ren a tendu la main, mais Mrs Barley l'a arrêtée d'un « Ne touchez pas » sec. Elle a sorti une lampe de poche de son sac et l'a dirigée sur le glyphe. La lumière a attrapé les bords, révélant des gouttelettes rouges qui mouchetaient le mur.

La voix de Mrs Barley était sombre.

— Quiconque fait ça est ici ce soir. Et nous observe.

Vincent a dégluti.

— C'est un avertissement.

— Non, a corrigé Mrs Barley. C'est une invitation.

Ils sont restés en silence, le bruit provenant de la piste de danse soudain étouffé et lointain, comme si l'histoire avait appuyé sur pause pour qu'ils rattrapent leur retard. Ren a jeté un regard à Vincent, les yeux écarquillés mais fermes. Il voulait dire quelque chose — n'importe quoi — mais son esprit était plein de toutes les choses qu'il avait écrites, toutes les fins qu'il avait essayé d'effacer et ne pouvait plus maintenant.

Mrs Barley a reculé, rangeant la lampe de poche.

— Nous ne fuyons pas. Pas cette fois.

Ren a hoché la tête, et même Vincent s'est retrouvé d'accord.

Tous les trois se tenaient devant la marque, unis par le hasard et le destin, tandis que le reste du club continuait de tourner dans son rythme inconscient et sanguinaire.

Et, dans le silence qui a suivi, Vincent a enfin compris : ils ne lisaient plus le script.

Ils étaient dedans.

DOUZE

Vincent s'est réveillé avec une odeur d'eau de Javel, une odeur si pure et insistante qu'il avait l'impression que l'air lui administrait un lavement nasal. Pendant une seconde, il est resté là, les yeux fermés, espérant qu'en ignorant assez fort l'odeur, elle se transformerait en la puanteur plus familière de pain grillé brûlé ou, idéalement, en rien du tout. Mais l'univers, comme toujours, n'avait pas reçu le mémo.

L'écho des bruits de Mrs Barley s'en prenant à quelque chose dans la cuisine résonnait dans l'appartement. Le rythme était sans équivoque : pas le tamponnement nonchalant d'un nettoyage normal, mais le genre de récurage qui relevait de l'acte de guerre. Vincent a regardé l'heure (sept heures dix, ce qui était soit héroïque, soit criminel, selon votre opinion sur les débuts de soirée), a envisagé de se cacher sous les couvertures, puis a gémi et a pivoté ses jambes hors du lit. La moquette était froide, granuleuse des confettis de désastres passés.

Il a trouvé Mrs Barley recroquevillée devant le frigo, tout son corps en position de combat. Elle portait un tablier bleu marine amidonné par-dessus une robe de chambre en tartan, la poche du tablier hérissée d'ustensiles de nettoyage — vaporisateur, éponge, une cuillère en bois qui n'avait jamais servi à cuisiner. Ses cheveux étaient relevés dans leur échafaudage argenté habituel, mais plusieurs épingles s'étaient défaites dans le feu de l'action.

Vincent s'est raclé la gorge.

— Je suppose qu'on a eu un incident biologique ?

Mrs Barley n'a pas levé les yeux, se contentant d'attaquer une tache sur la porte du frigo comme si elle pouvait lui pousser des jambes et se présenter aux élections.

— On peut dire ça.

— Est-ce que je veux les détails ?

Elle a essoré le chiffon, les jointures blanches.

— Vérifie par toi-même.

Elle a désigné le frigo d'un coup de menton. Le geste était si sec que c'en était presque une agression physique.

Vincent a ouvert la porte, se préparant à quelque chose qui donnerait le ton à toute sa semaine. Au lieu de ça, il a trouvé le défilé habituel de restes et de yaourts dignes d'une scène de crime, mais nichée entre sa réserve personnelle de AB négatif (pour les grandes occasions : mariages, bar-mitsvahs, une victoire de Liverpool en championnat, etc.) et un bocal de cornichons suspect de par sa taille, se trouvait une feuille de papier si épaisse qu'elle aurait pu servir de bouclier antiémeute.

Il l'a retirée, en faisant attention à ne pas toucher le bord humide. La page était lourde, chère, le genre de papier qui vous faisait vous sentir coupable de ne pas écrire quelque chose de significatif. Le texte, qui couvrait les deux côtés d'une écriture anguleuse et acérée, était de la couleur de la vieille rouille et n'était indubitablement pas de l'encre.

Le pouls de Vincent s'est emballé, avant de retomber en une irritation sourde et familière.

Il a parcouru les premières lignes, articulant les mots pour lui-même.

— « *La coupe se déverse, mais pas pour la soif. La veine coule, mais pas pour la faim. Que le chœur affûte ses crocs, car la fin ne vient pas en murmure, mais en hurlement.* » Il a jeté un œil à la marge inférieure, où trois glyphes avaient été frappés si fort que le papier en était déformé.

— Joli. Subtil.

Mrs Barley a émis un bruit, comme si elle étranglait un hérisson.

— Alors ?

Vincent a fermé le frigo, tenant la page à bout de bras comme si elle pouvait être radioactive.

Vincent a regardé le bord du papier, puis ses doigts. Ils arboraient une légère traînée rouge-brun, poisseuse et déplaisante.

— Bon. Eh bien. Au moins, ils utilisent du papier de qualité.

Les yeux de Mrs Barley se sont plissés, aiguisant ses traits jusqu'à un tranchant que même l'eau de Javel industrielle n'aurait pu émousser.

— Tu as recommencé à écrire ces... poèmes.

— Ces poèmes de secte, a-t-elle continué, la voix cassante comme une guillotine.

— Ceux que tu avais dit avoir arrêtés après l'incident avec l'Évêque.

Vincent a laissé l'accusation flotter un instant.

— Ce n'est pas de moi.

Mrs Barley avait l'air de s'être vu servir un bol de vomi froid.

— C'est ton écriture.

Vincent a fixé le texte, puis a levé les yeux vers elle.

— C'est une imitation. Flatteuse, si tu ignores l'instabilité psychologique évidente.

Mrs Barley a reniflé.

— Tu t'y connais.

Vincent a ignoré la pique, étudiant la feuille avec la mélancolie experte d'un homme lisant ses propres critiques négatives. Le texte était dense, écrit en blocs alternant l'anglais et ce qui aurait pu être du latin, mais qui avait muté quelque part dans les marges. À intervalles, des notes marginales se glissaient dans les espaces vides, écrites dans une graphie bouclée qui essayait sans succès de ressembler à la sienne.

Il a lu une autre ligne à haute voix, le ton devenu cassant.

— « *La faim du scribe survit au corps. L'histoire se nourrit, alors même que l'encre caille.* »

Mrs Barley s'est essuyé les mains sur un torchon qui avait été blanc autrefois et portait désormais les taches d'une centaine de mystères non résolus.

— Qu'est-ce que ça veut dire ?

Vincent a posé la page sur le comptoir, pressant le bout de ses doigts sur le papier jusqu'à presque le transpercer.

— C'est une performance. Ou une prophétie. Ou les deux. Mais ce n'est pas de moi.

Mrs Barley s'est perchée sur le bord d'une chaise, croisant les bras comme une juge à un tribunal pour crimes de guerre.

— Si ce n'est pas de toi, pourquoi ça a fini dans notre frigo ?

Vincent aurait aimé pouvoir dire « coïncidence », mais le mot s'est coincé dans sa gorge.

— Quelqu'un veut que je le voie. Veut que nous le voyions.

Il a tapoté le coin de la page, où le triple croissant Carmin brillait faiblement.

— Ils envoient un message.

Le visage de Mrs Barley n'a pas bougé, mais ses yeux ont balayé le couloir, la porte arrière, les fenêtres — évaluant les issues, comme toujours.

— Tu vas le dire aux autres ?

Vincent a haussé les épaules, puis l'a regretté.

— Ils le sauront bien assez tôt. Ren ne peut pas passer devant un frigo sans avoir une crise existentielle.

Mrs Barley a reniflé.

— Alors, qu'est-ce qu'on fait ? On attend la prochaine livraison ?

Il a jeté un œil à l'horloge, réalisant qu'il était debout depuis moins de dix minutes et que la nuit exigeait déjà des réponses.

— On garde la page. Peut-être que Zara pourra l'analyser. Ou, au pire, on attend l'inévitable suite.

Mrs Barley a grogné, puis est retournée récurer le frigo avec encore plus d'acharnement.

— Si ça tache la porte, tu remplaces le frigo en entier.

— Je l'ajoute à la liste.

Il a commencé à partir, mais la voix de Mrs Barley l'a arrêté sur le seuil.

— Vincent, a-t-elle dit, si bas que cela aurait pu être un avertissement ou une prière. N'en écris plus. S'il te plaît.

Il a hésité, puis a hoché la tête une fois.

— Je n'en avais pas l'intention, a-t-il dit, mais les mots avaient un goût de mensonge.

Ren est arrivée dans la cuisine au milieu d'une dispute, bien que pour une fois son adversaire semblait être la tasse de café serrée dans sa main droite. Elle la cognait contre ses dents à chaque syllabe, comme si elle mettait la tasse au défi de la contredire, tandis que sa main gauche s'affairait sur son téléphone à une vitesse qui aurait impressionné le bookmaker moyen. Ses cheveux avaient atteint leur altitude caféinée maximale, ses boucles vibrant de la charge statique de quelqu'un qui avait commencé la journée avec du Red Bull et quelque chose à prouver.

Elle s'est arrêtée sur le seuil, un sourcil arqué.

— J'interromps un meurtre, ou c'est juste le ménage de printemps ?

Mrs Barley, toujours engagée dans sa guerre solitaire contre le frigo, a répondu sans lever les yeux.

— Demande-lui.

Elle a désigné Vincent d'un coup de pouce, qui était penché sur la table de la cuisine, le parchemin épais étalé devant lui, son expression à mi-chemin entre celle d'un analyste scientifique et celle d'un chien à qui on vient de montrer un tour de magie.

Ren s'est avancée, son café brandi comme un badge de police.

— Il vaut mieux que ce ne soit pas un autre...

Elle s'est interrompue, ses yeux se plissant.

— C'est écrit avec... du sang ?

Vincent, faute de meilleure tactique, a poussé la feuille dans sa direction.

— Félicitations. Tu es la nouvelle lectrice attitrée.

Ren a posé sa tasse, s'est essuyé les mains sur son jean et s'est penchée sur le document. Les muscles de sa mâchoire se sont contractés à chaque ligne.

— Ce n'est pas juste un poème, a-t-elle dit, la voix devenue mince et plate. Elle a tracé la marge gauche avec un doigt, en prenant soin de ne pas toucher le bord poisseux.

— C'est le script d'une pièce. Il y a des indications — des didascalies — « sortie, poursuivi par la faim ». Une partie est en code, ou...

— C'est du vieux slave, mais avec plus de sarcasme. Tiré du *Masque Écarlate*. Mon dernier grand effort avant que l'Ordre ne m'interdise le théâtre vivant. Ils l'ont interprété comme une prophétie, ou du moins comme un mode d'emploi.

Ren a continué à lire, les lèvres bougeant silencieusement, puis a levé les yeux.

— C'est l'avant-dernière scène. Celle avant le massacre.

Elle a pointé une ligne du doigt.

— Mais ça, c'est nouveau. Je ne me souviens pas que tu m'aies parlé de tout ça.

— Parce que ce n'est pas le cas, a dit Vincent.

— C'est nouveau. Quelqu'un a fait des modifications. Librement, et sans aucun sens de la cohérence de genre.

Mrs Barley, qui se rinçait maintenant les mains avec la sauvagerie de Lady Macbeth, a donné un coup de torchon sur une tache du plan de travail et a dit :

— Donc, ils improvisent. Charmant.

Ren a de nouveau louché sur la page, cette fois avec le soin de quelqu'un qui cherche des mines.

— C'est qui le personnage en plus ? « L'Auteur Fantôme » ? Ce n'est pas toi ?

Vincent a secoué la tête.

— Je me suis toujours effacé de l'histoire avant l'Acte Trois. Le reste était censé être un avertissement, pas une audition.

Le téléphone de Ren a sonné. Elle l'a ignoré.

— Donc on a un tueur qui a accès à tes archives, un goût pour le symbolisme, et une opinion bien arrêtée sur l'importance des répétitions. Autre chose ?

Vincent a pris la feuille et l'a retournée.

— Ils ont laissé un mot.

Il a montré la marge, où un seul mot, en majuscules et encore poisseux, avait été griffonné d'une autre main.

BIENTÔT.

Ren, son café de nouveau en main, a levé sa tasse dans un simulacre de salut.

— Au progrès.

Vincent s'est permis un demi-sourire, puis a reposé la feuille avec un soin exagéré.

— Ce n'est pas du progrès. C'est une escalade.

Ils sont restés assis en silence, tous les trois, à regarder le script comme s'il pouvait se jouer tout seul. Le frigo, sa bataille terminée, a repris son bourdonnement en arrière-plan — un vrombissement qui était soudain plus fort qu'avant, comme si même les appareils électroménagers avaient compris ce qui se préparait.

Vincent a fixé le mot, les traits encore humides, transperçant le papier.

— Bientôt, a-t-il dit, la voix sèche comme la poussière.

Ren a hoché la tête.

— Ouais, a-t-elle dit.

— Mais probablement pas assez.

Et pendant un instant, la cuisine a retenu son souffle, tous les trois attendant la prochaine réplique.

TREIZE

La tête coupée était de retour.

Pas au sens existentiel — Vincent avait déjà perdu cette partie de métaphysique — mais au sens très littéral, très réel et très humide d'un crâne humain sur l'étagère supérieure de son frigo, perché entre le pot format familial de yaourt grec et la sauce Sriracha à l'embout croûteux. Elle reposait sur une feuille de papier sulfurisé neuve, telle la promotion du boucher, et le suintement lent de ce qui avait été un cou s'infiltrait à travers les plis pour former un petit lac digne dans le bac à tomates cerises en dessous. Quelqu'un (presque certainement Vincent, bien que le déni plausible fût tout ce qui lui restait) avait relevé le menton de la tête pour que ses yeux troubles, mi-clos, regardent droit devant chaque fois que le frigo était ouvert.

C'est ainsi que Ren l'a trouvée à 19 h 42, alors qu'elle allait subtiliser ce qu'elle supposait être la dernière banane comestible de l'immeuble.

Elle est restée là, porte grande ouverte, la lumière froide peignant son visage de ce bleu habituellement réservé au formol et à l'angoisse des premiers rendez-vous. Pendant un long moment,

136

elle n'a rien dit. Puis elle a tendu la main, a attrapé la banane, et a refermé la porte d'un clic doux et patient.

Vincent était déjà dans la cuisine, appuyé contre le comptoir, les bras croisés et le visage réglé sur « nonchalant », ce qui ne trompait personne d'autre que lui-même. Il l'observait avec la politesse méfiante d'un chat domestique qui vient de faire tomber un vase hors de prix et attend de voir si quelqu'un a remarqué.

Ren a pointé son pouce en direction du frigo. — Il y a une explication pour la tête coupée, ou on fait avec ?

La bouche de Vincent a esquissé un mouvement pendant une seconde. Puis : — Ce n'est pas la mienne.

Ren a réfléchi à ça. — Tu as déjà dit ça. Et ça continue de ne pas être vrai.

Il a eu un haussement d'épaules qui aurait pu passer pour une convulsion. — Je peux t'expliquer sa provenance, si tu veux. Je ne voulais juste pas te gâcher ton dîner.

Ren a regardé la banane, puis le frigo, puis Vincent. — Mec, c'est un peu tard pour le concept de « gâcher ». Elle s'est dirigée vers la table, tirant une chaise du pied chaussé. — Je suppose que c'est récent ?

Vincent a hoché la tête, reconnaissant pour la chronologie implicite. — Elle est réapparue il y a quelques heures. Emballée, comme tu l'as vu. Mme Barley s'en était déjà débarrassée une fois. La nuit même où tu as franchi notre seuil, en fait.

Ren s'est perchée sur le bord de la chaise, les bras croisés sur sa poitrine comme un sténographe judiciaire lors d'une enquête particulièrement animée. — Elle t'était adressée ? Ou c'est une menace générique ?

— Juste la tête. Pas de carte. Pas de contexte. Pas même un Post-it plein d'esprit.

Le frigo a continué de ronronner, satisfait de son rôle de vitrine à trophées la plus froide du monde.

Ren a tripoté la banane, mais son attention était fixée sur Vincent. — C'est qui ?

Vincent a fermé les yeux. — La tête ? Un ancien membre de secte, je crois. Du nom de Maximus. Du moins, c'est comme ça qu'il s'appelait dans les e-mails. Il avait la main lourde sur les glyphes de Carmine, mais légère sur la grammaire de base.

Ren a sifflé, doucement. — Donc, des histoires de prophétie ?

— C'est presque certain.

Elle a réfléchi, puis a dit : — Tu vas faire quelque chose, ou c'est juste notre nouvelle normalité ?

Vincent a tapoté ses doigts contre son coude, un tic qui avait creusé une marque dans sa peau au fil des siècles. — Je lui laissais une heure. Parfois, elles se rattachent, il leur pousse des pattes, ou elles... — Il a fait un geste vague vers le haut. — s'évaporent, tout simplement.

Ren a fait une grimace. — Ça a déjà marché ?

Il a réfléchi. — Une fois, en 1910. Mais ça a laissé une tache.

Ren a pris une bouchée de banane. — On pourrait juste appeler la police.

Le rire de Vincent était purement guttural. — Oui, faisons ça. Allô, monsieur l'agent, quelqu'un m'a envoyé la tête décapitée d'un occultiste, encore. Oh, et au fait, ne regardez pas de trop près les marques de morsure sur le crâne, je vous prie.

Ren a mâché, imperturbable. — Qu'est-ce que tu ferais si tu n'étais pas... enfin tu sais. Mort-vivant, impliqué, et cetera ?

— Je boirais, a dit Vincent, pince-sans-rire. Mais comme tu as l'air d'être dans une période de sobriété, remuons-nous les méninges.

Ren a jeté la peau de banane à la poubelle, puis a arpenté la cuisine, ses baskets couinant sur le carrelage. — OK. D'abord, il nous faut des gants. Peut-être une pince.

Les sourcils de Vincent ont effectué une course effrénée vers la racine de ses cheveux. — Tu veux la déplacer ?

Elle a gesticulé, exaspérée. — Elle est dans le frigo avec la nourriture, Vincent. Les concombres sont déjà foutus. Si on la laisse, Mme Barley va juste incinérer toute la cuisine, et nous avec.

Il a réfléchi. — Elle en serait bien capable, en effet.

Ren a ouvert un placard et en a sorti une boîte de gants en latex. Elle les a enfilés, faisant claquer les poignets avec la suffisance d'un médecin légiste de série télé. — On la met en sac, on la jette, et on passe l'étagère à l'eau de Javel. Ça te va ?

Vincent a hoché la tête, et pendant un bref instant, la cuisine a presque ressemblé à un lieu de travail normal : des collègues, une tâche, un léger risque professionnel.

Ren a ouvert le frigo et a extrait la tête, la berçant dans ses mains comme un ballon de rugby macabre. L'expression était figée entre la confusion et la surprise — un air que Vincent avait vu sur bien des adeptes avant que les choses ne tournent au bizarre de façon irréversible.

Elle l'a posée sur la table, puis a froncé les sourcils en se penchant. — Il y a quelque chose derrière. On dirait que ça a été marqué au fer rouge.

Vincent a plissé les yeux. Effectivement, au-dessus du moignon déchiqueté du cou, un nouveau symbole avait été marqué dans la chair : un triangle à l'intérieur d'un croissant, des lignes rayonnant vers l'extérieur comme un soleil rudimentaire. Les bords étaient encore à vif, la forme nette et délibérée.

Ren l'a pointé du doigt. — Ça veut dire quelque chose ?

Le pouls de Vincent a sauté un battement, une impossibilité physique qui parvenait tout de même à le déconcerter. — C'est une marque d'invocation, a-t-il dit, la voix faible. Une ancienne. Antérieure à Carmine. Celui qui a laissé ça — l'a laissé, lui — voulait que je la trouve.

— Quelle chance que je sois là, alors, n'est-ce pas, a dit Ren.

Elle a poussé la tête du doigt, en prenant soin de ne pas

toucher la blessure. — Donc c'est un message. Mais pourquoi le livrer en personne ? Les e-mails, c'est plus rapide.

Vincent n'a pas répondu tout de suite. Il a étudié la marque, la façon dont la brûlure entaillait le cuir chevelu, la façon dont le symbole semblait ramper sous la peau. — Parfois, le support est le message, a-t-il dit enfin. Et parfois, c'est un avertissement.

Ren s'est penchée en arrière, ses gants maculés de résidus. — Comment ça, comme un mot d'amour ? « *Les roses sont rouges, le sang est divin, voici une tête coupée, maintenant sois mien* » ?

Vincent n'a pas ri. — Pire, a-t-il dit, à peine plus fort qu'un murmure. C'est une menace. Et maintenant, je crois savoir qui l'a laissée.

Le frigo a ronronné plus fort, comme s'il tenait à avoir le dernier mot. Ren observait Vincent avec un air qui suggérait qu'elle s'était, en fait, attendue à tout ça, mais qu'elle avait espéré au moins un jour de répit avant la prochaine crise.

La tête n'a pas cillé.

Vincent a laissé le silence s'étirer, le tenant entre le pouce et l'index comme une relique, avant de finalement le déclarer perdu. Il s'est assis à la table de la cuisine, les coudes plantés de part et d'autre d'un set de table en liège ébréché, les mains jointes comme en prière à un dieu qu'il avait depuis longtemps rayé de son propre canon. Le frigo, cette idole chtonienne, vrombissait derrière lui. La tête était de retour à l'intérieur maintenant, dans un double sac et zippée dans le bac à légumes, mais sa présence persistait : un public d'un seul spectateur, attendant la confession.

Ren s'est raclé la gorge, la première à ciller dans leur duel de regards avec le vide. — Tu vas me dire ce qu'était ce symbole ? a-t-elle dit, la voix tendue par l'effort de prétendre que c'était un mardi comme les autres.

Les yeux de Vincent sont tombés sur la table. Il a passé son pouce sur une marque de brûlure, le croissant d'une vieille cigarette, et a laissé son esprit retomber des décennies en arrière.

Il n'a pas parlé pendant un long moment.

— J'étais jeune, a-t-il commencé, ce qui, venant de Vincent, pouvait couvrir n'importe quelle période entre la Peste Noire et la fin des années 1890. Stupide, de la manière dont seuls les immortels le deviennent. Quand on réalise qu'on peut survivre aux conséquences, on commence à traiter l'histoire comme un tableau noir.

Ren l'a observé, immobile, tandis qu'il déroulait l'histoire. La lumière de la cuisine vacillait au-dessus de lui, jetant des ecchymoses profondes sous ses yeux.

— L'Ordre du Voile, a-t-il dit enfin. Tu en as entendu parler ?

Ren a hoché la tête, lentement. — Des cultistes humains. Ceux qui pensent que les vampires sont, genre, des saints incompris.

Les lèvres de Vincent se sont tordues, le souvenir étant amer. — Ils n'ont jamais été des vampires, pas vraiment. Juste des Renfield avec de l'ambition.

— Des Renfield ?

— Des hommes à tout faire, des pourvoyeurs, des fanatiques humains. Ils voulaient servir. Faire partie de quelque chose. — Sa voix s'est abaissée, les mots raclant sa gorge comme du pain sec. — Ils voulaient une prophétie. Une vraie. Alors ils m'ont trouvé.

Ren a cillé. — Toi ?

Il a haussé les épaules, plein d'autodérision. — J'étais doué avec les mots. J'avais une certaine réputation, à l'époque. Si vous vouliez inventer un messie, vous engagiez un vrai nègre littéraire.

Elle a réfléchi, puis : — Alors c'est toi qui as créé la prophétie ?

Vincent a aboyé un rire, sec et creux. — Personne ne crée une prophétie, Ren. Tu prends juste les histoires que les gens se racontent déjà, tu leur donnes un rebondissement et tu colles dessus une couverture attrayante. — Il a fléchi les doigts, ses jointures craquant. — Ils avaient tout un dispositif : réunions secrètes, une presse clandestine, des rituels élaborés avec trop d'encens et pas assez de conscience de soi. Je pensais que c'était une blague. De l'art performance. Jusqu'à ce que ça ne le soit plus.

Il a laissé le souvenir remplir la pièce. La cuisine s'est effacée, remplacée par le souvenir d'une crypte : une voûte basse, sans air, sous une église abandonnée, le plafond si proche qu'on pouvait toucher le mildiou avec son souffle. Des dizaines d'entre eux, les visages peints en blanc, les capuches bien serrées, des bougies se consumant jusqu'au bout dans un cercle autour de l'autel. Ils buvaient chacune de ses paroles, avides de sens, de magie, d'une raison d'exister au-delà de servir des tables et de rôder sur des forums de discussion.

Il pouvait se voir, quatre-vingt-dix ans plus jeune, debout au centre avec une liasse de pages dans une main et un verre de vin de messe bon marché dans l'autre. Lisant à haute voix l'évangile qu'il avait écrit pour eux : la légende de Carmine, la Grande Lignée, la marque du triple croissant. La partie où le monde finissait, mais seulement après que les bonnes personnes eurent été mises dans le secret.

— Ils l'ont traité comme une Écriture sainte, a dit Vincent. Je n'arrêtais pas de penser qu'ils allaient sortir de leur rôle, rire, rentrer dans leurs appartements miteux. Mais ils ne l'ont pas fait.

L'air de la crypte avait été épais de sueur et d'anticipation. Il l'avait vu à ce moment-là, un instant trop tard : le passage du théâtre à la liturgie. La façon dont le regard collectif de la foule se fixait non pas sur lui, mais à travers lui, comme si le script avait pris vie.

— L'un d'eux a essayé de mettre en scène le premier rituel, a dit Vincent. Du vrai sang. Une vraie mort. — Il a regardé Ren, une crudité dans ses yeux que la lumière de la cuisine ne pouvait effacer. — Ils n'ont même pas prononcé les bons mots. Ils voulaient juste que ça signifie quelque chose.

La voix de Ren était très faible. — Qu'est-ce qui s'est passé ?

Il a eu un petit haussement d'épaules, le geste d'un homme dont le squelette était principalement composé de vieux regrets. — Je suis parti. J'ai brûlé chaque copie, chaque note. Je ne leur ai laissé rien d'autre qu'une rumeur.

Il ne s'attendait pas à ce que ça lui survive. Mais, après tout, les immortels ne s'y attendent jamais.

Ren lui a laissé un peu de silence. Elle avait cessé d'arpenter la pièce, les bras si serrés que ses mains s'enfonçaient dans la chair de ses flancs. — Alors cette nouvelle marque, a-t-elle dit. Tu la reconnais.

Vincent a hoché la tête, le mouvement lourd. — Ils appelaient ça le Démasquage. Le signe de la Fin des Temps, ou du moins de la fin de l'histoire. Censé convoquer l'auteur, pour qu'il puisse écrire le dernier acte.

Ren a jeté un coup d'œil au frigo. — Et la tête, c'est...

— Une carte de visite. — Vincent a forcé un sourire, fragile comme la glace dans le congélateur. — Ils veulent que je finisse ce que j'ai commencé.

Le frigo a cliqué, son compresseur passant à une vitesse supérieure. Quelque part dans les tuyaux, des bulles d'air ont fusé et éclaté, comme si l'immeuble lui-même se préparait à de mauvaises nouvelles.

Ren a tripoté le bord de la table. — Tu en as envie ?

Vincent a levé les yeux, brusquement, comme si la question elle-même était une accusation. — Mon Dieu, non. Je n'en ai jamais eu envie. Mais ils s'en fichent. — Il a hésité, le poids des mots anciens pesant sur sa langue. — Ils s'en sont toujours fichés.

Il a laissé sa tête tomber en avant, la paume de ses mains s'enfonçant dans son front. — J'aurais dû le voir venir, a-t-il marmonné. Mais c'est toujours la suite qui gâche la franchise.

Ren a reniflé, un son qui est sorti plus comme un sanglot. — Et maintenant ?

La bouche de Vincent s'est crispée en quelque chose qui ressemblait à de la résolution. — Maintenant ? On jette la tête à nouveau, et peut-être qu'on change les serrures.

Ren s'est levée, a pris un sac-poubelle et l'a tendu avec le sang-froid professionnel d'un aide-soignant. — À toi l'honneur, a-t-elle dit. Je vais chercher l'eau de Javel.

Vincent a pris le sac, les mains stables maintenant. La lumière au-dessus a vacillé une fois, puis s'est stabilisée, la cuisine devenant brièvement plus lumineuse qu'elle ne l'avait été de toute la matinée.

Il a ouvert le frigo, a bercé la tête dans son sac de congélation entre ses deux mains, et l'a déposée dans le sac-poubelle, en prenant soin de ne pas la laisser rouler ou se renverser. En serrant le plastique, il a eu un dernier aperçu du symbole marqué au fer — toujours à vif, toujours luisant, attendant toujours son signal.

Ren est revenue avec l'eau de Javel et un chiffon. Ils ont travaillé en silence, récurant toute trace du visiteur. Le frigo, au moins, ne se souviendrait de rien.

Quand le travail fut terminé, Vincent se tenait près de la porte de derrière, le sac-poubelle dans une main, l'autre appuyée contre le cadre. Il a regardé le ciel nocturne, puis est revenu à Ren. — Tu n'es pas obligée de rester avec moi, a-t-il dit, pas tout à fait un murmure.

Ren a haussé les épaules, s'affaissant sur une chaise. — C'est pas comme si j'avais un meilleur endroit où aller. Et puis, a-t-elle ajouté, faut bien que quelqu'un s'assure que tu ne te remettes pas à écrire.

Vincent lui a lancé un regard. — Si je le fais, s'il te plaît, abats-moi.

Ren a souri, une fine tranche d'hilarité. — Marché conclu.

Le frigo était propre, la tête partie, mais l'histoire persistait, flottant dans l'air entre eux.

Quelque part, dans les archives les plus profondes de la ville ou dans sa tombe la plus superficielle, l'Ordre du Voile attendait. Et Vincent, malgré toutes ses protestations, savait qu'il répondrait.

Mais pour l'instant, il regardait le ciel s'éclaircir par degrés, sentait la brûlure de l'eau de Javel sur ses mains, et essayait très fort de ne pas se souvenir à quel point il avait été bon, autrefois, d'être vénéré.

QUATORZE

La première chose que Vincent a remarquée en entrant dans l'appartement de Ren, c'était l'odeur. Pas le bouquet habituel de décharge fait de tasses sales et de curry tragique, bien que ces effluves persistent tel un traumatisme récurrent, mais quelque chose de plus âcre et de plus ancien — de l'encens, a-t-il supposé, mais pas du genre prétentieux qui promettait la sérénité ou une illumination à bas prix. Plutôt un mélange de patchouli, de toner d'imprimante et d'une note de cheveux brûlés.

Il s'est tenu juste à côté de la porte, les bras croisés, observant Ren faire le tour de la pièce, semant le chaos dans son sillage. Il y avait des livres, des milliers de livres, tous occultes, pseudo-occultes ou du genre traité auto-publié livré avec un avertissement et un arrière-goût. Des notes tapissaient chaque surface verticale ; des post-it jaunes avaient colonisé le frigo, la télé, et même l'intérieur des stores. Au centre de tout ça, une encyclopédie abîmée était ouverte, laissant s'échapper des bouts de papier à lignes tel un animal éventré.

Ren ne faisait pas tant les cent pas qu'elle ne ricochait, rebondissait et s'effondrait par à-coups. Elle portait toujours le sweat à capuche de la semaine, mais elle avait maintenant enfilé un t-shirt par-dessus, arborant le slogan « Survivante de Secte – Demandez-moi Comment », assorti à des leggings qui avaient peut-être été noirs un jour. Elle avait un stylo-bille coincé entre les dents et un téléphone dans chaque main, ses pouces passant frénétiquement d'une fenêtre de discussion avec une IA générative à ce qui semblait être un forum de discussion roumain pour théoriciens du complot insomniaques.

Vincent a essayé de ne rien toucher.

— Tu as envisagé la possibilité, a-t-il dit, que ton système de classement soit en soi un rituel d'invocation ? Il y a au moins trois sceaux du chaos à portée de mon coude gauche.

Ren n'a pas levé les yeux.

— Arrête tes chichis. J'ai vu ton appartement. Ta notion du classement, c'est « empiler jusqu'à l'effondrement, puis espérer mourir avant ».

Elle a tapoté son téléphone, faisant défiler l'écran avec l'urgence de quelqu'un qui négocie une rançon.

— D'ailleurs, c'est une recherche en cours. Ne touche pas au dossier bleu. Il mord.

Il a examiné les piles de documents. Le dossier bleu était coincé en biais entre une monographie allemande sur les rites du sang et un livre de poche élimé intitulé *Vampires : Réels, Imaginaires, ou Juste Très Doués pour le Mensonge ?* Ce dernier avait été annoté en trois couleurs et était hérissé d'assez de marque-pages pour signaler une librairie entière à la démolition.

Ren s'est arrêtée net, puis a fait demi-tour et a attrapé une brochure aux coins cornés sur une étagère.

— Tiens, a-t-elle dit en l'agitant vers Vincent comme une baguette magique chargée. J'ai trouvé une autre correspondance pour l'invocation. Troisième paragraphe, deuxième ligne. Triple croissant carmin plus l'ancien phonème pour « dévorer ».

Elle l'a ouvert, puis le lui a tendu sans crier gare.

Il l'a pris avec précaution. La page en question était couverte de runes, dont certaines avaient été entourées d'une main lourde et rageuse. Dans la marge, quelqu'un avait écrit en majuscules : « SI C'EST UNE BLAGUE, ELLE N'EST PAS DRÔLE. »

Vincent a dit :

— Tu sais que la plupart de ces trucs sont des absurdités, n'est-ce pas ? La moitié a été écrite par des Victoriens qui s'ennuyaient sous laudanum.

— Tant mieux, a répondu Ren, déjà de retour devant le tableau blanc, qui avait été reconverti après un programme de fitness à domicile raté. Tu te sentiras comme chez toi.

Il lui a concédé ce point.

— Je suis sérieux, a-t-il dit en la suivant du regard. Il y a plus de faux grimoires en circulation que de gens qui ont vraiment pratiqué la magie. Ou peu importe comment tu veux appeler ce que je fais.

Ren s'est retournée, marqueur à la main, et a pointé un groupe de mots dans le coin supérieur droit.

— Tu ne fais pas de la magie. Tu fais juste croire à tout le monde que tu en fais. C'est comme l'écriture, mais avec plus de dégoût de soi.

Il a souri, malgré lui.

— C'est cruel. Juste, mais cruel.

Elle a mâchouillé son stylo, puis a débouché le marqueur et a ajouté un nouveau cercle autour de la phrase *Réceptacle : mutable ?*

— Il y a un schéma, a-t-elle dit, s'adressant surtout à l'air ambiant. Chaque fois que ce sceau apparaît, c'est dans un contexte de transfert. De sang, de texte, parfois les deux. Mais ce que je n'arrive pas à comprendre, c'est ce qui arrive au réceptacle. Est-ce qu'il survit ? Est-ce qu'il a même envie de survivre ?

Vincent a haussé les épaules, feignant l'indifférence.

— C'est une métaphore, en général. Ils veulent croire en l'immortalité, alors ils greffent une histoire sur quelqu'un d'autre et espèrent que le public y croira.

Elle s'est retournée, et son regard était plus perçant que sa voix.

— Tu l'as déjà vu être utilisé, pour de vrai ?

Il a hésité.

— Une fois. Peut-être deux. Ce n'est pas le genre de chose qu'on oublie.

Ren a attendu, bras croisés, sa posture un défi ouvert.

Vincent a examiné le marqueur dans sa main comme s'il y cherchait des réponses.

— La dernière fois que j'ai vu ce sceau utilisé correctement, c'était dans une crypte à Lyon. En dix-neuf... quarante-deux, je crois.

Il a fait une pause, laissant le souvenir emplir la pièce, chassant un peu l'odeur d'encens.

— Le type qui l'hébergeait était un prêtre, ou prétendait l'être. Toute la congrégation participait au spectacle. Le réceptacle était une femme des Balkans — serbe, peut-être. Elle ne parlait pas, elle les a juste laissés dessiner la marque. Ils ont fait le rituel, bu le sang, déchiré le script, le tralala habituel.

La voix de Ren était faible.

— Et ensuite ?

Il a levé les yeux, un tic à la commissure des lèvres.

— Et ensuite, elle a explosé.

Ren a cligné des yeux.

— Tu veux dire... ?

Vincent a hoché la tête, savourant son malaise juste assez pour atténuer le sien.

— Enfin. Techniquement, elle a d'abord implosé, puis explosé. Les détails ont leur importance.

Un silence s'est écoulé, pendant lequel tous deux ont tenté de digérer la logistique de la combustion spontanée de sectateurs.

Ren a pris son café, a bu une longue gorgée et a grimacé.

— Qu'est-il arrivé au prêtre ?

Vincent a réfléchi.

— Il a survécu. Il a tenu encore deux ans avant que les nazis ne l'abattent. Il prétendait que c'était de la performance artistique. Les habitants du coin n'étaient pas d'accord.

Elle a griffonné une note sur le tableau blanc, le mot « combustion » souligné deux fois.

— Alors, qu'est-ce qui se passe si cette bande réussit vraiment son coup ? Et s'ils ne font pas que du cosplay ?

Il l'a observée, la façon dont ses doigts tapotaient le marqueur, la façon dont elle ne croisait jamais son regard quand les questions devenaient trop grandes.

— Tu t'inquiètes pour le mauvais résultat, a-t-il dit. Le risque, ce n'est pas que le réceptacle explose. Le risque, c'est que l'histoire se répande et que les gens commencent à y croire. C'est toujours à ce moment-là que les choses tournent mal.

Ren n'a pas répondu. À la place, elle s'est approchée de la fenêtre, a écarté les stores avec deux doigts et a regardé la ville. La vue était minable : un autre immeuble d'habitation, strié par les intempéries, et un défilé incessant de pigeons cherchant un endroit où mourir.

— Tu penses qu'ils nous surveillent ? a-t-elle demandé.

Vincent a dit :

— Ils le font toujours. Surtout quand on pense qu'ils ne le font pas.

Elle a refermé les stores, s'est retournée et a contemplé le fouillis de notes et de livres.

— Si tout ça n'est qu'un jeu, a-t-elle dit, pourquoi ai-je l'impression qu'on est en train de perdre ?

Vincent a souri, mais son sourire n'a pas tout à fait atteint ses yeux.

— Parce que c'est le cas. C'est comme ça qu'on sait que c'est réel.

Elle a serré le marqueur dans son poing.

— Je veux tout brûler. Tout. Et juste m'en aller.

Il a haussé les épaules.

— Tu pourrais. Mais quelqu'un d'autre prendrait la relève. Les histoires ne disparaissent pas juste parce qu'on arrête de les raconter.

Ren s'est affalée sur le canapé, les ressorts protestant sous le nouveau poids.

— Alors, on fait quoi ?

Vincent s'est adossé au mur, inspectant le champ de bataille.

— On continue de lire. On continue de regarder. Et quand la prochaine tête tombera, on espère que ce ne sera pas la nôtre.

Ren a reniflé, un son à mi-chemin entre le rire et le sanglot.

— C'est sinistre.

— Réaliste, a-t-il corrigé. Il a vérifié l'heure, même s'il savait déjà qu'il était bien trop tard pour quoi que ce soit de sain.

— Tu veux que je fasse du thé ?

Elle a secoué la tête.

— Il y a du whisky dans le placard. Étagère du haut, derrière les céréales.

Il l'a récupéré, en a versé deux doigts dans une tasse avec le slogan « Je Préfère Être Maudite que Banale », et la lui a tendue. Elle l'a acceptée avec un signe de tête reconnaissant, puis a bu une gorgée, a grimacé et a dit :

— Alors. Tu as déjà vu des gens mourir pour ça. Tu penses que ce sera différent cette fois ?

Vincent a fixé le mur du fond, où une araignée montait une expédition à travers trois post-it concurrents.

— Ça ne l'est jamais, a-t-il dit, et il a fini son propre verre.

Ils sont restés assis en silence, le seul son étant le bourdonnement grave et percutant du radiateur et la sirène lointaine et résonnante d'une ambulance en retard à son rendez-vous. La pièce était plus chaude qu'avant, et l'encens s'était estompé en une note de fond presque réconfortante.

Ren a bâillé, s'est recroquevillée dans le coin du canapé et a laissé ses paupières se fermer. Vincent l'a observée un instant, puis s'est dirigé vers la porte, en prenant soin de contourner le dossier bleu.

Il s'est arrêté sur le seuil, une main sur le cadre.

— Ils ne gagneront pas, a-t-il dit. Pas si on garde une longueur d'avance.

Elle n'a pas ouvert les yeux, mais ses lèvres se sont retroussées en un sourire fatigué et ironique.

— Je te prends au mot, Lupo.

Il a refermé doucement la porte derrière lui, les mots flottant dans l'air comme un contrat contraignant.

Dehors, le monde était humide et sans direction, les lampadaires perçant des trous dans la nuit.

Il est rentré à pied, sans se presser, laissant la ville se raconter le chapitre suivant.

La boîte n'avait pas de nom. Si jamais elle en avait eu un, il s'était noyé il y a des années sous le flot des graffitis, des éclaboussures de sang et du genre de notoriété qui faisait que Google Maps indiquait le bâtiment comme « Événement Privé – Ne Pas Entrer ». De toute façon, Vincent n'avait jamais eu besoin d'indications ; comme toutes les choses sauvages et interdites, la boîte l'appelait sur une fréquence à la limite de l'audible, une pulsation à la base de son crâne qui s'intensifiait à mesure qu'il se rapprochait de la rivière.

L'entrée était un conteneur soudé à l'arrière d'un entrepôt

abandonné. Le videur était bâti comme une machine de siège, les bras croisés si fort qu'ils déformaient ses propres tatouages. Il a repéré Vincent, a regardé derrière lui, puis de nouveau vers Vincent comme pour recalibrer l'évaluation de la menace.

Vincent lui a fait un signe de tête, un rictus dévoilant ses dents, et le videur s'est écarté sans un mot. Il y avait des avantages à être une figure connue dans un milieu où « connu » se terminait rarement bien pour qui que ce soit.

À l'intérieur, la boîte était un long couloir humide menant à un escalier qui s'enfonçait dans le sol, sa descente marquée par des tentatives de décoration de plus en plus désespérées. Chaque mètre troquait la sécurité incendie contre l'atmosphère : câbles apparents, ampoules nues, cordons de velours tachés d'une ancienne joie, murs suintant une condensation qui gouttait au rythme de la basse. Au moment où il a atteint le bas, l'air était mi-oxygène, mi-attente, et entièrement hostile à la sobriété.

Vincent s'est arrêté sur le seuil, laissant ses yeux s'adapter au rouge. Rouge sang, la couleur du souvenir, la couleur à laquelle toutes les boîtes de nuit aspiraient mais qu'elles atteignaient rarement. La musique était industrielle, ou quelque chose qui prétendait l'être — des rythmes martelés et des cris samplés, vibrant à travers le plancher, remodelant les os de quiconque était assez proche pour la sentir. La foule était un chœur de visages pâles et acérés et de dents plus acérées encore. Même ceux qui n'étaient pas des vampires avaient appris à s'habiller comme s'ils voulaient qu'on le leur demande.

Il a cherché Lucien du regard, l'a trouvé immédiatement. Certaines personnes ne changent jamais, même si elles changeaient de genre, de garde-robe ou de mythologie personnelle toutes les deux semaines. Lucien était avachi dans une banquette d'angle, un verre de quelque chose de visqueux et de cramoisi dans une main, un téléphone dans l'autre. Son look était celui d'une pure pie voleuse vampire : débardeur en résille, chaînes en argent, assez de piercings pour justifier un détecteur de métaux. Sous l'éclairage, sa peau scintillait de la faible iridescence des nouveaux-nés, ou de ceux qui s'ennuient dangereusement.

Vincent a fendu la foule, ignorant les mains qui frôlaient son bras ou les invitations lancées à chaque regard de côté. Il n'avait pas sa place ici, plus maintenant, mais l'appartenance était surcotée et n'avait jamais bien payé.

Il s'est glissé dans la banquette en face de Lucien, le similicuir collant à l'arrière de ses cuisses comme une sangsue assoiffée.

Lucien n'a pas levé les yeux tout de suite, mais le sourire l'attendait déjà.

— Vincent. En chair et en os... plus ou moins. Je te croyais retiré du menu.

— Je l'étais, a dit Vincent en faisant signe au barman pour un verre. Et puis quelqu'un a laissé une tête dans mon frigo. Deux fois. Je me suis dit que j'allais rendre la pareille.

Lucien a ri, un rire assez tranchant pour couper un pouce.

— Tu as toujours eu le chic pour les cadeaux.

Il a siroté sa boisson, a léché une perle de liquide sur sa lèvre inférieure.

— Alors, qu'est-ce qui t'amène dans mes petites oubliettes ? Tu viens t'encanailler, ou juste par nostalgie ?

Vincent a observé la piste de danse, où un couple en combinaisons de latex identiques tentait de s'entretuer du regard.

— J'ai besoin d'informations. Tu es toujours branché, n'est-ce pas ?

Lucien a fait mine de peser la question.

— Ça dépend du marché. Ça dépend du paiement. Ça dépend si tu as l'intention de payer pour une fois.

Le barman est arrivé, a posé un verre contenant quelque chose de la consistance d'un sirop pour la toux et de la provenance d'un déchet biologique. Vincent l'a reniflé, a fait une grimace, mais a bu quand même.

— Entendu parler de l'Ordre du Voile ? a-t-il demandé.

Les yeux de Lucien se sont levés d'un coup, son sourire s'aiguisant.

— Vieux sang. Très vieux sang. Tu as quelques siècles de retard, chéri. Cette bande n'est plus qu'une fable pour faire peur maintenant.

Vincent a fouillé dans son manteau, en a sorti le glyphe. Il l'avait recopié sur une serviette en papier, mais même la serviette avait l'air d'avoir peur de se trouver dans le même code postal que sa propre encre. Il l'a fait glisser sur la table, observant les doigts de Lucien tressaillir alors qu'il tendait la main pour la prendre.

Lucien l'a prise, l'a tenue à la lumière.

— Tu n'aurais pas dû apporter ça ici, a-t-il dit, sa voix soudainement plate. Vraiment, vraiment pas.

— Et pourtant, a dit Vincent, nous voilà.

Lucien a reposé la serviette, en prenant soin d'éviter tout contact avec sa peau.

— Il y a des gens dans cette pièce qui te tueraient pour moins que ça.

— Je sais, a dit Vincent. Je compte dessus.

Lucien a bu une gorgée, s'est mordu l'intérieur de la joue.

— Il y a une rumeur. Le Vieil Œuvre revient. Quelqu'un essaie de finir ce que Carmine a commencé, seulement cette fois, ce n'est pas une question de prophétie. C'est une question d'architecture.

Vincent a cligné des yeux, lentement.

— Continue.

Lucien a hoché la tête.

— Ils construisent quelque chose. Quelque chose de sacré, quelque chose de violent. Le plan est fait de sang, les briques sont des corps, et chaque fondation a besoin d'une pierre angulaire.

Vincent a senti la pièce basculer, juste un peu.

— Qui dirige ça ?

Lucien a secoué la tête.

— Pas de noms, juste un titre. Le Barde de Sang.

Il a eu un sourire narquois.

— J'ai pensé que ça t'amuserait.

Ça ne l'a pas amusé. Au contraire, ça a fait chuter l'estomac de Vincent à travers le siège et dans le siphon d'égout le plus proche.

— Ce n'est pas possible.

Lucien a souri, montrant trop de dents, tout pour la frime.

— Vraiment ? C'est toi qui as écrit la prophétie. Peut-être que l'histoire veut juste être réécrite.

Vincent a empoigné son verre, les jointures blanches.

— Et alors, ce Barde de Sang veut finir l'ancien script ? En commencer un nouveau ? Déclencher la fin des temps avec une meilleure bande-son ?

Lucien s'est penché en avant, laissant tomber son affectation.

— Ils pensent que tu es un dieu, Vincent. Ou un démon. Honnêtement, je ne suis plus sûr qu'il y ait une grande différence.

Il a eu envie de rire, ou de crier, ou de jeter son verre au visage de Lucien, mais toute son énergie s'est écoulée de lui comme l'eau d'une passoire.

— Tu crois à tout ça, toi ?

Lucien a haussé les épaules, avec élégance.

— Je crois en l'intérêt personnel. Mais si tu me demandes si des gens vont mourir pour ça — il a fait un geste vers la serviette — alors oui. Ça a déjà commencé.

La musique a atteint son apogée, un mur hurlant de distorsion. Vincent l'a laissé vibrer à travers ses os, anéantissant toute résistance qu'il aurait pu garder pour plus tard.

— Quelle est la prochaine étape ?

Lucien s'est adossé à sa banquette, exhibant une paire de canines qui n'avaient pas été achetées en magasin.

— C'est toi l'écrivain, Lupo. Que ferais-tu ?

Il n'a pas répondu. Pas ici, pas maintenant, pas avec les

fantômes d'une centaine de brouillons ratés flottant dans l'air recyclé de la boîte.

Il s'est levé, laissant son verre inachevé.

— Si quelqu'un pose des questions sur moi, dis-leur que je suis mort. Ou que je suis à la recherche d'une meilleure fin.

Lucien a incliné la tête, une parodie de respect.

— Toujours un plaisir. Essaye de ne pas te faire décapiter.

Vincent est sorti, sentant le poids du regard de la boîte sur ses épaules, la serviette en papier lui brûlant un trou dans la poche. Le videur à la porte l'a jaugé du regard, puis a hoché la tête comme si plus rien au monde ne pouvait le surprendre.

Dehors, la rivière était une artère noire et luisante sous les lampadaires. Vincent s'est tenu au bord, a sorti une cigarette de son manteau et l'a allumée avec des mains qui ne tremblaient pas tout à fait.

Il a pensé au Barde de Sang. Le nom avait le goût d'une chute, d'une blague qu'il avait inventée dans un accès de dépit littéraire il y a deux cents ans. Maintenant, il arpentait la ville, construisant une cathédrale de cadavres et le ramenant au centre de l'histoire.

Il a fumé jusqu'au filtre, l'a jeté dans la rivière et a regardé la braise tourbillonner avant que l'obscurité ne l'avale entièrement.

Puis il a marché, vite et sans but, laissant la ville le rattraper.

QUINZE

Vincent était à la fenêtre, observant la rue silencieuse, quand la porte d'entrée s'est ouverte à la volée et que Ren a déboulé à l'intérieur, apportant avec elle un microclimat de bruine du North Circular. Elle a laissé des traces de boue dans tout le couloir, a balancé son manteau sur la rampe d'escalier (directement sur le sien, qui a tressailli d'humidité résiduelle), et s'est frayé un chemin jusqu'au salon sans même un « bonjour ». Dans son sillage, la vague atmosphère d'eau de Javel et de renoncement de l'appartement a été instantanément remplacée par la puanteur de la laine mouillée et par l'énergie plus vive et plus téméraire de quelqu'un qui venait de trouver une preuve et s'apprêtait sans l'ombre d'un doute à s'en servir comme d'une massue.

Elle portait son ordinateur portable serré sous le bras comme un reliquaire, et de l'autre main, serrait encore une canette de Red Bull qui, à première vue, avait été vidée puis remplie d'une substance encore plus sinistre. Elle en a bu une gorgée, s'est essuyé la bouche avec sa manche et a lancé un regard noir à Vincent, comme s'il était personnellement responsable de la météo, des poubelles et de chaque porte verrouillée de sa vie.

— Tu aurais pu envoyer un texto, a-t-il dit. Ou, tu sais, frapper.

Les yeux de Ren brillaient d'une lueur sauvage. — Pas le temps pour les politesses. On a un problème. — Elle s'est affalée sur le canapé, les bottes sur le tissu, les membres étalés avec un mépris de propriétaire pour le revêtement. — Et je ne vais même pas essayer d'y mettre les formes, parce que franchement, tu ne le mérites pas.

Vincent s'est adossé au mur, les bras croisés, déjà résigné. — Je ne suis pas sûr de pouvoir gérer une crise avant le dîner.

— Tant mieux, a-t-elle lâché, parce que tu vas perdre l'appétit. — Elle a fait pivoter l'ordinateur portable, a caressé le pavé tactile avec l'exubérance d'une animatrice de jeu télévisé, et l'a tourné vers lui. — Tu reconnais ça ?

Vincent a plissé les yeux. L'écran affichait le scan d'une affiche de théâtre élimée et jaunie, dont le titre était en caractères gothiques : *LE MASQUE ÉCARLATE — Une Pièce en Un Acte.* En dessous, la liste des comédiens (« V. Lupo dans son propre rôle » en tête d'affiche), une photo de répétition et, juste en dessous, un glyphe dessiné à la main, trois croissants de lune dans la configuration exacte qu'il avait vue pour la dernière fois marquée au fer rouge sur le crâne de Maximus.

Il a cligné des yeux. — Tu plaisantes.

Le sourire de Ren n'était que dents. — J'aimerais bien. — Elle a tapoté l'écran. — Il s'avère que ton mystérieux culte meurtrier est, je cite : « *un collectif de performance d'avant-garde de la fin des années vingt* ». Ils devaient donner une seule représentation, une sorte de théâtre immersif avant l'heure, mais la troupe a implosé avant la première. Parce que, et ça, c'est mon passage préféré, trois acteurs ont disparu pendant la dernière répétition générale. Personne ne sait s'il s'agissait d'un coup monté, d'une démission de masse ou d'un pacte suicidaire pour faire de la pub. Mais le script a survécu, et la légende aussi.

Vincent a passé une main dans ses cheveux. — Tu es en train de me dire que tout ça, c'est juste du mauvais théâtre ?

Ren a haussé les épaules. — Est-ce que tout ne l'est pas ? — Elle a vidé sa canette et l'a écrasée dans son poing. — Mais voilà le clou du spectacle : le sigil d'invocation, les rituels sanglants, tout ça... ça sort tout droit du script. Ils ont même utilisé ton nom, bon sang.

Il a essayé de rire, mais le son est resté coincé dans sa gorge. — Les gens de théâtre. Ils sont encore pires que les membres d'un culte.

Ren est passée à la page suivante, où un scan en lambeaux du script original était couvert d'une profusion d'annotations au stylo rouge et au surligneur. — J'ai passé la moitié de la nuit à éplucher les archives universitaires et les blogs conspirationnistes. Il s'avère qu'il existe toute une sous-culture obsédée par la reconstitution de la pièce perdue. Ils l'appellent la « Folie de Bloodbard ». Certains pensent qu'elle est maudite. D'autres, que c'est la clé de l'immortalité. La seule chose sur laquelle ils sont tous d'accord, c'est qu'elle doit être jouée en intégralité, sans interruption, et que quiconque essaie de perturber la narration se fait... — Elle a montré le programme, où trois noms avaient été barrés d'un coup de rasoir, au sens propre. — ...retirer de la distribution.

Vincent a détourné le regard, soudainement glacé. — C'est de la folie.

Ren a souri. — Bienvenue à ta propre soirée d'après-spectacle. — Elle a fermé l'ordinateur et l'a serré contre sa poitrine. — J'ai pensé que ça t'amuserait. Ton héritage, non seulement mort-vivant, mais remanié en dîner-spectacle.

Il s'est frotté les yeux. — Est-ce que tout ça était réel ?

Elle a de nouveau haussé les épaules, avec moins de désinvolture cette fois. — Est-ce que ça a de l'importance ? Quelqu'un est en train de rendre ça réel maintenant.

Ils sont restés assis en silence, le bourdonnement du frigo rivalisant avec le claquement doux et rythmé des bottes de Ren contre la table basse.

Vincent a rompu le silence le premier. — Quand est-ce que tu as trouvé ça ?

— Il y a environ trois heures. J'essayais de comprendre comment le glyphe avait voyagé de la Roumanie à Camden Town, et la plus ancienne mention était une critique de théâtre alternatif de 1926. Le critique a détesté. Il a qualifié ça de « nonsens auto-complaisant, sanglant et mégalomane ».

Il a grimacé. — Ça correspond.

— Mais ensuite, ça réapparaît à Vienne, puis à Marseille, et à chaque fois, il y a une vague de morts ou de disparitions inexpliquées. C'est comme si quelqu'un avait essayé de vendre le script à travers l'Europe pendant un siècle, à la recherche du public parfait.

Il s'est affalé sur la chaise la plus proche, qui a gémi sous son poids soudain. — Et le mieux qu'ils aient pu faire, c'est une tête coupée dans mon frigo.

Ren a agité un doigt. — Tu plaisantes, mais le coup du frigo ? C'est une didascalie. « *La tête de l'auteur restera au frais jusqu'à l'avant-dernier acte* ». — Elle a affiché le script scanné et a lu : — *Scène Douze* : « *La faim du scribe survit au corps. L'histoire se nourrit, même quand l'encre caille.* »

Il l'a dévisagée, puis a regardé le mur derrière elle, comme si le vieux plâtre pouvait se mettre à suinter du faux sang en signe de protestation. — C'était censé être une parodie, a-t-il marmonné. Ils étaient censés rire.

Elle l'a regardé, s'adoucissant légèrement. — Eh bien, ils n'ont pas ri. Et maintenant, quelqu'un prend ça très au sérieux.

La pluie a repris, battant contre la fenêtre à un rythme redoublé. Ren a observé les gouttelettes tracer des chemins désespérés sur la vitre, puis a dit : — Tu as déjà pensé à ce qui se passerait s'ils réussissaient ? S'ils finissaient le script ?

Il y a pensé. Il a pensé à la dernière fois qu'il avait vu la pièce jouée, à la façon dont le public était assis dans un silence stupéfait, ne sachant pas s'il fallait applaudir ou se mettre à prier. Il a pensé à tous les mots qu'il avait écrits et qui n'étaient jamais censés lui survivre.

— Je ne sais pas, a-t-il dit. Peut-être rien. Peut-être que le monde se termine par un gémissement et une mauvaise critique.

Elle a reniflé. — Tu es tellement défaitiste.

Il a réussi à esquisser un faible sourire. — Risque du métier.

Un autre silence, mais celui-ci moins oppressant, plus comme une cachette partagée. Ren a rouvert l'ordinateur, faisant cette fois défiler l'écran au-delà du script scanné pour afficher une archive numérisée de coupures de presse, de lettres, de photos granuleuses de la troupe originale — des hommes au visage peint en noir, des femmes voilées, tout le monde portant des masques qui n'étaient ni d'époque ni d'une ambiguïté de bon goût.

— Il y a autre chose, a-t-elle dit. Tu as dit que tu n'avais jamais fini le dernier acte.

Il a secoué la tête. — Je l'ai laissé en blanc. Je me suis dit que le monde pouvait se passer d'une tragédie de plus.

Elle a pointé l'écran. — Eh bien, quelqu'un en a trouvé une copie. Ou pense l'avoir trouvée. Et ils sont en train de la monter maintenant, scène par scène, meurtre par meurtre.

Il l'a regardée, soudain effrayé d'une manière qu'il n'avait pas connue depuis la purge des vampires de 1814. — Comment est-ce qu'on arrête une pièce de théâtre ?

Elle a souri, un peu diaboliquement. — Avec de mauvais acteurs ?

Il a vraiment ri, le son lui échappant par surprise. — Si seulement.

Ils ont tous les deux fixé l'ordinateur portable pendant un moment, regardant le curseur clignoter sur la dernière page du script — une page encore vierge, attendant que quelqu'un la remplisse.

Finalement, Vincent a dit : — S'ils ont la pièce, ils ont la carte.

Ren n'a pas posé la question, mais celle-ci flottait de toute façon entre eux.

— La carte de quoi ? a-t-elle fini par dire.

Vincent a regardé la pluie au-dehors, le néant sombre de la ville. — De tout ce que j'ai jamais regretté, a-t-il dit, et il a laissé les mots se déposer comme de la poussière dans les interstices entre les phrases.

Ils ont regardé la pluie ensemble, sans bouger, sachant tous les deux que dès que le temps se lèverait, la véritable représentation commencerait.

SEIZE

Le café des taxis du coin, à quatre heures du matin, tenait moins du commerce que de la cellule de dégrisement pour les fraîchement libérés et les éternels agités. Le genre d'endroit qui remplaçait le sommeil par des glucides, et les barrières sociales par une misère collective et caféinée. Vincent et Ren avaient réquisitionné la banquette du fond, simplement parce qu'ils se fichaient bien de savoir qui d'autre pouvait en avoir besoin. La table donnait l'impression d'avoir été exhumée de fouilles archéologiques, puis vandalisée par les descendants de tous ceux qui y avaient un jour subi un service déplorable. Sa surface était un palimpseste de coups de clés, de coups de couteaux et de feutres existentiels — « *Tue-moi* » superposé à « *Arsenal pour toujours* » superposé à « *Angela c une salope nan* ». Même la salière avait l'air de faire la gueule.

L'éclairage, une symphonie de fluorescence maladive, donnait à chacun l'air d'un cadavre qui venait d'entendre la pire blague du monde. Le plafond clignotait en morse ; le personnel, aux trois quarts endormi et le quart restant dans le déni, remplissait la machine à café filtre en pilote automatique. Toutes les trente minutes, une nouvelle fournée d'inadaptés déferlait : des chauffeurs de taxi, des videurs qui avaient fini leur service, le rare universitaire debout à une heure tardive pour des raisons sans rapport avec la sagesse. À cette heure-ci, le seul témoin de vos secrets était le prochain insomniaque au bout du comptoir.

Ren portait l'épuisement comme un insigne. Son sweat à capuche était zippé jusqu'au menton, ses cheveux une explosion défensive sous l'assaut des néons. Elle sirota le mélange maison avec un dégoût théâtral, avant d'y ajouter quatre sucres, comme pour mettre le diabète au défi de faire le moindre geste. Dans ses mains, une page fraîchement imprimée : granuleuse, à moitié obscurcie par les plis de l'original et l'enthousiasme médico-légal d'un scanner universitaire. Sur l'image, des flèches au stylo-bille rouge, des points d'interrogation, et une ligne diagonale se terminant par « *LA PREMIÈRE APPROCHE* » écrit en lettres capitales.

Le premier réflexe de Vincent fut de commander un whisky, mais il se contenta d'un flat white, qui avait un goût de cendre et de quelque chose de moins agréable encore. Il regarda Ren tenir l'imprimé au-dessus de la table poisseuse, puis le faire glisser dans sa direction comme un avertissement.

— C'est de ta faute, dit-elle.

Il parcourut la page du regard. La vieille affiche de théâtre semblait inchangée depuis la dernière fois qu'il l'avait vue, à l'exception des nouveaux stigmates formés par les annotations. — Tu me rends nostalgique des années 20, répondit Vincent. Et ce n'est pas un sentiment que j'ai envie d'éprouver.

Ren pointa la photo d'un doigt rageur. — Regarde les noms.

Il regarda. Là, sous le titre — *Le Masque Pourpre, une Tragédie de Sang en un Acte* — se trouvait la distribution : les suspects habituels, dont la moitié était morte bien avant même que l'affiche n'ait été diffusée. Quelques noms étaient entourés, d'autres barrés, d'autres encore ponctués d'un « ? » et d'un « *En vie ?* » d'une écriture de plus en plus désespérée. Au bas de la feuille figurait la légende : « *Troupe de Carmine, en association avec l'Ordre du Voile* ».

— Ils la remontent, dit Vincent, d'une voix aussi plate que son café.

Ren haussa un sourcil. — Tu crois que ce n'est que du théâtre ?

Il soupira, se massant l'arête du nez. — Avec cette bande ? Il y aura des saignées dans les coulisses, un décompte macabre dans les loges, et un portail lumineux quelque part entre les scènes dix et onze.

Elle eut un grand sourire. — C'est étrangement spécifique.

— J'en ai vu des choses, Ren.

Elle le croyait, et c'est pour ça qu'ils étaient ici au lieu de dormir. — Alors, on fait quoi maintenant ? demanda-t-elle.

Vincent tamborina des doigts sur le dessus de la table. — Soit on ignore tout ça en espérant que l'histoire se dévore toute seule, soit on essaie de trouver la troupe et de leur couper l'herbe sous le pied avant la première.

— Option deux, dit Ren en faisant glisser une serviette en papier et un stylo emprunté sur le champ de bataille.

Ils travaillèrent dans le silence maussade de co-conspirateurs. Ren nota chaque nom, chaque alias, chaque ville qui lui venait à l'esprit — Lisbonne, Paris, Cluj-Napoca, Hackney — puis commença à tracer des lignes comme s'il s'agissait d'un exorcisme plutôt que d'un organigramme. Vincent fournit des détails quand sa mémoire le lui permit, mais la majeure partie de ce qu'il savait s'était estompée dans le brouillard général de ses siècles. Les grands noms étaient tous morts, techniquement, mais « techniquement » ne voulait plus dire grand-chose.

Au bout de dix minutes, la serviette ressemblait à un tableau d'enquête conçu par une araignée particulièrement en colère. La plupart des lignes se terminaient par « ? », « *Probable* » ou « *Disparu* ». Deux noms avaient été surlignés par accident, suite à une collision avec un rond de café. Ren en montra un. — Et l'Évêque ?

— Aux dernières nouvelles, il était à Florence, dit Vincent. S'il est à Londres, il ne s'en vante pas.

Elle en pointa un autre. — La Princesse Turque ?

Vincent secoua la tête. — Retraitée à Monaco. Prétendument. Il se pencha, la voix à peine plus haute qu'un murmure. — Si c'est l'Ordre, ils utiliseront des intermédiaires. De nouveaux visages avec de vieilles dettes.

Ren n'avait pas l'air convaincue, mais en même temps, son mode par défaut était de s'attendre au pire et d'être agréablement surprise par tout ce qui n'y ressemblait pas. Elle se renversa en arrière, étira ses jambes sous la table et regarda les lumières se battre contre l'obscurité au-delà de la fenêtre. Dehors, la ville était une dalle de noir et de jaune sodium, les rues ruisselant de pluie et des échos de meilleures décisions.

— On pourrait infiltrer, dit-elle.

Vincent faillit s'étouffer avec son expresso. — Tu veux auditionner pour la pièce la plus maudite du monde ?

Ren haussa les épaules, avec un je-m'en-foutisme typique du nord de Londres. — Je pourrais passer pour une machiniste. Ou une doublure.

Il secoua la tête. — Les gens du théâtre sectaire peuvent sentir les intrus. C'est comme les chats, mais avec une plus grande propension aux sacrifices rituels.

Ren sourit, dévoilant le genre de dents qui faisaient d'elle la coqueluche des gens qui détestaient la conversation de salon. — Mais tu es l'un des leurs. C'est toi qui as écrit le scénario.

Il grimaça. — Ce qui signifie que je suis la dernière personne en qui ils auraient confiance.

Elle lui lança la serviette en papier. — Tu dois y aller. Voir où ils en sont. Au moins jeter un œil à la nouvelle troupe.

Il joua avec le stylo, regardant l'encre couler sur ses doigts. — Tu te rends compte que c'est un coup monté, n'est-ce pas ? Scènes d'ouverture, je me fais entraîner. Au milieu de la pièce, quelqu'un se fait assassiner. La scène finale...

— On improvise, dit-elle, terminant sa phrase. C'est ce que tu fais de mieux.

Il ne pouvait pas la contredire. Il avait bâti sa carrière sur l'improvisation — quand l'intrigue s'effondrait, quand l'argent venait à manquer, quand la dernière planque s'avérait être un piège. Sa vie n'était qu'une série de lectures à froid et de réécritures désespérées.

Il termina son expresso et posa la tasse avec une finalité qui n'était que légèrement amoindrie par son vacillement. — Très bien, dit-il. J'irai. Mais si je finis sur scène, tu dois me promettre de ne pas me chahuter.

Ren leva trois doigts, parole de scout, puis rompit aussitôt son serment pour faire signe au serveur de lui apporter plus de café.

Vincent fixa l'affiche annotée qui annonçait les répétitions dans les cryptes de St. Martin, l'encre rouge s'infiltrant dans le vieux papier, les mots vibrant de l'urgence d'une menace qui n'était pas tout à fait réelle tant qu'elle ne vous avait pas tué. Les lumières du café clignotèrent, se stabilisèrent, puis clignotèrent à nouveau. Un frisson lui parcourut l'échine, mais c'était le frisson familier, presque réconfortant, d'une histoire qui prenait vie.

Il empocha la serviette, se leva et regarda la nuit. La pluie martelait le trottoir, lavant la ville pour la prochaine fournée de pécheurs.

Il se tourna vers Ren, qui le salua avec sa tasse de café. — Merde, dit-elle.

Il faillit sourire. — C'est comme ça que ça commence toujours, dit-il, et il sortit affronter la tempête.

Les cryptes de St. Martin se dressaient à la frontière entre l'abandon et la démolition, une relique victorienne maintenue debout par l'inertie et la petite bureaucratie. Sa façade en pierre était grêlée par les cicatrices de vieilles manifestations, de nouveaux actes de vandalisme, et d'une mémorable tentative d'incendier le bâtiment dans les années soixante. La mousse étouffait les corniches sculptées. La pluie dévalait du toit éventré, s'accumulant dans des nids-de-poule assez grands pour avaler la faune locale. Même la mairie avait baissé les bras, abandonnant l'entrée à la rouille et à une clôture périphérique qui suggérait « défense d'entrer » mais le formulait avec un soupir plutôt qu'une menace.

Vincent contourna l'entrée principale, ses chaussures faisant un bruit de succion dans une flaque qui avait colonisé la moitié du trottoir. Il trouva la porte latérale non verrouillée, comme il s'y attendait, et se glissa à l'intérieur. L'obscurité fut immédiate et absolue, à l'exception d'un filet de lumière qui filtrait le long du couloir principal. Il pouvait entendre le bâtiment respirer : la dilatation et la contraction du bois fatigué, le goutte-à-goutte et le clapotis de l'eau se frayant un chemin du toit au sous-sol, le frisson cassant des toiles d'araignée dérangées par rien de plus que le souvenir d'un mouvement.

Il se déplaça avec une quiétude délibérée. Ses sens s'étirèrent, captant le faible bourdonnement des voix provenant de la salle de réunion — un mélange de murmures humains ordinaires et de quelque chose d'un ton juste au-dessus, une harmonique qui vibrait au creux de son crâne. C'était le son de gens qui essayaient d'être silencieux et qui échouaient, de secrets répétés à voix basse.

Le couloir s'ouvrait sur la salle principale, une caverne rectangulaire bordée de piliers fissurés et des fantômes de plusieurs centaines de morts enterrés là. Le plafond, peint d'une allégorie d'un au-delà idyllique, pleurait maintenant des larmes brunes sur le parquet. La scène temporaire au fond était habillée de rideaux improvisés — des draps teints dans un rouge inquiétant — et éclairée par un assortiment hétéroclite de bougies et ce qui ressemblait à une paire de projecteurs à batterie, dont l'un était sur le point de rendre l'âme.

Sur la scène, un demi-cercle de silhouettes portant des masques cramoisis. Elles portaient des vêtements de ville sous leur costume, mais l'effet était troublant : une armée de visages vides, aux bouches figées dans des sourires permanents. Au centre, un jeune homme en costume bleu marine, pieds nus, son masque bordé de ce qui semblait être de la feuille d'or. Il tenait un script, mais quand il parla, il ne lut pas. Il joua.

Vincent reconnut le monologue avant même le deuxième mot. Il l'avait écrit comme une blague, un peu de pastiche complaisant pour étoffer une scène d'exposition ennuyeuse. Ici, les mots étaient devenus des armes. Les cadences étaient plus tranchantes, chaque phrase fendant le silence pour se loger dans un endroit déplaisant.

— Le sang est un script, entonna le jeune homme, et tous sont jetés dans son ombre. Nous naissons public, mais mourons acteurs, noyés par des applaudissements qui ne sont pas pour nous.

Les autres se joignirent à lui, un dialogue de questions-réponses tiré des tréfonds de la mémoire de Vincent :

— Que l'encre coule. Que la veine s'ouvre. Que l'histoire se nourrisse.

Il le sentit alors, un frisson qui descendit le long de sa colonne vertébrale pour s'installer dans ses pieds. L'air dans la salle se raréfia. Les bougies vacillèrent, projetant de longues ombres impossibles derrière chaque visage masqué. Les mots n'étaient plus seulement des mots. On leur avait donné des crocs.

Le monologue monta en puissance, partit en spirale, se tordit sur lui-même. Vincent regarda les mains du jeune homme se mettre à trembler, le papier vibrant au rythme de sa voix. Le masque se fissura, juste un peu, dans un coin. La sueur assombrit le tissu sur sa bouche. Le reste de la troupe se rapprocha, leurs propres répliques résonnant, se chevauchant, un chœur qui transformait le sens en rythme.

Puis le garçon atteignit la dernière ligne. Il la cracha, non pas au public — dont il n'y avait, au moins ouvertement, que Vincent — mais à l'espace vide au-dessus de la scène.

— L'histoire se termine quand on la saigne à blanc !

L'air chatoya, comme si le son avait déchiré une couture dans le monde. Pendant une seconde, Vincent vit le plafond se déformer, la fresque céleste se tordant en quelque chose d'obscène et d'affamé. Les bougies brûlèrent d'une flamme bleue le temps d'un battement de cœur, puis revinrent à l'orange.

Vincent s'agrippa au mur, les jointures blanches. Il avait assisté à un millier de rituels, subi une centaine de saignées, mais jamais il n'avait senti le pouvoir si brut, si totalement indifférent aux personnes qui le maniaient.

Il réalisa, avec quelque chose qui ressemblait à de l'admiration et beaucoup à de la peur, qu'il ne s'agissait pas de cultistes au sens ancien. C'étaient des fans. La performance était le rituel. Chaque ligne, chaque didascalie, était un sort déguisé en script.

Sur scène, la troupe rompit son cercle. Le jeune homme s'affaissa, le masque de travers, mais ses yeux étaient brillants, vifs, et fixés directement sur Vincent. Autour de lui, les autres réarrangeaient l'espace — ils installèrent une chaise, un crâne en accessoire, ce qui ressemblait à un saladier au contenu suspect. Ils se déplaçaient avec l'efficacité de gens qui avaient répété cela une centaine de fois, qui savaient qu'ils étaient observés.

Des coulisses, une nouvelle silhouette émergea. Masquée, mais le masque était noir, non pas rouge, et le costume qu'elle portait était taillé avec une extravagance qui frisait la satire. La silhouette s'arrêta, puis tourna son visage vers Vincent. Elle s'inclina — un salut lent, moqueur, délibéré. La gorge de Vincent se noua.

Il connaissait cette révérence. Il l'avait vue sur de vieilles photos, dans des souvenirs qui refusaient de mourir même quand on leur plantait un pieu dans le cœur. Il l'avait inventée.

La silhouette se redressa, puis disparut en coulisses.

Vincent prit une décision instantanée : il partit avant le salut final.

Le couloir devint soudain glacial. Il sentit l'électricité statique sur sa peau, la façon dont les mots s'accrochaient à lui comme un vêtement humide. Il s'attendit presque à ce que la mousse sur les murs extérieurs l'attende, pour l'enlacer dans sa fuite.

Il trébucha dans le parking. La pluie était maintenant biblique, un assaut venant de toutes les directions. La Peugeot cabossée de Ren tournait au ralenti sur le bord du trottoir, les essuie-glaces perdant la bataille pour suivre le rythme. Elle était au volant, moteur en marche, capuche relevée contre le froid. Elle le vit, lui fit un appel de phares et lui indiqua d'un signe de tête de monter.

Il se laissa glisser sur le siège passager, claquant la portière. La chaleur à l'intérieur fut un soulagement instantané, mais le souvenir de la salle pendait à ses épaules comme une couverture trempée.

Ren le regarda, les mains crispées sur le volant. — Alors ?

Il resta silencieux un instant, regardant la pluie perler et dévaler le pare-brise. La ville humide brillait de reflets maculés, les lampadaires coulant comme des blessures ouvertes.

— Ils ne répètent pas une pièce, dit Vincent d'une voix basse et égale.

Elle attendit.

— Ils répètent une apocalypse.

Ils restèrent dans la voiture, à écouter le moteur, la pluie, le monde mourant au-dehors. Aucun d'eux ne parla, car il n'y avait plus rien à dire.

Au loin, quelque part au-delà de la tempête, les vieilles cryptes exhalèrent de la fumée de bougie et un air de triomphe.

L'histoire, pour une fois, était parfaitement dans les temps.

DIX-SEPT

Vincent s'est réveillé vingt minutes plus tôt qu'il ne l'aurait voulu parce que quelqu'un glissait du papier sous sa porte d'entrée. Pas au sens métaphorique (bien que, comme toujours, l'univers dressait sa propre liste de doléances), mais avec un grattement et un soupir littéraux contre le bois, calculés pour se propager directement le long de sa colonne vertébrale et le clouer au matelas.

Il est resté parfaitement immobile, écoutant le cycle vespéral de la ville : les sirènes qui se disputaient avec le brouillard fluvial, les employés de bureau qui rentraient chez eux après une pinte rapide et, maintenant, le mouvement furtif d'un messager aux opinions bien arrêtées sur la papeterie. Vincent a résisté à l'envie d'allumer la lampe. Ses yeux — qui n'avaient jamais été entièrement humains — étaient faits pour ça. L'obscurité totale de l'appartement était, pour lui, un crépuscule laiteux ; la plus faible source de lumière d'un lampadaire, la plus douce lueur de la LED d'un appareil oublié, rassemblaient juste assez de photons pour que ses pupilles puissent distinguer toute la pièce en un relief fantomatique.

Il a tendu l'oreille pour déceler des bruits de pas dans le couloir. Rien. Celui qui avait livré l'enveloppe était soit un expert en furtivité de niveau olympique, soit s'était simplement dissous dans une ombre, ce qui, dans son domaine d'activité, n'était pas aussi improbable qu'on aurait pu l'espérer. Il est sorti du lit en roulant sur le côté, ses pieds heurtant le plancher froid, et s'est dirigé vers la porte à pas feutrés, avec la démarche mesurée d'un homme qui avait un jour déclenché un glyphe sensible à la pression à trois heures du matin et avait appris à ne plus jamais, au grand jamais, répéter l'expérience.

L'enveloppe, quand il l'a récupérée, était plus lourde qu'elle n'en avait l'air — un papier épais et crème, d'une texture qui avait probablement un arbre généalogique sur cinq générations et un fonds fiduciaire. Elle était scellée à la cire, d'un rouge si sombre qu'il en était presque noir, et frappée d'un sceau qu'il avait vu pour la dernière fois sur la nuque d'une tête décapitée.

Vincent l'a soulevée, la tournant dans la faible lumière qui venait de la cuisine. Le sceau représentait un triple croissant, superposé à une écriture épineuse qui s'enroulait comme le fil de fer barbelé le plus prétentieux du monde. Il a résisté à l'envie de le briser avec ses dents.

Derrière lui, le canapé a poussé un gémissement qui ne pouvait être produit que par le déplacement du poids d'un être humain adulte, et un instant plus tard, Ren est arrivée dans le couloir à pas traînants, enveloppée dans une couverture et dans le genre d'indignation morale seulement accessible aux personnes qui avaient encore un métabolisme fonctionnel. Ses cheveux étaient en bataille, aplatis d'un côté et en lévitation de l'autre, et son visage portait les plis de quelqu'un qui avait dormi avec son téléphone collé à la joue.

Elle a regardé l'enveloppe, puis Vincent, puis de nouveau l'enveloppe. — Alors, a-t-elle dit, la voix pâteuse de sommeil, c'est le moment où tu te fais renvoyer de Poudlard pour crimes contre le service postal ?

Vincent a brandi l'enveloppe. — Livraison spéciale. Sans signature.

Ren s'est penchée, plissant les yeux vers la cire. — Sympa. Très « on sait où tu habites ».

Il a brisé le sceau d'un coup d'ongle et a fait glisser la carte à l'extérieur. Le contenu était simple — un unique rectangle de carton, ivoire, avec une écriture si impeccable qu'elle appartenait probablement à une machine programmée pour simuler la folie. Le message disait : « Vous êtes cordialement convoqué » — le cordialement souligné deux fois, sans doute par ironie — « au Théâtre Orpheum. » Il n'y avait ni heure, ni date, pas même un code vestimentaire.

Ren a jeté un œil par-dessus son épaule, se hissant sur la pointe des pieds pour mieux voir. — C'est un piège, a-t-elle bâillé, puis elle a immédiatement gâché son effet en bâillant à nouveau.

Vincent a tenu la carte à bout de bras, puis lui a donné une pichenette pour qu'elle tourne, à la manière d'une carte de tarot, avant d'atterrir sur la table de la cuisine. — Au moins, ils ont arrêté de faire semblant. C'est un progrès.

Ren a attrapé une tasse sur l'égouttoir, s'est versé une généreuse portion du café de la veille et l'a siroté avec le courage d'un mineur de charbon face à un puits inondé. — Tu vas y aller ? a-t-elle demandé, sans vraiment croiser son regard.

Il a haussé les épaules, essayant de paraître détaché, mais son mouvement était trop brusque. — Quand des fous te convoquent dans leur antre, tu te pointes. C'est la base de l'étiquette vampirique.

Ren a réfléchi à cela, puis a hoché la tête. — Tu veux du renfort ? Je peux me montrer menaçante. Ou venir te chercher si tu as besoin d'une sortie rapide.

Vincent a secoué la tête. — Si c'est ce que je pense, ils me veulent seul. Tu finirais juste en dommage collatéral. Il s'est un peu adouci. — Mais si je ne suis pas de retour au lever du soleil, appelle Mme Barley. Dis-lui de tout brûler.

Ren a souri, puis a tout gâché en renversant du café sur sa robe de chambre. — Ce n'est pas le genre de chose qu'on dit à quelqu'un qui a des tendances pyromanes.

Il l'a observée, la façon dont elle s'affairait avec la tache, la façon dont elle faisait semblant de ne pas s'en soucier. — Tu veux vraiment venir ? a-t-il demandé.

Le regard de Ren était pure incrédulité. — Je ne vais pas rater l'occasion de te voir être plus mal à l'aise que toute une secte de vampires.

Vincent a souri, un sourire crispé, intérieur. — Bien. Je ne voudrais pas réussir sans un public pour l'apprécier.

Il a de nouveau jeté un œil à la carte. Le Théâtre Orpheum. Il était à l'abandon depuis les années 90 — fermé après un exorcisme bâclé et une série de fuites malheureuses. La rumeur disait que chaque représentation depuis 1973 s'était terminée par au moins une possession mineure, et que le fantôme d'un illusionniste raté hantait encore les passerelles, jetant occasionnellement des sacs de sable sur les vivants dans un accès d'envie professionnelle. Vincent avait été engagé une fois pour cataloguer les archives du théâtre, mais avait trouvé l'odeur de la nostalgie écrasante, même pour lui.

Ren a vidé sa tasse, puis a attrapé son téléphone. — Tu veux que je cherche l'Orpheum sur Google, ou on part juste du principe que toute la nuit est maudite ?

Vincent a hésité. — Maudite, c'est prévisible. J'espère seulement que ce sera fatal.

Elle a tapoté sur son téléphone pendant quelques secondes, puis l'a brandi pour qu'il voie. — Théâtre Orpheum. Toujours condamné. Mais les critiques sont spectaculaires. Elle a fait défiler. — « J'ai vu une production alternative du *Fantôme de l'Opéra* ici. Le fantôme était réel. Quatre étoiles. » « Bel endroit, je ne le recommanderais pas aux personnes facilement effrayées. » « Le meilleur piège mortel de Shoreditch. »

Vincent a plissé les yeux vers l'adresse. — C'est l'entrée de derrière. L'ancienne porte des artistes.

Ren a hoché la tête. — Tu veux que j'apporte un pied-de-biche ?

Il y a réfléchi, puis a secoué la tête. — Si tu dois utiliser un pied-de-biche, c'est que le plan a déjà échoué.

Elle a de nouveau bâillé, puis s'est effondrée sur le canapé, laissant la couverture s'emmêler autour d'elle comme un cocon. — Tu veux que je conduise, au moins ?

Il a considéré la question. — Oui. Si ça tourne mal, tu es mon exfiltration.

Ren a fait un salut militaire, le mouvement exagéré et, vu l'état de son pyjama, légèrement obscène. — À vos ordres, capitaine.

Vincent l'a regardée un instant, puis s'est retourné vers l'enveloppe. Il a passé son doigt sur la cire brisée, sur la légère empreinte laissée par le sceau. Il pouvait sentir sa forme dans son esprit, de la même manière qu'on peut sentir un bleu de l'intérieur. Ce n'était pas seulement une convocation. C'était une revendication.

Il a laissé la carte sur la table, a récupéré une chemise propre dans la pile de linge (ce qu'il avait de plus proche d'une tenue de soirée), et a commencé à se préparer pour la soirée avec l'efficacité résignée d'un homme disposant les couverts pour sa propre veillée funèbre. Il avait affronté pire que des sectateurs de théâtre, mais rarement le ventre vide et avec si peu d'informations.

Dans le couloir, il a fait une pause. L'appartement était de nouveau silencieux, à l'exception du bourdonnement mécanique du réfrigérateur et des ronflements doux et arythmiques venant du canapé. Il a regardé la porte fermée, l'enveloppe, la façon dont la nuit se rassemblait à la fenêtre en nappes d'obscurité liquide.

Vincent a pensé à laisser une note pour Mme Barley, juste au cas où. Quelque chose de laconique, comme « Parti me faire assassiner, de retour à l'aube », mais a décidé de ne pas le faire. Elle saurait. Elle savait toujours.

Il a enfilé son manteau, l'a boutonné contre le froid d'avant l'aube, et s'est glissé dehors avec l'enveloppe dans sa poche, le sceau de cire froid contre sa paume.

En descendant les escaliers, il a vérifié son téléphone. Pas de nouveaux messages. Rien de l'Ordre. Pas d'appels frénétiques de Zara ou des archives. Le silence était, à sa manière, plus terrifiant que n'importe quelle malédiction.

Dans la rue, il a trouvé Ren qui l'attendait, enroulée dans sa couverture et mangeant une pomme comme si c'était un défi. Elle lui a jeté les clés de la voiture, puis s'est installée sur le siège passager, les pieds sur le tableau de bord. — Tu conduis. Je serai ton GPS. Si on fait un détour, c'est parce que le GPS est possédé.

Vincent a démarré le moteur. Il s'est réveillé en grondant, frissonnant de protestation. La voiture sentait la laine humide et le Red Bull. Il a reculé pour sortir de la place de parking, les pneus crissant sur le sol humide, et a pointé le capot vers Shoreditch avec la détermination sombre d'un homme qui était déjà mort une fois et n'avait aucune intention de recommencer.

— Un dernier mot ? a demandé Ren, la voix étouffée par la couverture.

Vincent y a réfléchi. — Si je ne m'en sors pas, dis à Mme Barley que je lui dois toujours le ménage du mois dernier. Et qu'elle est sur mon testament.

Ren a souri, ses yeux se fermant déjà alors que les lumières de la ville défilaient en un flou. — Noté.

Ils ont roulé en silence, le monde au-delà du pare-brise se fondant en un amas de néons et de nuit. Vincent s'est laissé porter par la route, le poids de l'invitation pressant contre sa poitrine, et s'est demandé quel genre de monstre se donnerait autant de mal pour un homme qui détestait le théâtre.

Mais, après tout, a-t-il pensé, les monstres avaient rarement besoin d'une excuse.

L'Orpheum attendait, ses portes aussi noires que l'intervalle entre deux secondes, et Vincent a continué d'avancer, la ville se refermant derrière lui comme un public avide de son lever de rideau.

L'Orpheum était visible à deux pâtés de maisons de distance, ce qui était impressionnant étant donné qu'il avait passé les trente dernières années à s'effondrer lentement sur sa propre légende. Sa maçonnerie, autrefois fierté de la fin de l'époque victorienne, s'était fissurée en plaques tectoniques qui menaçaient de se détacher et d'aplatir le prochain Instagrameur amateur de ruines urbaines. Les fenêtres étaient jaunies par un plastique taché de nicotine, et les marches de pierre à l'entrée étaient colonisées par la mousse et les fantômes d'une centaine de projets de rénovation municipale infructueux. Une bannière délavée « Démolition en attente » pendait comme des guirlandes au balcon rouillé.

Vincent s'est garé sur le côté, à moitié sur le trottoir, et a laissé le moteur tourner au ralenti. Il est resté assis un instant, observant le bâtiment, et a expiré. L'enveloppe dans sa poche rayonnait du genre d'énergie normalement réservée aux isotopes radioactifs et au type de lettres de menaces livrées avec leur propre ordonnance restrictive.

Ren, la couverture toujours drapée sur elle comme une cape de super-héros, l'observait depuis le siège passager avec une absence de préoccupation étudiée. — Tu as besoin d'un discours d'encouragement ? a-t-elle proposé, d'un ton aussi neutre que la Suisse.

Il a réfléchi. — À moins que tu n'aies un guide pratique de diplomatie suicidaire.

Elle a montré le théâtre du doigt. — Vas-y, ne meurs pas, et envoie un texto si tu as besoin de renfort. Si tu commences un monologue, je te donne une demi-heure avant de gâcher la fête.

Vincent a souri. — Tu es un trésor national, Ren.

Elle a souri, dévoilant toutes ses dents. — Merde. Ou casse la jambe de quelqu'un d'autre, si tu en as l'occasion.

Il l'a laissée là, les yeux se fermant alors qu'elle réglait la radio sur un R&B nasillard de fin de soirée, et a trottiné dans la ruelle de service envahie par les mauvaises herbes jusqu'à l'arrière de l'Orpheum. La porte des artistes se tenait là où elle avait toujours été, cadenassée à la poignée mais, comme le voulait la tradition, avec une demi-douzaine d'autres entrées non verrouillées en cas d'incendie, de rats ou d'acteurs ayant une peur bleue de la ponctualité.

Il s'est glissé à l'intérieur, ses bottes crissant sur le linoléum humide. L'intérieur était pire que l'extérieur. La plupart des éclairages avaient été arrachés pour le cuivre il y a des années, ne laissant que des ombres et une flaque occasionnelle éclairée par la lune. L'air empestait la cire ancienne, le mildiou et la longue et lente exhalation d'une architecture défaillante. Le couloir des coulisses menait au foyer des artistes, toujours peint dans une couleur qui n'aurait pu être nommée qu'« Anxiété Institutionnelle », puis aux ailes de la scène.

Il s'est arrêté là, laissant ses yeux s'adapter. Au-delà de l'ouverture des rideaux, la scène principale s'ouvrait béante, éclairée uniquement par des bougies et la lueur résiduelle des trois anciens projecteurs à batterie qu'il avait vus lors des répétitions. Sur les planches, une douzaine de silhouettes se tenaient en formation de croissant, dos aux fauteuils, faisant face à l'obscurité depuis laquelle Vincent les observait maintenant.

Chacun d'eux portait un masque. Pas le genre de contrefaçon d'Halloween, mais des masques intégraux, peints à la main, du type utilisé dans les productions où le public était censé être à la fois terrifié et manipulé émotionnellement. Les masques scintillaient — porcelaine, laque, quelques-uns en cuir ; chacun représentant une expression différente et fleurie de faim, d'extase ou de chagrin, comme si le directeur de casting avait pillé les effets personnels d'une centaine d'acteurs morts.

Au centre se tenait la grande femme à la cape rouge sang, son masque de style vénitien avec des yeux de verre noir et une bouche figée dans un sourire constant et sans lèvres. Le décor derrière elle était minimaliste : juste un unique lutrin en fer, un sol parsemé de pétales de roses blanches, et un rideau usé qui tentait en vain de suggérer la grandeur.

Vincent est sorti des coulisses, laissant son ombre s'allonger sur la scène. Les silhouettes n'ont pas bougé. Le silence était total, à l'exception du léger crépitement de la cire des bougies et du grondement du trafic à l'extérieur.

Il s'est avancé jusqu'au centre de la scène, faisant attention de ne pas trébucher sur les planches déformées. Les silhouettes masquées ont pivoté comme un seul homme pour lui faire face, le mouvement synchronisé et bien trop fluide.

La Femme à la Cape a parlé, sa voix amplifiée et déformée par l'espace. — Sanguinarde, a-t-elle dit, le titre prononcé avec une telle délectation que son cou l'a démangé. Vous avez répondu.

Vincent a hoché la tête, affectant une décontraction qu'il ne ressentait pas. — Vous vous rendez compte que j'étais ivre quand j'ai écrit la majeure partie du scénario, n'est-ce pas ?

La Femme à la Cape l'a ignoré, s'avançant. De près, les trous pour les yeux du masque étaient d'un noir pur ; ce qui se cachait derrière ne reflétait pas les bougies. — Vos paroles nous ont amenés ici. Votre vision guidera le rite.

Il a regardé au-delà d'elle, vers la congrégation masquée assise dans les fauteuils. La salle était comble. — Avez-vous tous perdu un pari, ou est-ce une sorte de dîner-théâtre immersif ?

Le public n'a pas ri, mais quelques-uns ont bougé, une ondulation parcourant le demi-cercle comme si la même pensée les avait tous effleurés en même temps.

— Êtes-vous prêt à commencer ? a demandé la Femme à la Cape.

Vincent a envisagé de faire une blague, mais sa bouche était sèche et une nouvelle terreur glaciale s'insinuait maintenant sous sa peau. — Si vous attendez un monologue, je n'ai pas mémorisé mes répliques.

La Femme à la Cape s'est tournée vers ses adeptes et a fait un geste. Deux d'entre eux ont quitté la formation et ont disparu dans les coulisses. Ils sont revenus quelques instants plus tard, traînant entre eux une malle ancienne, cabossée et cerclée de fer, du genre qui survit aux incendies et, plus alarmant encore, aux tournées théâtrales amateurs en Europe de l'Est. Ils l'ont soulevée jusqu'au centre de la scène.

— Votre œuvre, a entonné la Femme à la Cape, n'est pas perdue. Elle a claqué des doigts ; l'une des silhouettes masquées a ouvert la malle avec un pied-de-biche.

Le couvercle est retombé, et le cœur de Vincent s'est arrêté. À l'intérieur, des centaines de pages — certaines reliées, la plupart en vrac — gisaient en piles tachées et précaires. Il a immédiatement reconnu le manuscrit, non seulement les fioritures, les modifications et les lignes barrées, mais la texture même du papier. Son papier, le bon, le lot qu'il pensait avoir brûlé en 1947 après l'incident de Lyon. La couche supérieure était jaunie, les bords recourbés, mais en dessous, il a vu des rames propres et blanches, comme si quelqu'un avait continué à écrire bien après qu'il se soit arrêté.

Il s'est penché pour en ramasser une, puis s'est ravisé.

La Femme à la Cape s'est approchée. — Le rituel est incomplet, Sanguinarde. Vous devez terminer l'histoire.

Vincent a fait mine d'examiner le manuscrit. — La dernière fois que quelqu'un a essayé de monter cette pièce, toute la distribution a explosé. Vous voulez vraiment une suite ?

Elle a penché la tête. — Vous l'avez mal terminée. Le chœur a été renié. Le réceptacle est resté vide.

Il a laissé les mots tourner dans son crâne. C'étaient les mêmes phrases que le sectateur de Prague avait utilisées, les mêmes que la tête dans le frigo. L'histoire s'était répandue, avait muté, évolué, mais le noyau restait toujours le même : terminer le rituel, achever la pièce, donner au public ce qu'il veut.

Vincent a levé les yeux vers le balcon. Il pouvait les sentir maintenant — pas seulement les acteurs masqués, mais d'autres, dans le noir. Plus de masques. Plus d'observateurs. Certains humains, d'autres non. L'acoustique de l'Orpheum portait leur souffle jusqu'à la scène, un susurrement d'anticipation.

Il a ramassé une page. Sa propre écriture l'a foudroyé du regard, venimeuse. Il a lu la première ligne, et son estomac s'est noué. Ce n'était pas son brouillon. C'étaient ses pires idées, les fragments et les malédictions rejetées, cousues ensemble par quelqu'un qui le haïssait assez pour le faire correctement. La page suivante était pire : une invocation qu'il avait griffonnée puis juré de ne jamais répéter, écrite ici dans une écriture parfaite et méticuleuse.

Il a gardé un visage neutre. — Vous avez fait tout ça pour une simple lecture ?

La Femme à la Cape n'a pas cillé. — Ce soir, nous terminons ce qui a été commencé.

Elle a fait un geste vers la malle. — Lisez.

Vincent a jeté un œil au public, puis est revenu à elle. — Pas d'entracte ?

Elle a ignoré la pique. Les autres silhouettes masquées

formaient maintenant un cercle complet, le piégeant avec la malle, leurs visages éclairés par les bougies se penchant sur lui comme des spectateurs à une exécution. Des coulisses, deux autres sont entrés, traînant avec eux un vieux lutrin cabossé et un gobelet qui semblait avoir été volé dans une cathédrale au XIIIe siècle.

Vincent a pesé ses options. Ren était dehors, mais il n'y avait aucune chance qu'elle survive au monologue d'ouverture si elle essayait de forcer le passage. Il a de nouveau regardé les pages. S'il refusait, ils le tueraient ; s'il obtempérait, ils le tueraient probablement de toute façon, mais avec de meilleurs moyens de production.

Il a cherché du pouce la page marquée et a commencé à lire.

Au début, les mots lui ont semblé maladroits — une parodie de lui-même, de la mauvaise poésie, le genre de choses qu'il aurait déchiquetées dans un accès de dépit. Mais à mesure qu'il parlait, la pièce a changé. L'air s'est épaissi, les flammes des bougies se sont courbées vers l'intérieur, et chaque visage masqué a semblé se pencher plus près. Les mots sont devenus plus lourds, chacun tombant au creux de son estomac et s'allumant d'un feu ancien et malvenu.

Il pouvait sentir le théâtre réagir. Les fissures dans les murs se sont contractées, la peinture écaillée a semblé soupirer, et quelque part là-haut au poulailler, une main spectrale a actionné un piège pour le rideau. Il a continué à lire.

La Femme à la Cape a commencé à faire écho à ses paroles, les amplifiant. Les autres se sont joints à elle, comme un chœur, le son augmentant en volume jusqu'à devenir un mur de voix superposées, impossible à distinguer les unes des autres. Vincent a essayé de s'arrêter, mais le texte ne le laissait pas faire — sa langue trébuchait, sa bouche formait des syllabes qu'il n'avait jamais eu l'intention d'écrire, et encore moins de prononcer devant des témoins.

Il a essayé de laisser tomber la page, mais ses doigts étaient bloqués, chaque muscle de son bras connecté à la performance.

Autour de lui, les sectateurs masqués se balançaient, les bras levés, et le cercle a commencé à se refermer davantage. Il a vu maintenant que leurs masques n'étaient pas fixes — ils bougeaient, un peu, les expressions se déformant à chaque ligne, les dents s'allongeant, les yeux s'ouvrant ou se rétrécissant selon le mot. Les visages changeaient avec l'histoire.

Vincent a articulé la dernière ligne en s'étouffant. — Que le cœur s'ouvre, que le réceptacle se remplisse. L'histoire se termine quand le sang coule à flots.

La Femme à la Cape a poussé un hurlement, un son qui a commencé comme de la joie et s'est terminé en une agonie pure et lacérante. Le chœur masqué a crié avec elle, mais n'a pas brisé le cercle. Au lieu de cela, le cri s'est replié sur lui-même, s'est apaisé, est devenu un bourdonnement.

Il a reculé en titubant, la page tombant enfin de sa main. La malle bougeait, les pages à l'intérieur s'agitaient, se mélangeaient, se froissaient comme si elles étaient mâchées de l'intérieur par quelque chose d'impatient de s'échapper.

La Femme à la Cape s'est baissée, a ramassé la page et l'a tendue vers la bougie. Le papier s'est enflammé avec un sifflement, et chaque masque dans la pièce s'est tourné pour le regarder brûler. Les yeux derrière eux étaient maintenant visibles — rouges, noirs, certains d'un blanc pur. Certains n'étaient que des trous.

— C'est accompli, a entonné la Femme à la Cape, la voix une octave plus bas. Maintenant, Sanguinarde, vous allez monter sur scène.

Elle a arraché son masque. Le visage en dessous était sans traits, vierge comme une feuille de papier neuve, à l'exception d'une bouche — une fente verticale parfaite qui s'est élargie, encore et encore. Elle s'est jetée sur lui, ses bras incroyablement longs, la cape se déployant en une ombre qui a englouti la lumière des bougies.

Vincent a vacillé, a trébuché contre la malle, et a senti des mains — des dizaines, des centaines — s'agripper à lui, le tirant vers le bas dans la masse de pages. Il a essayé de crier, mais les mots sont restés coincés dans sa gorge, l'étouffant avec un goût d'encre, de sel et de vieux, mauvais souvenirs.

La scène s'est estompée. Le public a disparu dans le noir. Il est tombé à travers les mots, à travers le temps, à travers le silence infini et affamé d'une histoire qui ne voulait pas se terminer.

DIX-HUIT

Vincent connaissait la mise en scène théâtrale, et il savait reconnaître le réel. Les deux se recoupaient rarement, mais ce soir, la distinction était purement théorique. Vincent s'est réveillé et s'est retrouvé assis à une table à tréteaux usée, sur la scène de l'Orpheum.

La troupe masquée avait une approche pragmatique du rituel, plus proche de la convention que du sabbat. Ils sont entrés en file indienne, une demi-douzaine de personnes, les visages dissimulés derrière les mêmes masques de porcelaine qu'il avait vus sur scène plus tôt — certains pâles et lisses comme du savon, d'autres laqués de fioritures et de quelques taches de sang de bon goût. Aucun d'eux n'a fait le moindre bruit superflu, et aucun n'a daigné reconnaître son existence. Il aurait pu être un accessoire, une cible, ou (plus probablement) un mal nécessaire au bon déroulement des choses. Ils se déplaçaient autour de lui, prudents, chorégraphiés.

La Femme à la Cape, metteuse en scène de ce mélodrame particulier, se tenait au bout de la table, les mains jointes sur son ventre. La cape tombait en plis rigides, la capuche ombrageant si complètement son visage qu'elle aurait pu ne pas en avoir. Quand elle a parlé, ce fut sans préambule.

— Nous avons restauré votre œuvre dans sa forme pure. Vous achèverez le manuscrit ce soir.

Vincent a regardé l'attirail devant lui : une pile de ses vieilles ébauches, proprement intactes malgré tous ses efforts pour les brûler ; une bouteille d'encre avec une plume d'oie plantée dans son goulot ; un calice en argent avec un couvercle, de la vapeur se condensant sur son bord. Il a gratifié le tableau d'un lent hochement de tête, comme s'il notait mentalement l'effort fourni.

Il a dit :

— Vous êtes bien conscients que ça fait des décennies que je n'écris pas un seul mot sans une avance ?

La Femme à la Cape n'a pas répondu, mais un des choristes a fait glisser le calice d'un pouce vers sa main droite. Le mouvement était répété, l'inclinaison du poignet trahissant une pointe de trac. Un autre a poussé la plume jusqu'à ce qu'elle s'arrête de rouler, parfaitement alignée avec la cicatrice sur l'index de Vincent.

Il a ostensiblement ignoré le sang.

— Il n'est pas un peu tôt pour se rafraîchir ?

Il a soulevé le couvercle du calice, s'attendant à une offrande de Shiraz bon marché ou, au mieux, à un sirop de théâtre. Au lieu de cela, l'air s'est brusquement chargé de l'odeur de sang humain frais — jeune, chaud, du genre qui n'avait vu ni embaumeur ni morgue. Les crocs de Vincent, toujours dormants mais jamais partis, ont lancé une pulsation d'avertissement sous ses gencives. Il a refermé le couvercle d'un coup sec, espérant que personne n'avait remarqué le tremblement de ses doigts.

La voix de la Femme à la Cape a suivi le mouvement comme un prédateur traquant sa proie.

— L'acte doit être consommé en esprit et en corps. Tout le reste n'est que théâtre.

Vincent a jeté un œil aux manuscrits, feignant l'ennui tandis que son regard parcourait la première page. Il a pris un instant pour étudier le papier — de la bonne qualité chiffon, rien de cette merde « artisanale » d'Amazon — puis a laissé son regard errer sur les mots.

Les lignes familières de sa propre écriture le dévisageaient, sauf qu'elles n'étaient pas exactement les siennes. Les marges grouillaient d'une main qui n'était pas la sienne, d'annotations et de ratures en rouge, de blocs de glyphes et de runes imprimés dans le grain du papier comme s'ils avaient été appliqués au fer à souder. Il y avait aussi des instructions, mais elles bougeaient quand il essayait de les lire, comme un bandeau d'informations composé d'insectes.

Il s'est léché les lèvres, sentant un goût de cuivre et de bile.

— Je vois que vous n'avez pas compté vos heures. Alors : le code vestimentaire, c'est toujours « chic sacrificiel », ou c'est juste pour moi ?

Une ondulation a parcouru les adeptes, mais aucun n'a mordu à l'hameçon. L'ampoule au-dessus de lui a balancé plus largement, éclairant les visages en une séquence stroboscopique de masque, ombre, masque, ombre. Ils observaient, mais seulement avec la patience de prédateurs attendant qu'un animal mourant cesse de frémir. Même les fantômes des coulisses de l'Orpheum semblaient avoir fait l'impasse sur la soirée, comme s'ils savaient que ce spectacle avait une clause « tout ou rien » dans son contrat.

Vincent a regardé la Femme à la Cape.

— Si je fais ça, qu'est-ce qui m'arrive ?

— Votre rôle est de finir l'œuvre. Après cela, vous n'aurez plus d'importance, a-t-elle dit, avec la cadence réconfortante d'un rituel.

Il a ouvert l'encrier, l'a reniflé. De la camelote, mais au moins, ce n'était pas rouge. Il a décapuchonné le stylo, l'a positionné au-dessus du manuscrit, puis a laissé sa main planer. Chaque muscle de son bras voulait se rebeller, mais l'air était lourd de cette attente que seuls les cultes et les maisons d'édition savaient créer.

Il a levé les yeux, son regard croisant le reflet de l'ampoule dans une demi-douzaine de masques.

— Histoire qu'on soit clairs : vous savez tous lire, n'est-ce pas ? Je détesterais que ce soit une perte de temps si personne ne peut lire la fin.

Toujours rien. Il a supposé qu'ils avaient tous fait vœu de silence, ou peut-être que c'était juste un effet secondaire d'être aussi investi dans le cosplay.

Vincent a pris une profonde inspiration, puis a feuilleté la pile. Les mots se déformaient sous son regard, des lignes qui auraient dû être de la poésie sans prétention se hérissant d'une intention nouvelle. Les notes en marge ne se contentaient plus de rester sur la touche : elles débordaient dans le texte principal, s'enroulaient sur les bords, s'enveloppaient autour des lettres d'une manière qui n'était certainement pas typographique. Il avait déjà écrit des sorts — exprès, par accident, et dans au moins une fanfiction regrettable — mais c'était la première fois qu'il sentait que le manuscrit l'écrivait en retour.

Il a dit :

— Si vous voulez que ce soit authentique, vous devez me laisser improviser. C'est comme ça que ça marche.

La Femme à la Cape a incliné la tête, le lent hochement de tête d'un régisseur qui a déjà souscrit une assurance incendie et inondation.

Vincent a trempé la plume dans l'encre. Le grattement de la pointe sur la page fut immédiatement, alarmantement fort. Il a hésité, puis a écrit :

L'auteur est assis, entouré de masques et de la promesse de la violence. Il connaît la fin, mais l'écrit quand même.

Une onde physique a traversé les adeptes — à peine perceptible, mais indubitable. L'air autour de lui s'est épaissi, le bourdonnement de l'ampoule passant d'un gémissement à une basse. Même la pluie qui tombait sur le toit s'est tue un instant, comme si la ville elle-même retenait son souffle.

La Femme à la Cape se tenait à son épaule gauche, les mains sagement jointes à la manière d'une douairière préparant un peloton d'exécution. Son masque était nouveau : pas le modèle vénitien de tout à l'heure, mais une simple bande de lin brut, tachée de ce genre de motifs qu'on obtient après des années à manipuler du vin rouge et d'autres fluides moins sociables. Elle ne croisait jamais tout à fait son regard ; Vincent pouvait respecter ça. Autour d'eux, la troupe masquée flânait en demi-cercle, chacun avec son propre drame privé : le Lézard (un masque d'écailles et de laque, ébréché au menton par trop de coups de tête), les Jumeaux (liés à la tempe par un ruban noir), le Poète (la bouche cousue de fil d'argent, les yeux cerclés de khôl). Il y en avait d'autres, bien sûr, mais il était tombé à court d'insultes créatives avant d'arriver à « la Chute » (le plus petit, dont le masque était peint comme un vrai clown, et qui, pour une raison quelconque, dégageait une aura de violence imminente).

Ils étaient silencieux, à l'exception de leur respiration, qui venait par rafales syncopées — inspirer, expirer, pause, répéter — comme une chorale qui aurait perdu la mélodie mais serait déterminée à garder le rythme.

Vincent a fléchi la main, a forcé le stylo à descendre et a commencé à écrire.

Ren avait réussi à tuer la batterie de la voiture, la moitié de sa dignité et une boîte géante de Tic Tac Fruit Adventure dans l'heure qui avait suivi l'entrée de Vincent. La nuit n'était pas tant froide que prédatrice, un de ces froids humides de l'ouest de

Londres qui s'infiltrait par les coutures de son manteau et remontait le long de sa nuque comme une limace qui ne connaîtrait pas la notion d'espace vital. L'horloge du tableau de bord lui lançait un lugubre 02:07, tandis que l'unique lampadaire fonctionnel de la ruelle baignait l'intérieur de la Peugeot d'une lumière couleur carton mouillé et désespoir.

Elle a vérifié son téléphone pour la dixième fois en autant de minutes. Pas de textos, pas d'appels, même pas un « toujours en vie » passif-agressif de la part de Vincent. Elle a éteint l'écran d'un coup de pouce et a fixé le pare-brise, regardant son souffle laisser des spirales collantes sur la condensation. À un moment donné, elle avait essayé de l'essuyer avec la manche de son sweat à capuche, mais le résultat ressemblait plus à du verre de Venise après un tremblement de terre.

Ren aurait pu prendre l'Orpheum d'assaut, mais elle avait fait l'inventaire de ses ressources et s'était trouvée démunie. Elle n'avait plus qu'un couteau suisse, une canette bas de gamme de boisson énergisante « premium », et le genre de techniques d'auto-défense de base qui fonctionnaient mieux quand l'adversaire n'avait pas, en fait, passé des siècles à perfectionner sa propre chorégraphie meurtrière. Elle s'est dit que si Vincent avait besoin d'être secouru, le plus malin était de parier qu'il enverrait un texto pour demander de l'aide.

À la place, elle a attrapé son ordinateur portable dans l'espace pour les pieds. C'était un de ces modèles commercialisés pour les « professionnels de la création », ce qui était une façon polie de dire qu'il chauffait plus que l'enfer et que son autonomie se mesurait en « épisodes de *Bake Off* ». La machine a démarré dans un soubresaut, les ventilateurs hurlant, pendant que Ren se connectait au Wi-Fi du Pret A Manger voisin et se lançait dans des recherches avec le désespoir de quelqu'un qui ne voulait vraiment pas rester là à tourner en rond.

Première cible : l'Orpheum. Elle avait déjà fait les recherches de base — vieux théâtre, fermé depuis des décennies, un aimant pour les chasseurs de fantômes et les gens qui prononçaient « esthétique » avec le maximum de syllabes possible. Mais elle avait zappé la recherche approfondie, le genre qui déterre les trucs que même Vincent ne connaissait pas. Elle a commencé par les registres de propriété de la municipalité, qui étaient aussi faciles à naviguer que la mer des Sargasses, mais avec plus d'espoirs déçus au fond.

Elle a trouvé ce qu'elle cherchait en quelques minutes : deux ans plus tôt, le bail de l'Orpheum avait été discrètement racheté par une entité nommée Orbis Malvorn Ltd. Enregistrée dans les îles Anglo-Normandes, parce que bien sûr. Les directeurs étaient anonymes, mais la paperasse était juste assez négligée pour montrer que quelqu'un avait essayé de nettoyer derrière lui, mais pas avec la conviction d'un vrai paranoïaque. Elle a recoupé l'adresse avec les vieilles notes de Vincent, a trouvé trois correspondances, et a senti son cœur s'accélérer.

Elle a creusé davantage. Orbis Malvorn était liée à une série de sociétés écrans, toutes aux noms de poètes morts ou de saints catholiques mineurs. C'était le genre de jeu de gobelets que Vincent aurait apprécié, ne serait-ce que pour l'attachement au thème. Ren a cliqué sur document après document, le regard vitreux, jusqu'à ce qu'une signature la cloue sur place.

Bartholomew Archer. Secrétaire général de la société.

Ren s'est calée au fond de son siège, le tissu humide aspirant la chaleur à travers son jean. Elle a cligné des yeux, certaine d'avoir mal lu. Mais le nom était là, gravé d'une permanence numérique.

Elle le connaissait, non pas de sa propre vie mais de celle de Vincent : Bartholomew, le Renfield, l'homme de jour, la première personne en qui Vincent avait eu confiance après Carmine. L'homme qui avait un jour sauvé Vincent de se faire empaler dans une chambre miteuse de Soho, pour disparaître quelques années plus tard. Ils n'avaient jamais parlé de lui, pas en détail. Mais la réaction de Vincent à ce nom — quand Mrs Barley l'avait mentionné, ivre et à moitié rêvant dans la zone morte entre minuit et l'aube — était toute la preuve dont elle avait besoin que ce nom comptait.

Elle a fait défiler la page vers le haut, a relu les lignes. Il n'y avait aucun doute.

Bartholomew était en vie. Et il dirigeait le culte.

Ren a fermé l'ordinateur portable, son souffle se givrant dans l'air. Elle a eu envie de vomir, ou de frapper quelque chose, ou peut-être juste d'appeler Vincent et de hurler dans le téléphone. Mais au lieu de ça, elle est restée assise, immobile, laissant cette nouvelle connaissance se durcir autour d'elle comme l'hiver.

Elle ne savait pas ce que cela signifiait pour Vincent, ou pour elle-même. Mais elle savait que le prochain coup ne viendrait pas de lui.

Ren a regardé le théâtre, la façade fissurée se profilant maintenant dans la lumière orangée du sodium, comme si tout le bâtiment retenait son souffle. Elle a sorti son téléphone, a ouvert un nouveau message et a commencé à taper avec des doigts engourdis.

À l'intérieur, l'histoire avait changé. Et elle était la seule à avoir lu les notes de bas de page.

Elle a appuyé sur Envoyer et a attendu que Vincent sorte.

Il finissait toujours par sortir.

DIX-NEUF

Vincent a commencé à écrire par ce qui était attendu : *SCÈNE XII : Le masque tombe.*

Puis, avec l'élan d'un homme sur le point de détruire sa propre carrière, il a ajouté une note dans la marge : *Version du réalisateur : Toutes les didascalies sont à interpréter avec une extrême malveillance.* S'il devait être le scribe du culte, il en serait au moins le saboteur.

Il a écrit avec intention, mais chaque ligne qu'il griffonnait semblait fausse, comme s'il gravait un graffiti sur sa propre pierre tombale. Le rituel exigeait de la précision — le vieux latin, les sceaux, l'idiot de pentamètre iambique — mais Vincent l'a truffé de mines : des didascalies contradictoires, des parenthèses qui tournaient en rond, un dialogue si maniéré qu'il risquait un effondrement gothique spontané.

Il a senti la magie se manifester presque immédiatement. C'était comme être dans un ascenseur au câblage défectueux et à la musique d'ambiance encore pire : le monde a vacillé, les lumières ont baissé, et quelque part dans la tuyauterie, une soupape de pression a hurlé en signe de protestation. Les bougies ont flambé, chaque flamme une langue avide. L'air est devenu humide, puis sec, puis de nouveau humide. Vincent a levé les yeux, s'attendant à moitié à des applaudissements, mais l'assistance se contentait de regarder, leur faim collective pressant son crâne comme une chambre à air de vélo en train de gonfler.

La Femme à la Cape a sauté sur l'occasion. — Très bien, a-t-elle ronronné, la voix éclatante comme du verre brisé. Vous sentez la résonance, n'est-ce pas ? Le chœur s'agite.

Vincent a réussi à esquisser un sourire de travers. — J'ai toujours aimé un public réceptif.

— Continuez à écrire, a-t-elle dit, et, un court instant, il a entrevu le coin de sa vraie bouche — une estafilade rouge derrière le lin.

Alors il a écrit, plus vite, plus imprudemment, laissant sa plume saigner à sa place. Il a inséré des blagues que seul un nihiliste de sept cents ans pourrait apprécier. Il a glissé des allusions à des révolutions ratées, à de la bière bas de gamme, à la téléréalité et à l'intégrale des œuvres de Sir Terry Pratchett. Il a écrit des répliques qui ne pouvaient être prononcées et des didascalies qui n'avaient de sens que la tête en bas et sous lumière ultraviolette. Et, juste pour voir si l'univers prêtait attention, il a inséré la phrase : « *Que les saluts soient une chute de rideau, et que l'auteur ne survive que dans les notes de bas de page.* »

La magie a réagi comme un animal blessé. La pièce est devenue glaciale, puis brûlante. Les crânes de hibou ont cliqueté, et les lumières de la scène ont commencé à baisser et à s'intensifier au rythme de l'intensité émotionnelle de l'écriture. Les adeptes masqués se sont mis à fredonner, une vibration profonde que Vincent a sentie dans ses molaires. La page sous sa main s'est cabrée comme une chose vivante, mais il a appuyé, forçant le passage des mots.

Une minute s'est écoulée. Puis une autre. Le bourdonnement a atteint son paroxysme.

Et puis, avec la précision d'un marteau s'abattant sur un pouce, une main s'est abattue sur le bureau.

L'onde de choc a failli arracher la plume des doigts de Vincent. Il a levé les yeux, clignant, et a trouvé le Lézard penché sur lui, son masque fendu au niveau de la mâchoire, son souffle chaud et humide sur son visage. La main — longue, veineuse, d'une délicatesse presque reptilienne — s'est étalée sur son brouillon, immobilisant la page.

— Ce n'est pas le texte, a craché le Lézard. La voix était plus profonde qu'auparavant, fracturée en son milieu comme du verre laissé sous une averse de grêle.

Vincent a examiné ses options, n'en a trouvé aucune de satisfaisante, et a décidé d'en créer une nouvelle. Il a soutenu le regard du Lézard — du moins, les creux noirs et brillants où un regard pourrait un jour être installé.

— Si, maintenant ça l'est, a dit Vincent, avec tout le calme du monde.

Les doigts du Lézard se sont enfoncés dans le papier, des griffes menaçant de le déchirer en deux. — Le rite ne tolérera aucune fausseté, a-t-il prévenu. Ce n'était pas un comité ; c'était la voix de l'id assoiffé de sang, cette part de chaque culte qui veut juste regarder le monde brûler et manger les cendres en dessert.

Il s'est penché, assez près pour voir son propre visage se refléter dans le lustre vert du masque. — Moi non plus, a-t-il dit.

Un silence tendu a flotté dans l'air, épais comme de la colle. Vincent s'est préparé à la violence — un calice lancé, une dague de cérémonie, une combustion spontanée. Au lieu de cela, le masque du Lézard s'est fissuré, littéralement : une fine toile de fractures s'est étendue depuis la tempe gauche, et le souffle qui s'en est échappé était teinté d'une odeur métallique et douce.

La Femme à la Cape est intervenue, sa main se posant sur l'épaule de Vincent avec la douceur d'un plumeau et la certitude d'une lame de guillotine. — Le Bloodbard retrouvera sa voix, a-t-elle annoncé à l'auditoire d'un ton faussement apaisant. Il finit toujours par la retrouver.

Un murmure s'est élevé de la foule, mi-réticent, mi-religieux. Vincent a saisi l'ambiance : la moitié d'entre eux voulait le voir échouer, et l'autre moitié voulait voir jusqu'où il pourrait aller avant de s'immoler par le feu.

Il a léché le coin de sa bouche, où de la sueur ou du sang s'était accumulé. — On n'a pas le droit d'improviser dans cette compagnie ? a-t-il demandé à la salle, d'un air faussement désinvolte.

Le Poète, la bouche cousue, a versé une unique larme d'encre. Les Jumeaux ont échangé un regard et ont haussé les épaules à l'unisson. Le Punchline a émis un son entre le gloussement et le râle d'agonie.

Les doigts de la Femme à la Cape ont malaxé l'épaule de Vincent, et un instant, il a imaginé qu'elle pourrait lui arracher la tête comme celle d'un pissenlit. Au lieu de cela, elle s'est penchée, son masque de lin frôlant son oreille.

— Terminez la scène finale, a-t-elle murmuré. Ce soir, nous ouvrons les portes.

La plume de Vincent a hésité. Il a baissé les yeux, sur la page tremblante, sur le chaos grandissant de sa propre écriture, et a pensé à toutes les fois où il avait saboté une lecture pour une blague facile. C'était différent : les enjeux étaient réels, tout comme la magie.

Il a écrit :

Rideau. Le masque tombe. Le chœur, éploré.

La page a réagi par un scintillement, l'encre se tortillant une seconde avant de se fixer. Il s'est risqué à jeter un œil au Lézard, qui était toujours penché sur lui mais semblait maintenant hésiter entre lui arracher la gorge et lui demander un autographe.

Vincent a essayé de ne pas regarder le calice de sang, mais l'odeur était agressive, s'élevant à travers la puanteur chimique de l'encre. Il s'est demandé, brièvement, s'il y avait une dimension métaphorique à tout cela, ou si l'univers se contentait de mettre en scène une blague élaborée et méchante à ses dépens.

Il a écrit une autre ligne :

Le chœur resserre son cercle. Le script est presque terminé.

La pièce a gémi, un son venant du plancher ou des pierres en dessous. La Femme à la Cape est restée derrière lui, si proche qu'il pouvait sentir le froid qui émanait d'elle. Il a continué à écrire, espérant que plus il irait vite, plus tôt le dénouement arriverait et il pourrait recommencer à prétendre que son existence avait une certaine marge d'autonomie.

Il a tenté une autre blague. — Vous savez, la plupart des éditeurs demandent juste un synopsis et un chapitre d'essai. C'est un peu... intense.

Il a jeté un regard en arrière, et a enfin vu son visage — sauf qu'il n'y avait pas de visage, juste un masque derrière le masque, superposés tant de fois que la notion d'un original était risible. Au centre des trous pour les yeux, il a entrevu un rouge humide et scintillant, comme si quelque chose attendait le bon signal pour se déverser.

Il a écrit :

L'encre coule. Le sang remplit la coupe. L'histoire se nourrit.

L'ampoule au-dessus de lui a vacillé, puis s'est stabilisée. La Femme à la Cape a de nouveau posé sa main sur son épaule — froide, mais pas morte — et a serré, une fois, un geste à la fois d'encouragement et de finalité.

Il a écrit la dernière ligne :

Le récipient se vide. Le masque tombe. La faim n'est pas assouvie, seulement partagée. Noir.

Il s'est arrêté, la plume en suspens. Le script était terminé, mais l'énergie dans la pièce avait atteint son paroxysme. Les adeptes ont entamé un chant grave et sans paroles, une vibration qui s'est insinuée à travers les dents de Vincent et a fait vibrer sa mâchoire. Les pages devant lui ont chatoyé, l'encre coulant sur le papier jusqu'à ce que les lettres flottent librement, formant des motifs qui bougeaient, vivants, dans la faible lumière.

Il s'est adossé à sa chaise, chaque nerf vibrant d'adrénaline et d'effroi. L'air était électrique, chargé d'une puissance qu'il n'avait plus ressentie depuis la dernière fois qu'il avait tenté d'annuler une malédiction en l'écrivant à l'envers.

La Femme à la Cape s'est penchée, sa voix soudainement douce et proche. — Buvez.

Il a regardé le calice, le sang à l'intérieur encore chaud, fumant toujours dans l'air froid. Chaque cellule de son corps hurlait de refuser, mais Vincent n'était rien de plus qu'un esclave du rituel. Il a levé la coupe, l'argent déjà glissant de condensation, et a bu.

Le sang était doux, vif et incroyablement vivant. Il a coulé dans sa gorge et dans ses veines, et avec lui est venu le souvenir de chaque mot qu'il avait jamais écrit, de chaque ligne de script qui avait survécu à son interprète. La pièce a tournoyé, l'image rémanente de l'ampoule se gravant dans ses rétines.

Le chant du chœur s'est élevé, puis s'est brusquement tu.

Vincent a lâché la coupe. Elle a heurté le sol avec un bruit sec, roulant jusqu'à se coincer sous la table, hors de vue.

Il a eu le souffle coupé, la respiration saccadée, et a regardé le script terminé.

Il s'est affalé en avant, son front heurtant le bord de la table avec un bruit sourd.

La Femme à la Cape a retiré sa main de son épaule, et avec la disparition de son contact, la température de la pièce a grimpé en flèche, la sueur sur le visage de Vincent devenant instantanément froide.

Vincent est resté assis, immobile, jusqu'à ce que le sang se stabilise dans son ventre et que le goût de métal s'estompe de sa bouche.

Il a levé les yeux vers la Femme à la Cape. — C'est terminé.

Vous voulez que je le lise à voix haute, ou je l'agrafe simplement à votre prochaine victime ?

— Vous allez le jouer, a-t-elle dit. Sur scène.

Vincent a réprimé un soupir. — Évidemment.

Vincent a senti la perturbation dans sa loge avant de l'entendre — l'air s'épaississant, le goût de vieux secrets s'éveillant de la poussière des rideaux. Les coulisses de l'Orpheum avaient leur propre rythme, mais ceci était quelque chose d'importé : une cadence d'un autre siècle, régulière comme un métronome et deux fois plus impitoyable. Les silhouettes masquées ont réagi comme à la battue silencieuse d'un chef d'orchestre, s'écartant avec une économie synchronisée de chaque côté du couloir. Même la Femme à la Cape, imperturbable dans son linceul de chic cultiste, s'est redressée d'un coup sec, croisant les mains derrière son dos et adoptant la posture d'une jeune ouvreuse attendant l'arrivée d'un inspecteur de l'Éducation nationale.

Bartholomew Archer est entré comme s'il était chez lui, ce qui, à toutes fins pratiques, était le cas. Il avait troqué son costume blanc os favori pour un noir, si impeccable qu'il aurait pu donner une crise de confiance à Savile Row, mais l'effet était le même : il ressemblait à un banquier en route pour saisir l'au-delà. L'âge n'avait pas été particulièrement cruel, mais il avait aiguisé ses traits et mis de l'acier dans les lignes de sa mâchoire. Ses cheveux étaient passés du gris acier au blanc neige, plaqués en arrière selon le même motif géométrique dont Vincent se souvenait des années vingt, et ses yeux — ah, les yeux — étaient toujours deux trous parfaitement usinés pour y verser la lumière et en extraire vos intentions.

Il s'est arrêté juste avant la coiffeuse de Vincent, passant le bout d'un doigt ganté sur les pages volantes de dialogue et les didascalies de la scène finale fraîchement écrite. Le contact était presque tendre, comme s'il renouait avec un animal de compagnie qu'il avait autrefois abandonné sur le bord d'une route. Le silence s'est étiré, cassant et intentionnel, jusqu'à ce que Bartholomew lève les yeux et dise : — Vincent. Ou devrais-je dire, Bloodbard. Ça fait... quoi ? Quatre-vingt-dix ans ? Je vois que vous avez gardé vos pommettes.

Vincent a résisté à l'envie de retrousser les lèvres. — Et vous, l'habitude de voler mon travail.

— Pas voler, a dit Bartholomew, en sortant une liasse de papiers de sous son bras et en la déployant avec le talent d'un prestidigitateur. Le perfectionner. Il a tapoté la marge, où le script était annoté d'une écriture précise à l'encre rouge. Vous n'avez jamais eu la patience pour la révision, mon vieil ami. Ni pour la conclusion.

Un bruissement subsonique a parcouru les adeptes qui se tenaient dans le couloir — approbation, ou peut-être faim. Vincent a perçu le mouvement : les Jumeaux se penchant, la langue du Lézard frôlant une canine cassée, le sourire peint du Punchline se plissant vers le haut.

Bartholomew a jaugé la pièce, puis a tourné toute son attention sur Vincent. — Nous n'avons jamais terminé notre petit projet. Mais je pense que vous trouverez le public de ce soir bien plus... dévoué que la foule habituelle du West End.

Vincent a fait mine de se détendre, s'avachissant dans la chaise élimée. — Si vous vouliez des retrouvailles, Bart, vous auriez pu simplement envoyer un coursier. De préférence un sans la tenue de va-nu-pieds meurtrier.

Bartholomew a posé le script devant lui, les pages étalées comme une main de cartes. — Vous avez toujours pensé que tout était une blague. C'est peut-être pour ça que vous n'avez jamais compris les enjeux. Il a fait un signe de tête à la Femme à la Cape, qui s'est avancée. Le rituel est entre vos mains maintenant. Littéralement.

Il a jeté un coup d'œil à la troupe masquée, tous attendant un signal, et a dit : — Emmenez-le sur scène. Il est temps.

Vincent s'est demandé, brièvement, s'il devait résister. Il a calculé les probabilités — douze psychopathes masqués, la main droite de la Femme à la Cape se fléchissant déjà pour l'agripper, Bartholomew probablement armé de bien plus qu'un simple sens de l'événement — et a décidé de s'abstenir. De plus, il voulait voir comment ça se terminait.

Les Jumeaux se sont approchés en premier, chacun saisissant un poignet avec la froide assurance de gens qui avaient déjà fait ça. Les autres se sont rapprochés, une mêlée couleur de sang, leurs robes sifflant sur le plancher et leurs masques grinçant comme de vieilles dents. Le Lézard a sifflé à l'oreille de Vincent, un son humide et reptilien qui portait un avertissement unique et clair : coopère, ou perds quelque chose de vital.

Il a regardé par-dessus son épaule alors que la Femme à la Cape et Bartholomew se mettaient en marche derrière, tous deux observant la scène comme un producteur et un réalisateur qui avaient enfin résolu leur problème de casting. Le couloir devant était déjà éclairé par des bougies vacillantes — chacune épelant, dans une ombre subtile, la promesse d'une performance qui laisserait des taches tant sur l'architecture que sur l'âme.

Alors qu'ils le menaient vers la scène, Vincent a eu un dernier aperçu de la loge : les costumes, les crânes de hibou, le cercle de masques laissés derrière. Il s'est demandé, brièvement, si quelqu'un se souviendrait de ce qui avait été écrit ce soir.

Il en doutait. Mais après tout, il avait toujours préféré les notes de bas de page aux saluts sur scène.

VINGT

Ren avait vu plus que sa part de planques ratées — généralement de l'intérieur de cette même Peugeot ou, une fois, à l'arrière d'un fourgon de police dont elle s'était échappée en vomissant de façon si convaincante que l'agent qui l'avait arrêtée avait préféré prendre sa retraite. Mais ceci, décida-t-elle, était un tout nouveau genre : une partie de patience paranormale, les pieds s'engourdissant, à regarder le deuxième pire théâtre de la ville mourir à petit feu pendant que son patron tentait de commettre un suicide professionnel via un rituel interprétatif.

Elle a vérifié son téléphone pour la dix-septième fois, juste pour confirmer que le temps était toujours linéaire et qu'elle n'était pas, en fait, coincée dans une dimension infernale personnelle où il ne se passait rien d'autre que du mauvais R&B et de la condensation. Vincent n'avait pas envoyé de message. L'horloge du tableau de bord approchait des trois heures du matin. Elle pouvait presque entendre la voix de sa mère, quelque part au fond de sa tête, lui énumérant le nombre précis de choix de vie qui l'avaient menée à être assise devant un théâtre condamné dans un quartier où même les renards portaient des lames.

C'en était trop. Si Vincent n'était pas mort, il était au moins temps de tenter une opération de sauvetage. Elle a remonté la fermeture de son sweat à capuche, a serré les cordons si fort qu'elle a dû respirer par la bouche, et s'est glissée hors de la voiture avec l'efficacité silencieuse de quelqu'un qui avait un jour cambriolé une église (longue histoire, presque légal, absolument mérité). Elle a longé le périmètre, ses bottes raclant le bord du trottoir, et a gardé les mains dans ses poches — en partie pour la chaleur, mais surtout pour ne pas avoir l'air de faire du repérage, ce qui, pour être honnête, était exactement ce qu'elle faisait.

L'Orpheum était moins un bâtiment qu'une décharge verticale aux rêves de grandeur. Chaque centimètre carré hurlait « site classé » de la même manière qu'un cadavre hurlait « anciennement occupé ». Les portes d'entrée étaient closes par des chaînes, ornées d'avis d'avertissement : STRUCTURE DANGEREUSE, ACCÈS INTERDIT AU PUBLIC, VIDÉOSURVEILLANCE EN SERVICE, ce qui, nota Ren, était un mensonge. Elle a compté au moins quatre fenêtres murées, trois pigeons, et une traînée de ce qu'elle espérait sincèrement être du ketchup, allant des marches principales à un caniveau rempli de mégots de cigarettes mouillés.

Elle a trouvé son entrée sur le côté : une porte coupe-feu en acier rouillé, fermée par une chaîne et un cadenas qui aurait provoqué un anévrisme chez un serrurier au rabais. La chaîne, cependant, était passée dans un anneau en acier qui était plus décoratif que fonctionnel, et Ren savait d'expérience que le vieux métal cédait sous le bon type de pression. Elle a cherché un levier dans la ruelle, a trouvé un morceau de barre d'armature en acier dans une benne, et s'est mise au travail.

Elle a calé son épaule, a coincé la barre entre la chaîne et le cadre, et a poussé, y mettant tout son poids. Pendant une seconde, rien ne s'est passé ; puis, avec un grognement et une pluie de rouille, l'anneau a cédé et la chaîne s'est effondrée sur le bitume avec toute la subtilité d'une ancre qu'on aurait lâchée. Ren a grimaçé, a vérifié par-dessus son épaule qu'il n'y avait aucun témoin, et s'est glissée à l'intérieur.

L'intérieur était un mausolée : un mélange de pourriture molle, de vieux velours, et une odeur qui tenait à la fois de l'humidité, de la souris et du genre de produit chimique utilisé pour conserver les corps dans les années cinquante. Le foyer était épais de poussière, l'air frémissant de l'écho de chaque pas. Il y avait des empreintes sur la moquette, certaines récentes, d'autres si anciennes qu'elles faisaient désormais partie du motif. Ren a activé le mode lampe de poche de son téléphone, puis l'a immédiatement éteint — mieux valait ne pas servir de phare. Ses yeux s'habitueraient.

Elle a avancé lentement, laissant ses pieds cartographier les creux et les bosses du sol, ses mains effleurant le mur pour se repérer. Plus elle s'enfonçait, plus elle réalisait que l'endroit n'était pas du tout abandonné : il y avait des mégots de cigarettes frais, une dispersion de canettes de Red Bull vides et, de manière inquiétante, une brique de jus de fruits pour enfant coincée dans le creux d'un radiateur. Des gens étaient là. Ils se cachaient, tout simplement.

Le couloir principal se séparait à gauche et à droite. De la gauche, un léger vrombissement — de la musique, peut-être, ou des chants. De la droite, un cliquetis et un bref sifflement étouffé. Ren a souri, ses vieux instincts se réveillant. Elle a pris à droite, suivant le son, le corps voûté, chaque nerf vibrant du frisson d'une très bonne violation de propriété.

Elle s'est glissée par une porte marquée « Costumes », puis dans un dédale de pièces plus petites — des loges, des réserves de perruques, le genre de cubes sans fenêtre où, jadis, une certaine Mildred avait pleuré dans son gin avant le deuxième acte. Ici, le sol était mieux entretenu. Les empreintes de pas étaient plus fraîches. Ren s'est arrêtée, a fermé les yeux, a écouté. Là : le claquement humide d'une langue contre des dents, un frouement de tissu, une toux étouffée. Quelqu'un était juste au coin de la rue.

Elle a risqué un coup d'œil. A vu une lueur et, dedans, un éclat de visage : blanc, sans traits, un masque de porcelaine peinte avec une tache noire là où la bouche aurait dû se trouver. Le masque est resté un instant, puis a disparu — silencieux, troublant. Ren s'est reculée, le cœur battant la chamade. Elle a attendu, a compté jusqu'à vingt, puis a continué.

La loge était vide, mais les miroirs racontaient une autre histoire. Chacun était fêlé, comme si quelqu'un avait essayé de briser son propre reflet et avait échoué. Le comptoir était jonché de poudre, de rouge à lèvres et d'une forêt de fioles vides. L'air était lourd des fantômes de laque et de vieille sueur.

Ren s'est approchée furtivement du miroir le plus proche, a tracé son doigt dans la poussière, et a vu les symboles gravés dans le verre : des cercles, des croissants, le triple glyphe qu'elle avait vu sur la convocation de Vincent. Quelqu'un s'était donné la peine de les peindre sur toutes les surfaces disponibles, les superposant aux restes de vieux graffitis et à des marques de couteau plus récentes et plus nettes.

Elle a fait un inventaire rapide : pas de Vincent, aucun signe de combat. Elle a continué d'avancer.

Quelques pièces plus loin, elle a trouvé une caisse étiquetée « Accessoires ». À l'intérieur : une pile de masques, chacun peint de visages différents — animal, humain, dessin animé, et même un qui semblait avoir été modelé sur la pire gueule de bois de Vincent. Il y avait aussi des capes rouges, du genre qui aurait fait la fierté d'un film d'horreur de la Hammer, et une liasse de scénarios bien rangée, tous identiques, chacun estampillé dans le coin du sceau Carmin.

Elle en a pêché un, l'a feuilleté. C'était une copie du *Masque Cramoisi*, ou du moins les dernières scènes. Les répliques étaient annotées, les pages marquées de « SANG » ou « CHŒUR » ou

« VOIR PAGE 8 POUR RITUEL ». Sur la dernière page, quelqu'un avait griffonné : « LE BARDE DE SANG MEURT ICI ». L'écriture ressemblait étrangement à celle de Vincent, mais en plus acérée, plus méchante.

Ren a pris quelques photos avec son téléphone, puis a rangé le scénario dans son sac. Au pire, Zara pourrait s'en donner à cœur joie avec ça.

Elle était sur le point de repartir quand l'air a changé. Un pas dans le couloir, qui n'était pas le sien. Ren s'est accroupie derrière la caisse, retenant son souffle.

Une ombre a glissé à travers l'embrasure de la porte, puis s'est immobilisée. Il y a eu une pause, une lente inspiration, puis une voix posée, prudente et chaleureuse comme celle d'un animateur de radio qui essaierait de vous vendre à la fois de la philosophie et une assurance.

— Notre invité résiste. Prépare la procédure d'urgence.

L'ombre a continué son chemin. Ren a expiré, essayant d'empêcher sa propre voix de s'échapper en un couinement. La phrase lui est restée en tête, tout comme l'accent : vieille école, peut-être d'Eton, avec une pointe de ce chic qui n'a pas besoin de se montrer. C'était le genre de voix qui ne demandait pas la permission, seulement des résultats.

Ren a attendu, a compté jusqu'à soixante, puis s'est relevée et s'est éclipsée dans le couloir. Elle s'est déplacée furtivement dans la direction de la voix, suivant les échos qui ricochaient sur le plâtre fissuré. Quelques virages, une volée d'escaliers, et elle s'est retrouvée sur le balcon supérieur, surplombant la scène principale.

En bas, le théâtre était vivant : des silhouettes masquées se déplaçaient dans la fosse d'orchestre, disposant des bougies et peignant des lignes sur le sol. Au centre de la scène, une table était dressée avec tout l'attirail d'un cauchemar : des couteaux, des gobelets, un livre qui pulsait lorsque la lumière des bougies vacillait. Sur l'avant-scène, une femme vêtue d'une longue cape rouge se tenait debout, les bras croisés, son masque luisant dans l'obscurité.

Et à côté d'elle — Ren a dû plisser les yeux, mais quand la silhouette s'est tournée, elle a attrapé le contour de son visage, la mâchoire nette, les cheveux plaqués en arrière dans une géométrie parfaite de tueur en série. Son masque était enlevé, pour l'instant. Il portait un costume sur mesure, une épinglette au revers qui ressemblait étrangement à un symbole maçonnique.

— Bartholomew Archer, a murmuré Ren, et elle s'est immédiatement détestée de l'avoir dit à voix haute.

Elle n'avait entendu ce nom qu'en passant de la bouche de Mme Barley — jamais de celle de Vincent, pas directement. Il l'avait appelé « le familier », ou « Bart », ou, une fois, « la raison pour laquelle je ne fais confiance à personne qui porte des boutons de manchette ». Elle l'avait cru mort. La plupart des connaissances de Vincent l'étaient.

Ren a regardé Bartholomew (ça semblait mal de penser à lui comme « Bart ») se pencher, dire quelque chose à la Femme à la Cape, puis s'avancer vers le bord de la scène. Sa voix a roulé, sans hâte :

— Le Barde de Sang a terminé la dernière scène. Lever de rideau dans quinze minutes.

Les adeptes ont répondu par un sifflement collectif, pas tout à fait des applaudissements, mais quelque chose de plus animal. Bartholomew a souri, s'est retourné et a quitté la scène, ses pas si légers qu'ils se sont à peine fait entendre sur les planches.

Ren s'est reculée, la poitrine serrée. La prise de conscience l'a frappée avec une clarté nauséabonde : ce n'était pas seulement une performance, et ce n'était pas seulement un rituel. C'était personnel. Elle avait pensé que Vincent était le personnage principal d'un drame qu'il avait écrit pour lui-même, mais Bartholomew — Archer, peu importe — était à la fois le metteur en scène, le critique, le public et le bourreau.

Elle devait bouger. Vite.

Ren a rebroussé chemin, longeant les murs, chaque sens hurlant qu'elle était observée. Dans les escaliers, elle a croisé un adepte avec un masque de renard, qui s'est arrêté, a penché la tête, puis a disparu. Dans le couloir, elle s'est réfugiée dans un placard de rangement quand elle a entendu des rires — deux voix, toutes deux déguisées, toutes deux étourdies d'anticipation.

Elle a attendu, en réfléchissant.

Le rituel était sur le point de commencer, et Ren avait, dans son sac, exactement un jeu de clés de voiture, un téléphone avec quinze pour cent de batterie, et un scénario volé. Pas d'armes, pas de renforts, et — elle a vérifié, juste au cas où — aucune capacité soudaine de se téléporter.

Elle a envisagé d'appeler Mme Barley, mais savait que ce serait inutile. La vieille femme lui aurait dit de se débrouiller seule, et de plus, elle doutait que quiconque en dehors de l'Orpheum puisse arriver à temps.

Elle devait faire quelque chose. N'importe quoi.

Ren est sortie du placard, marchant vite mais pas assez pour attirer l'attention. Elle s'est déplacée dans l'Orpheum comme un cambrioleur dans une maison déjà à moitié cambriolée. Chaque couloir était un parcours du combattant de moquette pourrie et de rallonges électriques dignes de fils-pièges, mais elle a avancé plus vite qu'elle ne l'espérait, l'écho des applaudissements la guidant vers l'action comme un phare pour les incurablement imprudents. Le théâtre était un dédale ; il avait été conçu par des Victoriens qui croyaient qu'une salle vraiment grandiose devait permettre aux acteurs d'entrer de n'importe où, y compris du toit et peut-être même des enfers. Ren a exploité tous les raccourcis dont elle se souvenait de sa seule tentative ratée d'école de théâtre, et quelques-uns qu'elle a inventés sur-le-champ.

Elle avait baissé la capuche de son sweat car il était difficile d'entendre, et portait ses cheveux rentrés sous un bonnet qui avait peut-être appartenu à un petit malfrat ou à un poète encore plus petit. Sa respiration est restée courte, ses pas mesurés, son pouls quelque part entre le rythme d'une boîte de nuit et le râle d'un appareil électroménager mourant.

Elle a atteint le grand rideau — un rideau assez épais pour arrêter une balle de petit calibre, ou du moins une pluie de pop-corn — et a passé doucement la tête sur le côté juste au moment où Vincent était paradé sur scène. Deux adeptes l'encadraient, des jumeaux, devina-t-elle, à en juger par l'angle identique et provoca-teur de leurs coudes. Derrière eux, en mode Maître de Cérémo-nies, se tenait Bartholomew. Il avait ajouté un foulard de soie rouge et une seule rose blanche à sa boutonnière, comme pour suggérer que la soirée culminerait soit en un duel, soit en des funé-railles.

Ren a sorti son téléphone de sa poche arrière, a fait glisser son pouce sur l'icône de la caméra vidéo et a commencé à filmer.

Elle est restée accroupie, utilisant l'obscurité des coulisses comme couverture, et a fait la mise au point. La prise était un peu à la *Projet Blair Witch* — tremblante, la moitié du cadre occupée par le brocart moisi du rideau — mais elle a capturé l'essentiel : Vincent, tout en résignation anguleuse, les cheveux plaqués sur son crâne par ce qui ressemblait étrangement à du sang. Son visage était calme, figé dans cette expression de « Je préférerais être n'im-porte où ailleurs, mais surtout pas ici ». Les adeptes avaient l'air pire : certains en tenue d'horreur sur mesure, d'autres dans une sorte de haute couture de friperie post-apocalyptique, tous coiffés de ces masques grotesques.

Elle a balayé l'audience du regard — chaque siège était occupé, chaque spectateur masqué et en robe, les mains jointes en anticipation. L'éclairage de la salle avait été réglé sur « documentaire sur un tueur en série ». Sur scène, un cercle de sel ou de quelque chose de plus blanc marquait la zone de performance. La pièce maîtresse, bien sûr, était le bureau cabossé avec le scénario de Vincent ; au-dessus, la toile de fond avait été peinte avec une copie grossière du sceau au triple croissant.

Ren a continué à filmer, mais son pouce planait déjà sur le bouton de téléchargement. S'il le fallait, elle diffuserait toute cette fichue scène sur tous les forums de sectes et subreddits surnaturels d'Europe.

Bartholomew s'est avancé sur le devant de la scène, le véritable projecteur maintenant sur lui. Il a levé les mains, le silence qui a suivi aussi précis qu'un tir de sniper. — Mesdames et messieurs, a-t-il dit, ce soir, nous ressuscitons plus que de l'art. Ce soir, nous invoquons la voix originelle, le mot le plus vrai. Ce soir — et là il a souri, cet arc de loup dans ses sourcils — le Barde de Sang révélera le dernier acte.

Une salve d'applaudissements. Quelques sifflements. Quelqu'un au premier rang a fait un signe de la main que Ren n'a pas reconnu, mais elle l'a noté pour une paranoïa future.

Elle a zoomé sur le visage de Vincent. Il a levé les yeux au ciel. Un classique.

Ren s'est esquivée derrière le rideau, clignant des yeux pour chasser l'image rémanente du téléphone de ses rétines. S'il devait y avoir un bain de sang, elle n'allait pas l'enregistrer avec un téléphone conçu pour les vidéos de chats et un Wi-Fi douteux. Il lui fallait un avantage. Une arme. Quelque chose. Elle s'est précipitée dans les coulisses, scrutant le chaos à la recherche de quoi que ce soit qu'elle pourrait réutiliser comme moyen de dissuasion.

La table des accessoires était le fantasme d'un drogué en matière d'options : des poignards de scène (émoussés, mais probablement efficaces si vous preniez l'avantage), de vrais poignards (cachés parmi les faux pour une confusion maximale), une bobine de chaîne en plastique, deux perruques de clown criardes, un morceau de corde à piano, et — miracle des miracles — un revolver antique, du genre qui semblait venir avec sa propre lettre de suicide. Elle a empoché le revolver, a vérifié le barillet (entièrement chargé, parce que pourquoi pas), et l'a glissé à l'intérieur de la ceinture de son jean. Pour la forme, elle a pris le poignard le plus aiguisé et l'a caché dans sa manche.

Elle a de nouveau vérifié son téléphone. Toujours en train d'enregistrer. Toujours en train d'envoyer. Son signal oscillait entre deux barres et une déclaration d'« Appels d'urgence uniquement », mais la vidéo était maintenant en ligne. Si elle ne s'en sortait pas, au moins Internet saurait de qui se moquer.

Une nouvelle salve d'applaudissements a ramené son attention sur la scène. Vincent avait été poussé en avant, jusqu'à un X blanc collé sur le sol. Il a cligné des yeux face à la lumière. La Femme à la Cape est apparue côté cour, portant le scénario à deux mains comme une offrande. Bartholomew s'est incliné, a pris le scénario, et l'a tendu à Vincent avec toute la cérémonie d'un couronnement papal.

Vincent l'a pris, a parcouru la première page et a soupiré. Il a levé les yeux, a croisé le regard de Ren à travers la pénombre, et, pendant une fraction de seconde, elle a cru qu'il allait rire. Au lieu de cela, il a articulé quelque chose — difficile à dire, mais ça ressemblait à : « J'espère que c'est enregistré. »

Ren lui a fait un pouce en l'air, puis l'a transformé en un doigt d'honneur pour lui porter chance.

Bartholomew s'est raclé la gorge. — Notre auteur va maintenant interpréter la dernière scène.

Le public masqué a ricané, un son étrangement poli, comme des retraités à une blague salace dans une salle paroissiale.

Vincent s'est redressé, a pris une profonde inspiration et a commencé à lire.

Ça a commencé assez simplement : le sang et le tonnerre habituels des premières ébauches de Vincent. Le langage était plus baroque que ce dont Ren se souvenait avoir lu dans la cuisine — soit Vincent improvisait, soit Bartholomew avait révisé le script jusqu'à l'autodérision. L'atmosphère du théâtre a cependant changé ; plus Vincent lisait, plus elle devenait électrique, comme si chaque consonne était une étincelle et chaque mot un fusible. Le public s'est penché en avant, les adeptes ont resserré le cercle, les lumières de la salle ont baissé jusqu'à devenir sépulcrales.

La voix de Vincent est devenue plus forte, plus confiante, plus... inhumaine. Le masque a glissé, juste un peu. Ses crocs — subtils, mais visibles maintenant — brillaient à chaque syllabe. Il a fait un geste avec le scénario, et le souffle du geste portait un poids réel. Les Jumeaux l'encadraient, mais même eux semblaient méfiants.

Ren a rampé plus près de la scène, restant cachée derrière les piles de décors. Elle pouvait voir la trajectoire que prenaient les événements : Bartholomew forcerait la fin, Vincent résisterait, et quelqu'un allait se faire défoncer le crâne. Elle a compté les balles dans le revolver, a déterminé quels adeptes semblaient les plus faciles à abattre, et a passé en revue les issues de secours. Il n'y en avait aucune. C'était tout ou rien.

Vincent a atteint la dernière page. Ses mains tremblaient — non de peur, mais de l'anticipation d'un homme sur le point de faire sauter le pub quiz avec une réponse piégée. Il a jeté un œil à Bartholomew, puis au public, puis — une fois de plus — à Ren.

Il a lu la dernière ligne : — Le réceptacle se vide. Le masque tombe. *La faim n'est pas assouvie, seulement partagée.*

Une onde de choc a parcouru les adeptes. Plusieurs sont tombés à genoux, d'autres se sont agrippés à leur masque comme si les mots les avaient ébouillantés. Le public dans les stalles s'est convulsé, un mouvement de marée de corps chancelant sous l'effet du rituel qui les submergeait.

Bartholomew a chancelé, s'est rattrapé et a fusillé Vincent du regard. — Qu'as-tu fait ? a-t-il craché, la voix dépouillée de son calme. — Ce n'est pas la fin.

Vincent a souri, toutes dents dehors. — Ça l'est, maintenant.

Les Jumeaux se sont jetés sur lui, mais Vincent était prêt. Il s'est libéré d'une torsion, a balancé le scénario enroulé comme une matraque, attrapant l'un d'eux à la mâchoire. Le masque s'est fendu, l'adepte a hurlé. L'autre a tendu la main vers la gorge de Vincent, mais il l'a mordu — fort. Le sang a giclé, sombre et artériel.

Ren s'est lancée sur la scène, revolver au poing. Elle l'a pointé sur Bartholomew, qui a reculé, les mains en l'air. — Tu crois que tu peux arrêter ça ? a-t-il sifflé, le visage marbré de rage.

Ren a enlevé la sécurité. — Ça vaut le coup d'essayer.

Elle a tiré un coup dans le plafond — surtout pour l'effet — et a crié : — Personne ne bouge ! L'effet a été mitigé, mais ça lui a acheté une seconde.

La Femme à la Cape est apparue aux côtés de Bartholomew, un couteau sacrificiel brillant dans sa main. Elle s'est déplacée vite, mais Vincent a été plus rapide : il a sauté par-dessus le bureau et l'a plaquée, mais pas avant qu'elle ne lance le couteau sur Ren.

La poignée du couteau a frappé durement la tempe de Ren, et son corps est tombé au sol en un tas.

Vincent et la Femme à la Cape ont roulé dans un enchevêtrement de velours et de viscères. Les adeptes sur scène et dans les stalles ont crié, certains se sont joints à la mêlée pour la rouer de coups, d'autres sont restés debout à regarder, fascinés par le carnage.

La chute s'est mal terminée pour Vincent. La Femme à la Cape a tournoyé comme de la fumée, se glissant sur lui avec une grâce prédatrice. Son poids a pesé lourdement, le velours collant de sang tandis qu'elle lui tordait le bras derrière le dos. Il a grogné et s'est débattu, mais elle bougeait avec la certitude posée de quelqu'un qui avait déjà décidé de la fin. Autour d'eux, la scène s'est dissoute dans le chaos — des adeptes ricanant, d'autres hurlant pour voir le sang couler, l'air épais de l'odeur de sueur et de fumée de bougie — pourtant, sur les planches, tout s'est réduit à deux silhouettes : prédateur et proie, et pour une fois, ce n'était pas Vincent qui avait les crocs.

La Femme à la Cape l'avait plaqué au sol. La joue de Vincent était pressée contre les planches de la scène, le genou de la femme s'enfonçant entre ses épaules, une main gantée de velours lui tordant le poignet en arrière jusqu'à ce que les articulations craquent. Le couteau qu'elle tenait brillait à quelques centimètres de sa gorge, une parodie théâtrale devenue mortelle. Bartholomew s'est approché avec tout le triomphe langoureux d'un homme reprenant le devant de la scène. Il a regardé Vincent de haut — son ancien employeur, le prédateur alpha autrefois craint — et a laissé un lent sourire s'étirer. — Comme la roue tourne, a-t-il ronronné. — Autrefois, tu dictais l'histoire. Maintenant, tu n'es plus qu'une réplique de plus, attendant d'être coupée.

Vincent a grogné, se tordant assez fort pour déséquilibrer la Femme à la Cape. La manche de velours de celle-ci s'est déchirée dans sa prise ; elle a sifflé et a disparu dans la mêlée. Enfin libre, Vincent s'est relevé d'un seul mouvement brutal, les yeux fixés sur Bartholomew.

— Mets ça en note de bas de page, a grondé Vincent, et avec une soudaine explosion de force féroce, il a saisi le chef de la secte par le col et la ceinture. Des hoquets de surprise ont éclaté dans les stalles alors que Vincent a projeté Bartholomew corps et âme hors de la scène. Son cri s'est terminé abruptement dans un bruit d'os brisés lorsqu'il a disparu dans la fosse d'orchestre.

Pendant un glorieux instant, Vincent s'est tenu droit — ensanglanté, furieux, presque triomphant. Puis est venu le bruit sourd et creux du bois sur un crâne. La Femme à la Cape, brandissant une rame d'accessoire avec un élan théâtral, l'a abattue sur le côté de sa tête. Des étoiles ont explosé derrière les yeux de Vincent ; ses genoux ont fléchi.

La scène a basculé, tournoyant, comme si tout le théâtre était en train de se noyer. Vincent est tombé sur un genou, s'agrippant aux planches. La Femme à la Cape se dressait au-dessus de lui, son ombre longue, la rame de nouveau levée.

VINGT-ET-UN

Pendant une seconde horriblement plausible, Vincent a eu la certitude que c'était comme ça que tout allait se terminer : agenouillé sur le bois roussi de la scène principale de l'Orpheum, cerné par une cohue de cultistes masqués, leurs couteaux et leurs insignes « magyques » de club scintillant de l'impatience habituellement réservée aux spécialistes du divorce lors d'un mariage pendant un pont du mois de mai. Il a risqué un coup d'œil en biais vers Ren, qui avait repris connaissance, mais qui saignait de la tempe et serrait toujours le revolver ancien avec un optimisme que Vincent ne lui avait jamais connu. Elle a croisé son regard, les yeux écarquillés et électriques, et a articulé en silence :

— Une dernière idée ?

Vincent a brièvement envisagé les mérites d'une confession émouvante, puis il s'est souvenu qu'il n'avait jamais eu l'énergie d'être sincère.

— Négocier ? a-t-il chuchoté.

Ren a grimaçé.

— Ils ne sont même pas syndiqués.

Avant que Vincent ait pu formuler une réplique, la Femme à

la Cape s'est avancée à grandes enjambées, les mains levées dans le geste universel qui signifiait : « Attention, je m'apprête à dire quelque chose de regrettable ». Le masque qu'elle portait était neuf, tout droit sorti des dernières pages d'un catalogue d'horreur chirurgicale, la bouche étirée en un « o » parfaitement rond, comme si elle était figée dans une surprise permanente.

— Sanguinard, a-t-elle psalmodié, la voix projetée vers le poulailler poisseux, en vertu de l'autorité qui m'est conférée par la Charte des Ténèbres Éternelles, je vous déclare anathème, obsolète, et sur le point d'être recyclé en vos éléments narratifs constitutifs.

Vincent a étouffé un soupir.

— Tu vois à quoi j'ai affaire ? a-t-il soufflé à Ren comme pour la scène. Même leurs vannes sont des copiés-collés.

Ren a fait un minuscule signe de tête, puis s'est préparée au choc.

Les cultistes ont déferlé comme un seul homme, une avalanche de velours et de bravade volée. Vincent s'est tendu, prêt à y passer en emportant au moins l'un des plus fleuris d'entre eux entre ses dents, quand les portes du théâtre se sont ouvertes dans une explosion qui a fendu l'air.

Une silhouette a empli l'embrasure, en contre-jour dans la brume orangée de la ville au-dehors. Elle était grande, elle était furieuse, et elle portait un cardigan raisonnable par-dessus une chemise arborant le blason de l'Autorité du Grand Londres.

Mme Barley est entrée, portant une sacoche élimée, un parapluie qui semblait pouvoir servir de bélier, et l'air d'une fonctionnaire qui avait retrouvé les formulaires en souffrance et s'apprêtait à les agrafer à votre âme.

À ses côtés, glissant plus qu'elle ne marchait, se trouvait Zara Delacourt. Son tailleur était impeccablement repassé, ses cheveux plaqués en arrière et striés d'argent, son expression était celle d'une désapprobation absolue et sans mélange. Elle ne portait rien d'autre qu'un mince volume de ce qui aurait pu être un code de loi, mais son regard avait l'intensité d'une femme qui considérait la magie comme une regrettable clause secondaire de la réalité.

Les cultistes se sont arrêtés net, plusieurs trébuchant sur leurs propres capes. Même la Femme à la Cape a reculé d'un pas involontaire.

Mrs Barley a inspecté le carnage, le lustre en ruine, Bartholomew qui se réassemblait encore dans la fosse d'orchestre, et la vingtaine d'hommes de main masqués prêts à commettre des actes d'une mythique vilenie. Elle a fait claquer sa langue d'un air réprobateur et a avancé avec toute la subtilité d'un audit des services sociaux.

— Police municipale, a-t-elle annoncé en brandissant un badge périmé depuis près de vingt ans. Ce rassemblement est en infraction avec l'arrêté local 17B, alinéa 3 — nuisance publique, abattage rituel et non-déclaration d'un événement public auprès des services d'hygiène.

Personne n'a bougé.

Mrs Barley, ignorant le silence, a lourdement posé sa sacoche sur une chaise renversée, l'a ouverte et en a sorti une boîte en fer-blanc cabossée marquée « kit de conformité pour vampire – fourni par la municipalité ». Elle l'a ouverte avec une précision experte.

— Bon, a-t-elle dit, sans s'adresser à personne en particulier, mettons un terme à cette farce.

Le premier cultiste à approcher l'a fait avec une certaine prudence, du genre de celle qu'on réserve aux contractuels et aux munitions non explosées. Il a dégainé une dague de cérémonie. Mrs Barley l'a accueilli avec un sourire, a sorti une pastille à l'ail de la boîte et l'a enfournée dans sa bouche en la faisant craquer.

Le cultiste a hésité, puis s'est élancé.

La réponse de Mrs Barley a été fulgurante : elle lui a planté la pointe aiguisée de son parapluie dans la cuisse, a attrapé son masque qui tombait et, d'un seul mouvement fluide, a fait tournoyer son poignet pour qu'une aiguille à tricoter en argent apparaisse entre ses doigts et se fiche dans l'oreille de l'homme.

Il s'est effondré en gémissant.

Mrs Barley l'a frappé une fois de plus avec son parapluie, pour la forme.

— Conduite inconvenante, a-t-elle déclaré. Suivant.

Vincent, contre son gré, était impressionné.

— Ça... c'est plutôt pas mal du tout, a-t-il marmonné, tandis que trois autres cultistes encerclaient Mrs Barley.

Ren, toujours pragmatique, a profité de la diversion pour se remettre sur pied et a tiré deux balles du revolver sur la silhouette masquée la plus proche. Une balle a éraflé l'épaule de l'homme, l'autre a traversé son masque et a laissé une fleur rouge s'épanouir sur son revers.

Le théâtre a sombré dans le chaos. Les cultistes se sont dispersés, certains fondant sur Mrs Barley, d'autres sur Vincent et Ren, d'autres encore s'agglutinant autour de la fosse où Bartholomew reconstruisait sa propre articulation d'épaule.

Au milieu de la violence, Vincent a aperçu Zara, sereine au pied de la scène. Elle a ouvert son livre, a léché un doigt et a commencé à lire d'un ton monocorde, clair et sans hâte. Sa voix ne portait pas, mais ce n'était pas nécessaire ; les mots qu'elle prononçait semblaient réécrire l'air même, et partout où son regard se posait, les mouvements des cultistes faiblissaient, comme si quelqu'un avait changé leur chorégraphie en plein milieu de la danse.

Le kit de conformité de Mrs Barley était une merveille de surplus gouvernemental reconverti. Elle maniait un vaporisateur marqué « Eau bénite – Ne pas boire » avec une efficacité impitoyable, aspergeant les yeux de ses assaillants avant de leur asséner un coup de stylo dans la trachée. Une femme masquée a tenté un sortilège ; Mrs Barley a contré en lui frappant les phalanges avec une règle renforcée, puis lui a lié les mains avec un ruban rouge étiqueté « PREUVE – NE PAS TOUCHER ».

Ren, alimentée par l'adrénaline et la rage d'une femme qui, très franchement, en avait assez des interférences surnaturelles dans sa vie, s'est battue avec une fureur qui l'a surprise elle-même. Elle a utilisé le revolver comme une matraque, puis a eu recours aux morsures, aux griffures et, à un moment mémorable, a projeté un extincteur sur un groupe de cultistes qui avançaient. L'extincteur s'est déchargé à l'impact, recouvrant les hommes de main d'un blizzard de mousse blanche et d'un doute existentiel instantané.

Vincent, pour sa part, a décidé que la dignité était surestimée. Il a esquivé un coup désordonné, a attrapé un masque par le menton et l'a arraché, révélant un jeune homme avec le visage de quelqu'un qui s'attendait à une soirée bien moins périlleuse dans le West End. Vincent l'a poussé dans la fosse d'orchestre, puis s'est retourné et a enfoncé son coude dans le visage de l'adversaire suivant.

La magie dans la pièce se désagrégeait. À chaque ligne que lisait Zara, les frontières entre la scène et la réalité s'estompaient davantage. Les cultistes restants ont commencé à vaciller — un instant, ils étaient menaçants, l'instant d'après, ils avaient l'air perdus, incertains, comme s'ils avaient été convoqués à la mauvaise répétition. Quelques-uns se tenaient immobiles, récitant des répliques qui semblaient provenir de pièces totalement différentes. L'un d'eux, portant un masque qui semblait être un cochon tragique, a beuglé : « Disparais, maudite tache ! », puis s'est effondré en un tas.

Bartholomew, boitant toujours de sa chute, a contemplé le carnage avec une horreur croissante. Son masque s'était fissuré, révélant un œil fou et une mâchoire si serrée qu'elle semblait sur le point de se briser. Il a fait un dernier geste désespéré vers la Femme à la Cape.

Elle s'est avancée, les lèvres s'agitant derrière le masque, et a chanté une phrase qui a laissé des marques de brûlure dans l'air.

La tête de Zara s'est redressée d'un coup.

— Oh, pour l'amour du ciel, a-t-elle marmonné, et elle a feuilleté jusqu'à la fin de son livre. Vincent ! Baisse-toi !

Il s'est exécuté, juste au moment où un éclair d'énergie noire a fendu l'espace qu'il occupait. La force de l'éclair a renversé deux cultistes et a laissé un sillon fumant dans le plancher. Ren, ne manquant jamais une occasion, a donné un coup de pied à l'arrière du genou de la Femme à la Cape, puis l'a mise K.O. avec un crochet du droit qui aurait rendu sa mère fière.

Mrs Barley, voyant la Femme à la Cape tomber, s'est dirigée droit sur Bartholomew. Elle a sorti de sa sacoche un lourd presse-papiers en métal, gravé du sceau de la Cité de Westminster. Elle l'a brandi comme une masse d'armes, attrapant Bartholomew dans les côtes et l'envoyant s'étaler de tout son long.

— Usage impropre de la propriété publique, a déclaré Mrs Barley, le surplombant. Je crains que ça n'aille pas. Ça ne va pas du tout.

Bartholomew a tenté de parler, mais n'a réussi qu'à produire un gargouillis étranglé.

Vincent, amoché mais debout, a profité de l'instant pour rassembler les survivants.

— Ren, Zara, à cour. Mrs Barley, couvrez la sortie.

Les quatre ont convergé près de la toile de fond brisée, s'abritant derrière les restes d'une arche de décor. Mrs Barley a tamponné son front avec un mouchoir brodé, puis s'est mise à réorganiser le contenu de son kit de conformité avec l'air d'une femme qui remet des livres en rayon après une émeute.

Zara, pour la première fois, avait l'air fatiguée. Elle a cligné des yeux, qui ont mis du temps à retrouver leur mise au point.

— C'est tout ce que je peux faire, a-t-elle dit, la voix rauque mais stable. Leur réalité est... fragile maintenant. Si vous parvenez à perturber le meneur, le reste devrait se défaire.

Vincent a jeté un coup d'œil par-dessus l'arche, évaluant l'état du théâtre. Les cultistes restants, ne formant plus un groupe cohérent, erraient dans la confusion. Certains pleuraient, certains chantaient, quelques-uns ont simplement enlevé leurs masques et ont fixé leurs mains comme s'ils s'attendaient à trouver des réponses dans leurs lignes de vie.

Bartholomew était maintenant debout, au centre de la fosse. Il a fléchi les mains, profitant de l'attention. Quand il a parlé, sa voix a porté — moins par le son que par l'intention.

— C'est tout ? a-t-il lancé, le mépris caillant les syllabes. Ce sont là les champions de notre ère ?

Vincent a senti les mots s'enfouir dans son crâne ; les vieilles habitudes avaient la vie dure.

Il a pris une inspiration, puis s'est tourné vers les autres.

— Je suppose, a-t-il dit, que ça nous revient.

Mrs Barley l'a toisé, peu impressionnée.

— Si vous avez fini de saigner partout, nous avons un travail à terminer.

Ren a armé le revolver, même si, à vrai dire, il était plus effi-cace comme gourdin.

— Après toi, mon pote.

Zara a hoché la tête, puis a chuchoté :

— Essayez de ne pas le laisser monologuer. Ça ne fait qu'en-courager les morts.

Vincent a redressé sa cravate, a essuyé une traînée de sang sur sa lèvre et s'est avancé sur la scène. Les autres ont suivi, formant une ligne qui tenait plus de la photo de classe que des Avengers, mais il s'en contenterait.

Bartholomew les a considérés avec un rictus méprisant.

— Vous prétendez me défier ?

Vincent a haussé les épaules.

— Je n'ai rien de mieux à faire.

Le théâtre est devenu silencieux. Même la ville au-dehors semblait suspendre son souffle.

Vincent a regardé les visages à ses côtés : Ren, la mâchoire serrée, prête à la violence ; Mrs Barley, les jointures blanches sur son parapluie, aussi calme qu'un juge à un concours de pâtisserie ; Zara, les yeux comme des fils électriques, luttant contre la fatigue pour préparer le prochain sort.

Zara s'est redressée de force. Chaque respiration était saccadée, épaisse du goût cuivré de sa propre combustion, mais elle a tout de même levé la main, les doigts tremblant comme des antennes défectueuses. Le banc s'est fendu davantage tandis que la puissance la traversait, un arc crépitant de lumière violette déchirant la scène.

Bartholomew n'a pas bronché. Il a soulevé le script de Vincent à deux mains, les pages flottant, et les mots eux-mêmes se sont élevés pour parer son attaque. Des phrases se sont enroulées dans l'air comme des serpents d'encre, se liant en un mur de narration qui a intercepté son sort, l'a absorbé et l'a réécrit en étincelles inoffensives. Il a ricané.

— Vous voyez ? Même votre génie n'est rien face à la volonté de l'histoire.

La mâchoire de Zara s'est crispée. Elle a craché du sang, puis a lancé un autre sort — plus dur, plus acéré, une lance de volonté brute qui a traversé le rideau de mots dans un hurlement de papier déchiré. Bartholomew a vacillé en arrière, s'est écrasé contre la table au centre de la scène, le script déchiré et fumant sur les bords.

Elle le tenait. L'espace d'un battement de cœur, elle le tenait.

Mais son corps a flanché, à moitié solide, à moitié immatériel. Elle a chancelé, les poumons bloqués, sa silhouette vacillant comme une mauvaise pellicule. Le coup de grâce a pétillé dans sa paume, mourant avant de pouvoir se former.

Et Bartholomew, les yeux flamboyants d'un feu carmin emprunté, a levé les bras. Les mots ont repris leur place, non plus comme un bouclier mais comme une arme, des lignes déchiquetées s'élançant avec la force d'un fouet.— À mon tour, a-t-il dit, et il a déchaîné la malédiction.

Vincent n'a jamais prétendu être un expert en matière de perte, mais il en connaissait le goût. Métallique, intrusif, qui s'accrochait aux gencives des heures après l'événement. Alors, quand le sort de Bartholomew a frappé Zara et qu'elle a reculé en titubant, comme si elle en était à son douzième Pornstar Martini lors d'un enterrement de vie de jeune fille de tout un week-end à Blackpool, il a reconnu ce que ce moment était : une facture à régler.

Elle était à moitié là et à moitié absente, un bug dans la chair du monde. Sa main a traversé la rampe vernie, puis est revenue à l'existence dans un scintillement, ses ongles arrachant des échardes avant que sa paume ne redevienne fantomatique. Sa veste de tailleur a perdu toute définition, s'affaissant en une silhouette mouvante qui a révélé les revers de son chemisier, puis le souvenir de la peau, puis rien qu'un contour.

— Zara ! a sifflé Ren, rompant le charme d'un cri. Elle a tenté d'attraper Zara par le coude, mais ses doigts n'ont saisi que le froid.

Les yeux de Zara ont trouvé Vincent.

— Ça va, a-t-elle dit. Juste... ça prend une seconde pour s'adapter.

Vincent a tendu la main, dans l'intention de la stabiliser. Sa main a traversé son épaule, ce qui lui a fait l'effet de s'enfoncer dans un congélateur rempli de secrets et de poussière de bibliothèque. Il a reculé, frissonnant.

Les cultistes, les rares qui restaient, ont senti le changement et ont décampé. L'effet a été instantané et total — une douzaine de fanatiques masqués, réduits à l'état d'étudiants en art dramatique désorientés, courant vers les sorties comme si la police était enfin arrivée pour mettre fin à la fête. Bartholomew s'est contenté de regarder Zara avec incrédulité, comme s'il n'avait jamais envisagé la possibilité que quelqu'un puisse mourir d'une manière nouvelle et originale.

Zara a baissé les yeux sur ses mains, les a fléchies, a regardé chaque doigt devenir translucide à son extrémité puis reprendre lentement sa couleur.

Ren, encore trop choquée pour faire de l'esprit, a dit :

— Tu es… tu es… ?

— À mi-chemin d'une reclassification, a dit Zara, réussissant un faible sourire. Ne me dites pas qu'il n'y a pas un ensemble d'avantages sociaux pour ce cas de figure.

Mrs Barley observait depuis la rampe, le visage impassible. Elle a sorti une aiguille à tricoter neuve de sa manche, a vérifié sa rectitude, puis l'a rangée dans son kit avec un claquement sec.

— Un risque sacrément stupide, a-t-elle dit, sa voix aussi sèche que du carton déchiqueté. Vous auriez pu nous avertir.

Zara a réussi à s'incliner, ou du moins à en donner l'impression ; la moitié supérieure de son corps a suivi le geste, la moitié inférieure traînant d'une fraction de seconde, comme un gif animé mal encodé.

— J'ai dû improviser. Il n'y avait pas le temps pour un briefing sur la santé et la sécurité au travail.

Vincent a secoué la tête, cherchant une phrase qui capturerait l'absurdité, l'horreur et la vague fierté amère.

— Ça va rendre nos pauses-café bizarres, a-t-il dit.

Zara s'estompait plus vite maintenant. Ses pieds se fondaient dans le sol, le contour se dissolvant du talon au genou comme si quelqu'un avait commencé à l'effacer par le bas. Ses cheveux flottaient autour de sa tête en un nimbe gris argenté, chaque mèche individuellement détaillée, l'effet étant en quelque sorte plus vif qu'auparavant.

Ren a de nouveau essayé de l'atteindre, réussissant seulement à produire une faible ondulation dans l'air.

— Qu'est-ce qu'on fait ? a-t-elle demandé, se tournant vers Vincent, puis vers Mrs Barley. Est-ce qu'elle... on peut arranger ça ?

Mrs Barley a haussé les épaules, le geste plus formel que dédaigneux.

— Elle n'est pas perdue. Juste... elle a perdu son ancrage, a-t-elle dit après avoir cherché le mot.

Zara a souri, ses dents étant désormais la chose la plus solide chez elle.

— Ce n'est pas si mal, a-t-elle dit, sa voix portant étrangement — plus douce, mais en quelque sorte en stéréo, comme si chaque écho du théâtre avait décidé de s'harmoniser. Toute la paperasse est numérique, et je peux lire les notes de bas de page en temps réel.

Vincent ne pouvait dire si c'était une blague ou un avertissement.

— Pouvez-vous nous aider ?

Zara a hoché la tête.

— Plus qu'avant, en fait. Elle a étiré les bras, ou ce qu'il en restait. Je peux voir la narration. Là où elle est faible, là où elle est cousue. Je peux suivre le script de Bartholomew et même l'éditer. Tant qu'un peu de hantise ne vous dérange pas.

Ren a reniflé, ce qui était ce qui se rapprochait le plus d'une bénédiction de sa part.

Les derniers cultistes avaient disparu, ne laissant que des masques tombés, des gobelets vides et une odeur de déception. Bartholomew, ragaillardi par ce retournement de situation, a fait une dernière charge à moitié convaincue vers le groupe, mais a trouvé son chemin bloqué par le parapluie de Mrs Barley, qui brillait maintenant d'une faible lueur bleue.

— Je n'en ai pas encore fini avec vous, mon petit, lui a dit Mrs

Barley, et d'un seul coup de pouce efficace, elle a renvoyé ce salaud directement dans le rideau de scène.

Zara flottait maintenant, à quelques centimètres de la scène, son corps perdant de petites étincelles de mémoire — des fragments de vieux dossiers, des recherches inachevées, le fantôme d'un catalogue de bibliothèque. Elle a vacillé, puis s'est stabilisée, une parfaite secrétaire spectrale, prenant toujours des notes dans l'au-delà.

Ren s'est assise lourdement sur le bord de la scène, ses mains tremblant juste assez pour faire cliqueter le revolver dans sa poigne.

— La prochaine fois que tu décideras de mourir, préviens-nous, peut-être, a-t-elle dit.

La voix de Zara est venue de partout à la fois, douce comme le murmure d'une bibliothécaire.

— La prochaine fois, je le ferai dans les règles de l'art.

Vincent a levé les yeux, et a croisé le regard de Zara, ou quel que soit le sens qui remplaçait le contact visuel dans son nouvel état.

— Prêt pour le dernier acte ? a-t-il demandé.

Zara a souri, un croissant parfait de lumière et de moquerie.

— Après vous, a-t-elle dit, sa voix s'éteignant comme la fin d'une phrase que personne ne voulait terminer.

Vincent a redressé les épaules et a fait un geste aux autres.

— Terminons l'histoire, a-t-il dit.

Et quelque part dans l'éther, la ville se préparait à tout ce qui allait suivre.

VINGT-DEUX

La grande scène de l'Orpheum était un abattoir à métaphores. Ce qui ne saignait pas était brisé, et ce qui n'était pas brisé avait déjà été piétiné, réduit à un compost de velours, de peinture en poudre et du genre de regrets qu'on ne nettoie jamais qu'à grand renfort de spiritueux et d'une subvention du Conseil des Arts. Au centre de cette ruine, deux monstres se tournaient autour avec le manque de cérémonie habituellement réservé au jour des poubelles à Hackney.

Bartholomew, toujours dans ce qui restait de son costume (désormais principalement des haillons et de mauvaises intentions), se déplaçait avec la concentration froide de quelqu'un qui avait répété cette rancune particulière pendant un demi-siècle. Vincent voyait les mains de l'homme se crisper, exsangues et pâles, le bout des doigts noirci par d'anciens rituels ou simplement un excès de nicotine. Dans un monde mieux éclairé, il aurait pu passer pour un évêque à la retraite ou un petit aristocrate tombé en disgrâce. Ici, cerné par la fumée et le scintillement intermittent des flammes, il ressemblait à un méchant dont le seul regret était de ne pas avoir tué plus efficacement.

Vincent, pour sa part, se tenait dos à une rampe d'éclairage renversée et tentait de ne pas vaciller. Sa chemise était ruinée, sa veste abandonnée depuis longtemps à la mécanique de la violence scénique, et son bras gauche était passé de « pâleur à la mode » à une « nuance inquiétante de phtisie victorienne ». La montée d'adrénaline s'était estompée, ne laissant derrière elle qu'une résolution glaciale et le genre de clarté philosophique qui vient quand on sait que l'heure de payer pour chaque erreur a sonné.

Bartholomew a feinté à droite, puis a entièrement disparu — un classique, mais toujours une saloperie à contrer. Vincent s'est préparé, a attendu, et — sans surprise — a senti l'impact sur son flanc, là où Bartholomew s'était rematérialisé avec un plaquage en plein vol qui aurait mérité un ralenti sur n'importe quelle chaîne de télévision digne de ce nom. Ils sont tous les deux tombés lourdement, dérapant dans une flaque de cire de bougie figée et de ce que Vincent espérait sincèrement être du faux sang.

Bartholomew s'est retrouvé sur lui immédiatement, une main agrippée à la gorge de Vincent, l'autre clouant son poignet avec une force surnaturelle. — Tu n'as jamais appris à rester à terre, a-t-il sifflé, avec un accent tout droit sorti d'un pensionnat, mais un ton venu du caniveau.

Vincent a eu le souffle coupé, a tenté une saillie spirituelle et n'a réussi à produire qu'un sifflement rauque. — Pourquoi le ferais-je, quand tu rends le fait de se relever si amusant ?

Les lèvres de Bartholomew se sont retroussées, dévoilant des dents qui brillaient d'une lueur inhabituelle. Vincent a mis une seconde à comprendre : le salaud avait des couronnes en argent. Chaque canine, chaque prémolaire — en argent sterling et polies en pointe. C'était à la fois grotesque et, à un certain niveau, profondément drôle.

— Tu te les es fait faire sur Harley Street, ces crocs, ou tu as fait un saut en Turquie ? a suffoqué Vincent, parvenant à esquisser un faible rictus.

La réponse de Bartholomew fut un grognement et une plongée vers le bas. La morsure a atterri juste en dessous du creux du coude de Vincent, là où la chair était fine et les nerfs proches de la surface. La douleur a été immédiate et impossible à ignorer : moins une perforation qu'un fer à souder chauffé à blanc, une agonie chimique qui s'étendait et qui a fait voir à Vincent non seulement des étoiles, mais des constellations entières et non homologuées.

Il a hurlé, a retiré son bras d'un coup sec et a réussi à placer un genou dans les côtes de Bartholomew. L'ex-Renfield a roulé sur le côté, mais n'a pas lâché sa prise, s'agrippant au contraire avec la ténacité d'un chien élevé pour prendre de mauvaises décisions. Vincent s'est tordu, a réussi à frapper l'arête du nez de Bartholomew avec le talon de sa main — rien ne s'est cassé, mais la tête a basculé en arrière, et c'était suffisant.

Il a repris appui sur ses jambes, s'est redressé en titubant et s'est appuyé contre un praticable à moitié effondré. Son bras gauche était engourdi du biceps jusqu'au poignet, la peau déjà boursouflée et irritée. Le sang, qui aurait dû jaillir, suintait en un lent filet argenté, chaque goutte sifflant en touchant le plancher.

Bartholomew a léché la blessure, les yeux révulsés dans une extase momentanée. — Sais-tu depuis combien de temps j'attends ça ? a-t-il demandé, sa voix résonnant à travers les décombres.

Vincent s'est essuyé la bouche du revers de la main et a craché du sang sur le parquet. — À en juger par ta calvitie, au moins deux guerres mondiales et la mort de l'ironie.

Bartholomew a de nouveau chargé, cette fois avec moins de grâce et plus de force brute. Vincent a fait un pas de côté, a encaissé un coup de coude dans les côtes et a répliqué par un crochet du droit qui a percuté la mâchoire de Bartholomew avec un craquement satisfaisant. L'autre homme a à peine tressailli. Au lieu de ça, il a souri, l'effet rendu plus macabre encore par le sang qui s'accumulait sur sa gencive et qui faisait briller ses dents d'argent comme de la petite monnaie au fond d'une fontaine à vœux.

Ils se sont séparés, se sont tournés autour. Quelque part au balcon, le cristal du lustre brisé a capté un courant d'air et a chanté une unique note douce avant de s'effondrer au sol dans un tintement de désespoir.

— Soyons honnêtes, a dit Vincent, essayant de masquer le tremblement dans sa voix. Tu aurais pu régler ça avec un coup de fil et nous épargner la facture du nettoyage.

Les yeux de Bartholomew se sont plissés. — Tu n'as jamais su assumer tes responsabilités, Vincent. Ni pour tes paroles. Ni pour tes conséquences. Il a balancé un morceau de décor aux pieds de Vincent. Tu écris le scénario, mais c'est toujours quelqu'un d'autre qui nettoie le bordel.

Vincent s'est penché, a ramassé une planche de bois déchiquetée et l'a soupesée dans sa paume. — Et si on passait directement au moment où tu me dis que je suis mon pire ennemi, d'accord ?

Bartholomew a obtempéré en lui fonçant dessus à nouveau. Ils sont entrés en collision, le bois contre la chair, et un instant, Vincent a eu le dessus — il a attrapé Bartholomew sous le menton avec la planche, le projetant en arrière dans un empilement de piliers en faux marbre restants de la dernière production de *Macbeth* du théâtre. L'impact a été convenablement théâtral : les piliers se sont renversés, le décor s'est replié dans un effondrement au ralenti, et Bartholomew a disparu sous l'avalanche de contreplaqué et de fibre de verre.

Vincent s'est appuyé sur la planche, respirant difficilement, attendant la chute.

Il n'a pas attendu longtemps. Bartholomew a explosé hors des décombres avec un cri strident, une main brandissant une rampe d'escalier éclatée, l'autre tenant un crâne d'accessoire. Il a d'abord lancé le crâne — cliché, mais efficace. Vincent s'est baissé, a encaissé la rampe en travers de la poitrine, et est tombé avec un bruit sourd qui a vibré à travers son sternum jusqu'à la racine de ses dents.

Bartholomew l'a enfourché, a pressé l'éclat de bois contre la gorge de Vincent et s'est penché si près que Vincent pouvait sentir le mélange d'après-rasage et de mauvaise haleine. — Ça se termine toujours comme ça, a murmuré Bartholomew. Avec toi, sur le dos, attendant que quelqu'un d'autre t'écrive une fin.

Vincent a souri, ou a essayé. — Tu aurais vraiment dû t'arrêter pendant que tu avais l'avantage, Bart.

Avec ses dernières forces, Vincent a soulevé ses hanches, a déséquilibré Bartholomew, et a relevé l'extrémité éclatée de la rampe — attrapant son adversaire sur le côté, juste au-dessus du rein. Bartholomew a sifflé, mais n'a pas lâché prise. Au lieu de ça, il a resserré son étreinte, a planté ses dents d'argent dans la clavicule de Vincent et a tourné la tête.

Vincent a hurlé, a griffé les cheveux de Bartholomew et finalement, dans un geste né plus du désespoir que de la stratégie, a mordu à son tour. Il a enfoncé ses crocs dans la chair tendre du cou de Bartholomew et a serré jusqu'à ce que sa vision se voile de gris sur les bords.

Pendant un instant, les deux hommes sont restés figés dans une parodie grotesque d'une étreinte amoureuse : se mordant, se déchirant, désespérés de ne pas laisser l'autre s'échapper. Le goût était fait de sel, de fer et d'électricité statique, une saveur qui menaçait de défaire Vincent de l'intérieur.

Bartholomew s'est arraché, laissant un lambeau de peau déchiqueté dans la bouche de Vincent. Vincent l'a recraché, a roulé pour s'écarter et a tenté de se relever, mais ses jambes ont flanché et il est tombé sur un genou.

— Tu vois ? a croassé Bartholomew, se redressant en chancelant, une main serrée sur son cou sanglant. Tu n'es rien d'autre que de la faim et de la rancœur avec un vocabulaire plus étendu que la moyenne. Tu l'as toujours été.

Vincent a secoué la tête, a tenté de rire, et a échoué. — Tu dis ça comme si c'était une mauvaise chose.

Ils se sont à nouveau tournés autour, plus lentement cette fois. Le combat avait dégénéré en une série de feintes et de gestes d'épuisement, chaque homme trop amoché pour risquer un assaut complet mais trop enragé pour s'en aller. Chaque bouffée d'air que Vincent prenait était mêlée de douleur et du goût cuivré de sa propre mortalité. Il guettait chez Bartholomew le moindre signe d'hésitation, mais l'homme n'était plus qu'intention pure — plus de place pour les plaisanteries, plus d'espace pour le regret.

Ils se sont de nouveau rapprochés, cette fois de manière moins spectaculaire — juste une lutte acharnée et désespérée, mains sur les gorges et genoux dans les aines, chacun s'efforçant de prendre le dessus. Ils ont fracassé une balustrade, le bois se brisant sous leur poids combiné, et ont roulé sur les planches en contrebas, enlacés comme une paire de rats se battant dans une poubelle.

— Laisse tomber, a sifflé Bartholomew, son souffle chaud contre l'oreille de Vincent. C'est déjà fini.

Vincent a ri, un son humide et rauque. — Je ne peux pas. Tu le sais bien.

Bartholomew a pris son élan et a lancé un coup de poing qui a fait claquer les dents de Vincent dans leurs alvéoles. Vincent lui a rendu la pareille avec un coup de tête, l'impact envoyant une onde de choc à travers leurs deux crânes et le laissant à moitié aveugle, l'image rémanente de la douleur imprimée sur sa rétine.

L'échange suivant tenait moins du combat que de la démolition au ralenti. Ils se sont griffés, mordus et lacérés avec des mains qui étaient plus des armes que des membres, chacun assénant des coups qui auraient terrassé un être de moindre acabit. La vision de Vincent est devenue rouge, et il a réalisé, vaguement, que c'était son propre sang qui coulait dans ses yeux.

Il l'a essuyé, a vu Bartholomew avancer et s'est préparé pour le dernier assaut stupide.

— Il te faudra un meilleur dentiste la prochaine fois, a marmonné Vincent, les dents découvertes.

Bartholomew a souri, et pendant une seconde, Vincent a revu le garçon dont il avait été le mentor, avant que l'ambition et la pourriture ne s'installent. C'était presque suffisant pour le faire hésiter. Presque.

Ils sont entrés en collision une dernière fois, leurs corps s'entrechoquant violemment, et dans cette collision, quelque chose a cédé — que ce soit un os, une volonté, ou juste la patience de l'univers, Vincent n'en était pas sûr.

Lorsqu'ils se sont séparés, Vincent s'est retrouvé encore debout, de justesse, tandis que Bartholomew reculait en titubant, agrippant le pieu de balustrade qui sortait de sa poitrine. La blessure au-dessus du pectoral pulsait, le sang affluant entre ses doigts. Son visage s'est tordu, un mélange de rage et de déception.

— Tu crois que ça a de l'importance ? a haleté Bartholomew, sa voix gargouillant de fluides. Tu crois que quoi que ce soit a de l'importance ?

Vincent s'est stabilisé contre un pilier brisé, respirant à travers la douleur. — C'est justement ça l'idée, a-t-il dit. Rien n'en a. Sauf si tu décides que si.

Les genoux de Bartholomew ont fléchi, mais il a refusé de tomber. — Tu n'as jamais compris. Tu n'as jamais vu l'histoire pour ce qu'elle est.

Vincent a fait un pas en avant, les jambes tremblantes. — Et toi, tu n'as jamais vu la fin venir, pas vrai ?

Ils se tenaient là, deux titans en ruine, au cœur de la pire soirée de clôture du monde.

Vincent attendait la chute, mais Bartholomew se contentait de le foudroyer du regard, la haine brûlant à travers la fatigue.

C'était une impasse, le genre qui ne se termine que par une ruse, une tricherie, ou un miracle.

Vincent était à court de miracles.

Il a balayé du regard les décombres, cherchant quelque chose — n'importe quoi — qui pourrait y mettre fin.

Bartholomew, se vidant de son sang mais toujours invaincu, a pris une inspiration tremblante et s'est préparé pour un dernier assaut.

Vincent s'est raidi, le sang s'accumulant à ses pieds, et s'est préparé à improviser — car ça, au moins, avait toujours été son talent.

Finalement, ce fut la puanteur qui eut raison de lui — un bouquet de velours roussi, d'encre fraîche et du dernier souffle d'un millier de bougies. La tête de Vincent tournait à cause des contrecoups, mais aussi parce qu'il savait que si Bartholomew ne se vidait pas de son sang avant de charger, il allait devoir faire quelque chose de spectaculairement stupide pour achever le travail. Il était à court d'armes, à bout de souffle et — s'il était honnête — à court de bonnes répliques.

Il a tendu la main pour se stabiliser et celle-ci s'est refermée, miraculeusement, sur une tige noire. D'abord, il a cru que c'était un morceau de décor en ruine, mais la texture était différente : trop légère, trop froide, trop délibérée. Il a baissé les yeux et a vu que c'était la plume d'oie qu'il avait utilisée pour achever le dernier acte de la pièce. Elle avait roulé sous le praticable dans le chaos précédent, survivant à la fois au combat et à la dramaturgie par pure perversité narrative. La plume, qui aurait dû être réduite en cendres, était intacte. Sa pointe, autrefois cérémonielle, luisait maintenant d'un éclat humide qui ne pouvait être que de l'encre de prophétie fraîche.

Vincent l'a fait tourner dans sa main, observant la surface miroiter. C'était le genre de chose qui vous faisait tuer, ou pire, poursuivre en justice par les héritiers d'un poète décédé. Pourtant, c'était tout ce qu'il avait.

Il a fait face à son adversaire, a pris un élan chancelant et a frappé Bartholomew en pleine poitrine avec la plume, juste au-dessus du sternum.

L'effet a été instantané. Le corps de Bartholomew a été secoué d'un spasme, l'encre jaillissant de la plume sur sa peau, s'épanouissant en lignes de script qui s'enroulaient autour de son torse, de ses bras et de son cou. Chaque lettre brûlait d'un feu bleu-noir, l'enchaînant non pas au monde mais à la page, aux règles de l'histoire elle-même. Vincent pouvait sentir la traction, le poids de la gravité narrative — ce n'était pas de la violence, mais une retouche.

Bartholomew a hurlé, le son montant d'une octave à chaque nouvelle entrave, jusqu'à ce que sa voix se brise complètement et qu'il soit réduit à articuler des protestations silencieuses tandis que le script réécrivait son esquisse. Ses mains ont griffé sa poitrine, mais ses doigts ont traversé sa propre cage thoracique comme s'il était soudainement devenu bidimensionnel, une tache de méchanceté pressée entre des feuilles de vélin.

Les runes ont atteint ses yeux, qui sont devenus blancs, puis noirs, puis ont complètement disparu. La silhouette de Bartholomew a vacillé, puis s'est effondrée en un nuage de signes de ponctuation épars, qui a flotté doucement jusqu'au sol et s'est évaporé dans une vague odeur de vieille bibliothèque et de délais non respectés.

Vincent est resté debout au-dessus de l'endroit vide, la plume toujours à la main, et a attendu que sa vision rattrape le reste de son corps.

Il a eu le temps de prendre trois respirations avant que le monde ne lui donne un coup de poing dans le ventre. Le sang imbibait sa chemise à une demi-douzaine d'endroits, chacun fuyant au rythme d'un pouls qui perdait rapidement son combat contre l'entropie. L'engourdissement de son bras gauche était devenu un poids mort, et ses jambes n'étaient pas tant « debout » que « se souvenant comment se tenir debout ».

Il a reculé en chancelant, s'est affalé sur la surface plane la plus proche (une malle étiquetée « PROPRIÉTÉ DE L'ORPHEUM – NE PAS S'ASSEOIR »), et a essayé de faire le point.

Il l'avait fait. Il avait écrit la fin.

C'était une sensation de merde.

Le froid remontait maintenant le long de sa colonne vertébrale, plus une suggestion qu'une menace, mais absolue dans son intention. Vincent a fermé les yeux, a laissé les lumières de la scène imprimer des images orange sur ses paupières, et s'est préparé au traditionnel défilé des regrets. Il n'est pas allé bien loin.

Une paire de mains, chaudes et mal assurées, lui a emboîté le menton. Ren était là, d'une manière ou d'une autre — les vêtements déchirés, un œil qui commençait à enfler, mais plus vivante qu'elle ne l'avait semblé depuis le début de cette triste production.

— Bon Dieu, a-t-elle dit d'une voix tremblante, on dirait que tu es passé au mixeur.

Vincent a essayé de sourire, mais n'a réussi qu'à esquisser un tic. — Je paierais un supplément pour ça, mais on dit qu'on n'améliore pas les classiques.

Elle l'a ignoré, s'est accroupie et a inspecté les blessures. Ses doigts étaient doux, traçant le bord de la clavicule où Bartholomew avait mordu le plus profondément.

— Tu es en train de mourir, a-t-elle dit, d'un ton neutre.

Vincent a baissé les yeux sur la rivière de sang qui s'accumulait sur la scène. — J'ai eu des gueules de bois pires que ça.

Ren a reniflé, mais ses yeux étaient humides. — Tu dois boire.

Il a secoué la tête, ou a essayé. — Je ne vais pas me nourrir. Pas de toi.

Elle a éclaté de rire — un son unique, explosif, à mi-chemin entre la joie et la rage. — Espèce de connard. Après tout ça, tu vas faire le noble ?

Il a refermé les yeux, sentant les bords de sa conscience s'effilocher. — Ce n'est pas de la noblesse. C'est de la peur. Je ne pourrais pas m'arrêter. Je t'emporterais avec moi.

Elle s'est assise à côté de lui, la cuisse pressée contre la sienne. — Trop tard pour ça. Tu l'as déjà fait.

Ils sont restés assis en silence, la scène en ruine se tassant autour d'eux comme les suites d'un enterrement très coûteux. Quelque part derrière le décor, l'antique système anti-incendie s'est finalement déclenché, projetant une pluie timide qui n'apportait rien à l'ambiance mais donnait à tout une odeur de bandages humides et de chlore.

Ren a sorti un canif de sa botte, l'a ouvert d'un coup sec et a pressé la lame contre sa propre paume. La coupure était nette, juste en dessous du pouce, et le sang a immédiatement perlé.

Elle a plaqué sa main contre la bouche de Vincent.

— Bois, a-t-elle dit. Je ne vais pas te laisser crever, pas après toutes les merdes que tu m'as fait subir.

Vincent a essayé de se détourner, mais elle était plus forte que lui maintenant. — Je suis sérieuse, a-t-elle dit en appuyant plus fort, je te péterai la mâchoire si tu ne le fais pas.

Il a ouvert la bouche, a goûté son sang — vif, nouveau, une bouffée de vie si intense qu'elle a failli arrêter complètement son cœur. Il a sucé, une seule fois, puis a reculé, terrifié par son goût, par ce que cela signifierait s'il perdait le contrôle.

Elle l'a maintenu là. — Fais-moi confiance, a-t-elle murmuré, et ces mots étaient plus intimes que n'importe quel sortilège ou confession.

Vincent a bu.

La sensation ne ressemblait en rien à l'érotisme baroque qu'il avait écrit comme nègre pendant des décennies. C'était la faim, mais aussi le deuil, la rage, la mémoire — tout ce qui était brut et inachevé, l'inondant jusqu'à ce qu'il ne sache plus où il s'arrêtait et où elle commençait. Le pouls de Ren battait contre ses lèvres, et il a essayé de le mesurer, de se rationner, mais le sang racontait sa propre histoire et refusait de ralentir.

Quand elle a retiré sa main, son poignet tremblait et son visage était pâle, mais elle a souri. — Ça va ? a-t-elle demandé.

Il a hoché la tête, sans faire confiance à sa voix.

Elle s'est affaissée contre lui, le bras passé sur son épaule dans la version la moins convaincante au monde d'une étreinte de victoire. — Tu es une calamité, a-t-elle dit. Mais tu es ma calamité.

Vincent l'a regardée, a vu la vérité sans fard dans l'épuisement, la saleté, le sang. Il a essayé de dire quelque chose de profond, mais ce qui est sorti fut : — Je crois que j'ai ruiné ces vêtements.

Elle a ri à nouveau, et ce son a suffi.

La pluie des extincteurs automatiques était devenue froide, lavant le sang mais pas le souvenir. Ils sont restés assis ensemble, la tête de Vincent sur l'épaule de Ren, sa main toujours pressée sur la blessure, et ont attendu que le prochain désastre arrive.

Aucun d'eux ne l'a dit, mais l'histoire avait changé.

Cette fois, c'est à eux deux qu'est revenu le mot de la fin.

VINGT-TROIS

Mme Barley avait toujours méprisé la façon dont les prophéties prenaient leurs aises dans un lieu. Elle se rappelait encore l'arrière-goût âcre de la dernière qu'elle avait exorcisée : une prophétie apocalyptique de second ordre, coincée derrière les compteurs du Camden Civic, dont le seul effet perceptible était de transformer le sherry du gardien en acide de batterie. Celle-ci — quoi que Bartholomew et la Femme à la Cape aient invoqué — était bien pire. Même la carcasse en ruine de l'Orpheum, jusqu'à sa garniture fumante et sa puanteur de sueur de trac, semblait retenir son souffle.

Mme Barley jeta un coup d'œil expert au théâtre, observant les débris avec la patience résignée d'une gouvernante nettoyant le passage de jeunes enfants. Des rideaux de velours déchirés pendaient des cintres comme les langues d'animaux mourants ; le lustre, vu pour la dernière fois en morceaux, n'était plus qu'un souvenir amer et une collection de dents de verre sur le sol de la fosse. Des bougies, vacillant en rangs inégaux, fournissaient le seul éclairage, lequel projetait la silhouette de la Femme à la Cape sur le plâtre, tel le pire test de Rorschach de la ville.

La Femme à la Cape se releva du parquet en chancelant, lentement d'abord, et se posta au bord de la scène, les bras grands ouverts, sa cape déployée en grande pompe. Des ombres ondulaient autour d'elle, animées par une intelligence que Mme Barley reconnaissait de chaque séance de spiritisme malavisée et expérience de Ouija qu'elle avait dû nettoyer depuis 76. Mais ce furent les mots — de véritables mots, des lambeaux de texte arrachés à un millier d'histoires oubliées — qui la perturbèrent le plus. Ils planaient visiblement, lumineux et agités, autour de la tête de la Femme à la Cape comme des mites ayant un goût pour la ponctuation.

Vincent et Ren se serraient l'un contre l'autre au premier rang, victimes de leur propre complot mais encore trop vivants pour la fermer. Ren serrait un garrot improvisé autour du bras de Vincent avec l'intensité sinistre de quelqu'un qui avait appris les premiers secours sur une playlist YouTube intitulée « Réparer ses potes en pleine émeute ». Vincent, pour sa part, ne contribuait guère plus qu'avec des sarcasmes et un filet de sang occasionnel. Ils ressemblaient, songea Mme Barley, à l'affiche promotionnelle d'une adaptation théâtrale très pirate de *Trainspotting*.

— Bon, ça suffit, lança Mme Barley, d'une voix qui, même à présent, ne souffrait aucune contradiction.

Elle ouvrit son sac — usé, monogrammé et techniquement un artefact du Département du Confinement des Nuisances du Grand Londres — et en sortit son kit de mise en conformité. Le kit avait commencé sa vie comme une mallette de médecin trop sophistiquée, mais des années de mises à jour d'urgence l'avaient transformé en un musée de solutions miracles et d'armes à la légalité douteuse. Elle produisit une fiole de spray à l'ail, un morceau de parapluie renforcé à la virole aiguisée, et — ses préférées — trois aiguilles à tricoter plaquées argent, numéro 10.

Mme Barley s'avança sur la scène. La Femme à la Cape l'observait, impassible derrière son masque.

— Vous pensez vraiment, demanda Mme Barley, impressionner qui que ce soit avec ce genre de simagrées ? J'ai vu de meilleures productions à l'école primaire du coin.

La tête de la Femme à la Cape s'inclina, les lèvres sculptées de son masque se tordant en un rictus méprisant.

— Vous n'avez aucune idée, la vieille, de ce qui est en jeu, dit-elle. Sa voix n'était pas tant une voix qu'un chœur, chaque syllabe doublée de la résonance de quelque chose qui avait été répété trop de fois pour être rassurant. — Ceci est une prophétie. Pas votre paperasse municipale.

Mme Barley eut un claquement de langue réprobateur et lança sa première attaque.

Le parapluie, manié à une main, était moins une arme qu'une déclaration d'intention. Elle en frappa la poitrine de la Femme à la Cape, un coup rapide et chirurgical. La pointe percuta la cape et fut déviée, mais Mme Barley avait anticipé, pivota et enchaîna avec un nuage de spray à l'ail directement dans les fentes du masque de sa Némésis. La Femme à la Cape chancela, ou du moins donna l'impression passable de quelqu'un qui n'était pas préparé à de l'ail en aérosol.

— Fourni par la municipalité, remarqua Mme Barley, la voix aussi sèche qu'un cours magistral. — Disponible dans toutes les bonnes armoires à fournitures.

La Femme à la Cape riposta d'une griffe d'ombre, mais Mme Barley la repoussa d'un revers de parapluie et, dans le même mouvement, lui planta une aiguille à tricoter dans l'épaule. Elle se fichait juste sous la couture ; une ligne d'ichor rouge sombre perla autour, puis se figea en perles qui lévitèrent dans les airs.

— Putain. Elle est douée, applaudit Ren depuis les fauteuils d'orchestre.

La Femme à la Cape abandonna sa contenance théâtrale. Son geste suivant fut de pure colère : elle agita les mains et une volée de fragments de prophétie jaillit comme des éclats d'obus. Chacun était une ligne de texte, déchiquetée et lumineuse, se récitant elle-même en avançant.

Mme Barley esquiva le premier, laissa le second tracer une ligne sur sa veste et bloqua le troisième avec le parapluie. Il laissa une marque fumante dans le tissu, mais rien de plus.

Elle réduisit la distance. Une autre aiguille — cette fois par en dessous, droit vers les côtes. La Femme à la Cape fit un pas de côté, mais Mme Barley avait déjà pivoté, lui assénant un coup de parapluie à l'arrière des genoux. La scélérate tomba sur un genou, sa cape s'amassant en une flaque dramatique.

— Est-ce vraiment ce que vous vouliez ? demanda Mme Barley. — Tout ce drame pour quoi ? Un déguisement et de la mauvaise poésie ?

Les yeux de la Femme à la Cape se plissèrent derrière le masque. Elle frappa dans ses mains, une seule fois. Le plancher de la scène répondit, se fendant en deux avec un bruit de parchemin qui se déchire.

De la nouvelle crevasse, plus de prophétie se déversa — des dizaines, peut-être des centaines de bribes de récits, chacune d'une nuance incandescente différente. Elles s'agglutinèrent autour de la Femme à la Cape, alimentant sa silhouette, la rendant plus grande, plus large, plus qu'elle ne l'avait été un instant auparavant.

Mme Barley se prépara, tenant désormais le parapluie à deux mains, mais elle sentait le poids de la magie peser sur sa volonté, l'air s'épaississant à chaque ligne récitée.

— Restez en arrière, cria-t-elle par-dessus son épaule. — Ça dégénère.

Ren essaya de se lever, atteignit le bord de la scène, mais les ombres la repoussèrent comme si la gravité avait doublé. Vincent, lui aussi, tenta de se redresser, mais sa jambe gauche le trahit et il s'affala dans son siège du premier rang, marmonnant une litanie de ce qui aurait pu être des jurons ou juste des extraits de manuscrits inachevés.

La Femme à la Cape — mesurant maintenant près de deux mètres et enveloppée dans un cocon de prophétie vivante — dominait Barley, les bras levés en signe de victoire.

— Ceci n'est pas votre histoire, Gouvernante, entonna-t-elle. — C'est l'heure des comptes pour la ville. La pièce doit se terminer.

Mme Barley montra les dents. — Essayez pour voir.

L'attaque suivante fut moins élégante : un large balayage d'ombre martelant, conçu pour aplatir. Mme Barley fit un pas de côté, mais les bords l'attrapèrent, envoyant une pointe d'engourdissement le long de son flanc gauche. Elle compensa, frappa avec le parapluie et réussit à toucher la cheville de la Femme à la Cape.

Les mouvements de Barley étaient plus lents maintenant, le parapluie semblait plus lourd, sa vision se rétrécissait. La sueur perlait à ses tempes. Elle serra les dents et se força à compter à voix haute — un, deux, trois — à chaque inspiration.

La Femme à la Cape pressa son avantage, faisant pleuvoir une grêle d'éclats de prophétie. Chacun piquait, certains faisant couler le sang, d'autres meurtrissant simplement la volonté.

De la périphérie, la voix de Ren : — Vous allez y arriver, Mme Barley !

— Attention, à gauche ! prévint Vincent.

Mme Barley roula sous le balayage suivant, se releva sur les genoux et — utilisant sa dernière aiguille à tricoter — la lança par en dessous dans la cuisse de la Femme à la Cape.

Il y eut une pause. Puis, la scélérate hurla.

Les fragments de prophétie frissonnèrent, leur orbite perdant sa cohérence. Pendant un bref et magnifique instant, Mme Barley put voir la femme sous la cape : un visage pincé, des yeux fous, des cheveux coupés court et plaqués sur son crâne par la sueur. Elle était plus jeune que Mme Barley ne l'avait imaginé. Pas une véritable immortelle, juste une bureaucrate du destin aux ambitions démesurées.

Mme Barley affermit ses appuis, empoigna le parapluie comme une hallebarde et chargea. La pointe attrapa la Femme à la Cape au plexus solaire. Pendant une seconde, les deux femmes restèrent figées.

— Vous savez, siffla Mme Barley, la voix tremblante d'effort, si vous aviez mis ne serait-ce que la moitié de cette énergie dans l'engagement civique, vous auriez pu diriger cette ville.

Le masque de la Femme à la Cape tressaillit. — Vous ne pouvez pas arrêter ce qui a été écrit.

Mme Barley enfonça le parapluie plus profondément. — Alors j'écrirai une nouvelle fin.

Le monde frissonna.

Quelque chose céda à l'intérieur de la Femme à la Cape. Les fragments de prophétie perdirent leur structure, s'envolant comme des étourneaux effarouchés. Elle recula en titubant, s'agrippant au parapluie toujours logé en son sein.

Mme Barley avança, pas à pas, ses bottes glissant sur le cocktail de cire, de sang et de récit liquéfié qui recouvrait les planches. La Femme à la Cape tenta d'invoquer un autre fragment, mais sa voix la trahit. Tout ce qui sortit fut un hoquet étranglé et une avalanche de phrases à moitié formées.

D'un dernier mouvement décisif, Mme Barley retira le parapluie d'une torsion et le planta dans l'épaule de la scélérate, l'épinglant à l'arche du proscénium.

L'effet fut instantané. La prophétie, privée d'hôte, explosa vers l'extérieur en une onde de choc de pur récit non médiatisé. Pendant une fraction de seconde, Mme Barley fut partout — chaque moment qu'elle avait jamais vécu, chaque regret, chaque souvenir qu'elle avait tenté de ranger dans des boîtes depuis que la municipalité avait dissous l'ancien ordre. Puis cela disparut, et elle redevint elle-même, debout au-dessus d'une ennemie vaincue et ne ressentant, pour une fois, rien d'autre qu'une froide satisfaction.

La Femme à la Cape glissa le long de l'arche, sa cape s'emmêlant autour de ses genoux. Elle leva les yeux vers Mme Barley, le visage pâle et les lèvres retroussées en un grognement.

— Gouvernante, cracha-t-elle.

Mme Barley hocha la tête. — Exactement.

Elle se tourna vers Ren et Vincent, qui avaient tous deux réussi à se hisser sur le rebord de la scène. Ren et la fantomatique Zara réussirent un faible applaudissement. Vincent se contenta de haleter et de lui faire un pouce levé.

Mme Barley rajusta sa veste, récupéra ses aiguilles à tricoter et essuya le plus gros de la prophétie de son parapluie.

— Sortons-vous de là, dit-elle, la voix aussi vive et claire que le lendemain matin.

Ils firent quatre pas avant que le sol ne s'ouvre sous eux, des ombres s'étirant, attrapant les chevilles de Mme Barley et la tirant à terre.

Ren hurla, se jetant à sa poursuite, mais les ténèbres furent trop rapides. La dernière chose que vit Mme Barley avant d'être aspirée dans le noir fut le visage de Vincent, la bouche ouverte dans un avertissement qu'elle ne put tout à fait entendre, et le masque de la Femme à la Cape, toujours fixé sur elle avec un regard de mépris absolu et immortel.

Puis le monde se referma brusquement, et Mme Barley disparut.

Mme Barley refit surface dans le vide avec la clarté réticente d'une femme arrivant en retard à son propre enterrement. Le monde était dépouillé de couleur et de bruit : une scène blanche, sans public, la poussière ne prenant même pas la peine de retomber. Elle fit un inventaire. Ses deux jambes étaient enserrées dans des liens d'ombre, froids comme la glace et deux fois plus inflexibles ; ses bras étaient immobilisés derrière son dos, les poignets soudés par le même matériau. Elle sentit un goût de métal, et — moins bienvenu — une douceur lointaine comme du plastique en train de brûler.

La Femme à la Cape planait au-dessus d'elle, en tout point la grande prêtresse des désastres d'autrui. Son masque, désormais fusionné à son visage, luisait d'un éclat humide et fixe. Autour d'elle, les éclats de prophétie tournaient en cercle, avides d'un dénouement.

Mme Barley tendit le cou et aperçut son monde de l'autre côté du voile : Ren et Zara, penchées sur Vincent, qui était affalé sur le côté, le sang formant un halo sur le sol du théâtre. Elle vit Ren frapper le plancher de la scène avec la crosse du pistolet, essayant de se frayer un chemin pour continuer le combat, et ressentit une bouffée de fierté perverse face au refus de la jeune fille de se retirer. La Femme à la Cape ne le remarqua même pas. Elle était concentrée sur Mme Barley, et sur l'histoire qui devait être terminée.

— Vous êtes une relique tenace, dit la scélérate, sa voix résonnant de l'autorité de chaque bulletin de vote rejeté et de chaque motion municipale échouée. — Vous n'avez plus aucune pertinence. La prophétie se nourrira, et je... — elle hésita, le masque tressaillant, — ...je deviendrai ce que j'ai toujours été censée être.

Mme Barley s'agita, sentant la douleur dans ses épaules s'épanouir puis s'estomper, remplacée par une froide résolution.

— « Pertinence » est ce qu'ils ont dit quand ils ont fermé les bibliothèques, répliqua Mme Barley, sa voix étonnamment stable pour quelqu'un ligoté dans une note de bas de page hostile. — Ça ne m'a pas arrêtée. Ça ne m'arrêtera pas maintenant.

La Femme à la Cape se pencha, les yeux flamboyants derrière le masque. — Vous êtes déjà effacée. Je vous ai cherchée dans les registres et n'ai trouvé que des lignes caviardées.

Mme Barley découvrit ses dents dans quelque chose qui n'était pas tout à fait un sourire. — Vous auriez dû regarder dans les marges.

La pression augmenta, les ombres s'épaississant autour d'elle, comprimant l'air et la pensée en une seule ligne déchiquetée. Mme Barley sentait sa propre histoire être lue — page par page, paragraphe par paragraphe — par la prophétie. Elle sentit les modifications, les omissions, les moments où son nom avait été biffé par décret bureaucratique.

S'ils voulaient son effacement, elle allait le leur donner.

Elle ferma les yeux et laissa son esprit vagabonder, non pas vers les jours de gloire de l'ordre ou la fierté d'un service à thé parfaitement jugé, mais vers les moments qu'ils avaient supprimés : les anniversaires oubliés, les lettres revenues avec la mention « destinataire inconnu », les visages qui, au final, ne l'avaient jamais appelée « maman » ou « sœur » ou même « amie ». Il y avait des calendriers vierges, et des albums de promotion avec des photos floutées, et une seule boîte de documents au fond d'un bureau fermé à clé, chaque dossier tamponné « sans pertinence » en triple exemplaire.

Elle les fit remonter, un par un, et les étala dans le noir. Les fragments de prophétie hésitèrent, planèrent, puis tourbillonnèrent en un vortex autour de cette nouvelle offrande.

La Femme à la Cape poussa un cri strident, un son rauque et animal. — Non. Vous ne pouvez pas la nourrir de rien. C'est impossible...

Les lèvres de Mme Barley tressaillirent. — Ce n'est pas rien. C'est ce que vous avez laissé derrière vous.

La prophétie — affamée, autocorrectrice, désespérée de trouver une conclusion — s'y accrocha. Elle absorba les anniversaires effacés, les signatures biffées à l'encre, les mémos municipaux déchiquetés. Plus elle en prenait, plus la Femme à la Cape vacillait, sa silhouette s'amincissant, les ombres perdant leur intégrité.

— Vous mourrez vide, cracha la scélérate, la panique inondant son ton.

Mme Barley secoua la tête. — Je mourrai comme j'ai vécu : la paperasse terminée, les assiettes lavées et laissées sur l'égouttoir, et la poubelle sortie le bon jour.

Les fragments de prophétie, gorgés de suppression, devinrent brillants et chauds, puis s'effondrèrent sur eux-mêmes. Ils entourèrent Mme Barley en un cercle parfait, la libérant des ombres. Elle se releva d'un bond — maladroite, sans pratique, mais debout — et fit face à la scélérate, qui s'agrippait maintenant à sa poitrine comme pour retenir son histoire.

Mme Barley sentait le vide la ronger — chaque souvenir, chaque accomplissement, chaque fois que quelqu'un avait utilisé son nom dans une phrase. Elle connaissait le prix, et cela lui convenait. C'était plus que convenable : pour la première fois de sa longue vie professionnellement anonyme, ça en valait la peine.

Elle s'approcha de la Femme à la Cape et, avec deux doigts, lui fit sauter le masque du visage. Il se brisa sur le sol, ne laissant rien en dessous. Le corps de la scélérate, sans histoire pour le lier, vacilla, puis s'effondra sur lui-même, se repliant encore et encore jusqu'à avoir la taille d'une empreinte de pouce, puis moins que ça, l'image rémanente d'un soupir.

Mme Barley se retourna, l'anneau de prophétie tourbillonnant toujours, et sortit du vide. Chaque pas laissait un peu moins d'elle-même derrière. Au moment où elle atteignit la lumière, elle était plus légère de bien des choses — regret, ambition, tout le poids d'un héritage non dépensé — mais elle marchait toujours.

Elle se retrouva de nouveau dans l'Orpheum, sur la scène, Ren la fixant comme si elle était une apparition, Vincent se relevant difficilement derrière elle.

Mme Barley ouvrit la bouche pour parler, trouva sa voix plus basse, d'un timbre plus fin. Elle toussa une fois, et essaya de nouveau.

— Bon, dit-elle. — Mettons un peu d'ordre ici avant que les autorités n'arrivent. Qui veut une tasse de thé ?

Ren sourit, les yeux brillants de larmes. Vincent, qui fuyait encore de plusieurs endroits, fit un salut à deux doigts.

Mme Barley lui sourit en retour, ne sachant pas trop quoi faire d'autre.

Elle pressa une main sur sa gorge, sentant le creux où sa voix avait autrefois plus de poids. Ça irait. Ou, du moins, ça suffirait.

VINGT-QUATRE

L'Orpheum ressemblait aux vestiges d'une production particulièrement rancunière de *Titus Andronicus* : tout était collant, rien n'était droit, et l'air était si lourd de fumée et de magie en liberté qu'on aurait pu l'embouteiller pour le vendre à des adolescents désabusés. Dehors, la ville était devenue étrangement silencieuse, mais à l'intérieur du théâtre, l'histoire et la prophétie se chamaillaient encore pour régler la note.

Ren, jamais du genre à rester les bras croisés en cas de crise, a été la première à commencer à trier les débris. Elle s'est avancée dans le carnage, munie d'un sac-poubelle et d'une paire de gants en latex chapardés dans la trousse de premiers secours improvisée que Mrs Barley gardait dans sa sacoche. Elle a ramassé des poignées de parchemins, la plupart scintillant encore d'encre résiduelle, et les a jetés au centre de la scène, où un brasero de cérémonie (probablement utilisé pour la dernière fois pour rôtir des marrons lors d'un spectacle de Noël) avait été réquisitionné en tant que bûcher. Les flammes étaient déjà avides, crépitant avec une langue bleu-vert et une odeur qui parvenait à être à la fois enivrante et profondément malsaine.

Vincent était assis sur les marches de l'avant-scène, berçant son bras gauche et observant le feu avec la fascination particulière d'un homme qui se doutait que les flammes en avaient peut-être après lui, personnellement. Son costume était taché de sang jusqu'à la doublure, et la chemise claire en dessous était abîmée au-delà même de ses propres critères de négligence vestimentaire. De temps à autre, il piochait une page dans la pile à côté de lui, lisait une ligne à voix haute sur le ton d'un faux sermon, puis, avec un air dramatique exagéré, la livrait aux flammes.

— « La cité se relèvera, vêtue de ses propres cendres... », a-t-il entonné, avant de jeter le morceau au feu. « Espérons que la mode nous siéra. »

Mrs Barley, à qui le rythme du nettoyage avait rendu un semblant de calme professionnel, arpentait les allées avec une pelle et une balayette, pestant contre le bazar et marmonnant au sujet des protocoles d'élimination en bonne et due forme. Chaque fois qu'elle trouvait un morceau de prophétie arraché, elle l'examinait, pinçait les lèvres comme pour peser sa menace à l'ordre public, puis le cassait en deux et le passait à Ren pour incinération. Parfois, les morceaux déchirés se défendaient, tentant de se coller à ses doigts ou de faire pousser de minuscules crocs qui mordillaient ses manches. Mrs Barley n'a jamais sourcillé ; elle leur assénait juste un petit coup d'une aiguille à tricoter récupérée avant de passer à autre chose.

Zara, la dernière recrue de l'équipe, et apparemment posthume, flottait au-dessus de la scène tel l'éclairagiste le plus critique du monde. Elle dérivait à travers les poutres, translucide et auréolée d'un halo de parasites, sortant occasionnellement la tête pour signaler un morceau oublié ou, une fois, un bout de prophétie frétillant qui avait tenté de se faire passer pour un fusible grillé. Sa voix portait de cette manière étrange propre à ceux qui sont libérés du fardeau de la chair, mais son sens du sarcasme, si tant est que ce fût possible, n'avait fait que s'aiguiser avec la mort.

— À gauche, Vincent, a-t-elle lancé. Près de ton genou. Celui-là est encore actif.

Vincent s'est penché, grimaçant de douleur, et a ramassé un coin de vélin déchiqueté. Celui-ci s'est tortillé dans sa main, essayant de se faufiler dans sa manche, mais il l'a secoué d'un geste ample. — Mon héroïne, a-t-il dit. Tu as toujours eu le chic pour repérer les détails que tout le monde ratait.

Le sourcil fantomatique de Zara s'est arqué. — Ça s'appelle le souci du détail. Certains d'entre nous ont pris la peine de finir la paperasse.

Ren a jeté un regard à Vincent. — Tu es sûr que ça va pour continuer ? Je peux le faire seule si tu veux rester là à ne rien faire et jouer les victimes un moment.

Il a poussé un soupir théâtral, puis a lancé un autre morceau au feu. — Si j'arrête, je vais me raidir, a-t-il dit. Et puis, j'espère que la fumée va cautériser quelque chose d'important.

Mrs Barley, balayant toujours méthodiquement la salle, a dit : — Si vous ne faites pas attention, elle cautérisera votre sens de la perspective. Certains de ces fragments sont encore actifs. Essayez de ne pas les inhaler.

Vincent a réfléchi à cela, puis a haussé les épaules. — Ça pourrait être pire. Au moins, ce ne sont pas des paillettes.

Pendant un moment, ils ont travaillé dans une harmonie relative. La prophétie brûlait avec un empressement vengeur, chaque page s'enflammant dans une gerbe de feu vert ou un hurlement de regret embouteillé. Le brasero emplissait le théâtre d'une lumière changeante, projetant les silhouettes sur scène comme des géants ou des ombres selon le vacillement des flammes. Même les planches anciennes semblaient frémir de soulagement chaque fois qu'une page était réduite en cendres.

Mais au bout d'une demi-heure, la prophétie a commencé à prendre conscience de la situation.

Le premier signe a été le son : non pas le crépitement du

parchemin en flammes, mais le doux murmure du papier se déplaçant de lui-même. Un courant d'air, peut-être, ou le souvenir d'un courant d'air, a délogé des pages des coins de la pièce. Elles ont glissé sur le sol, portées par les courants de leur propre inéluctabilité, et se sont regroupées au pied de la scène comme un public refusant de rentrer chez lui. Ren l'a remarqué la première.

— Mrs Barley, a-t-elle appelé. On a de la compagnie.

Mrs Barley s'est redressée, plissant les yeux dans la pénombre. — Ce n'est que du papier, a-t-elle dit. Continuez à brûler.

Mais les pages se sont multipliées. Certaines voletoyaient depuis le balcon en ruine, perdant de l'encre comme des pellicules. D'autres sont tombées des cintres, où Zara les avait manquées lors de sa ronde. D'autres encore se sont glissées de sous les sièges, chacune brodée ligne après ligne des pires et plus étranges prédictions de Carmine.

Vincent a observé une douzaine de pages fusionner à ses pieds, puis s'assembler lentement en une effigie grossière d'homme. La silhouette de papier s'est redressée en titubant, les bras en moulinet, puis a tenté de lui agripper la cheville.

Vincent n'a pas hésité. Il a écrasé la chose et a jeté les lambeaux dans le brasero, où ils ont disparu dans une unique malédiction sifflante.

Ren, imperturbable face à l'étrangeté grandissante, a commencé à enfourner les pages dans le feu à deux mains. Elle travaillait avec l'intensité de quelqu'un qui essaie de respecter un délai impossible, et la prophétie a répondu à son agression par plus d'agressivité : des pages lui ont sauté au visage, ont tenté de se coincer entre ses lèvres, se sont faufilées dans ses manches dans un effort pour la tatouer de l'intérieur.

Mrs Barley a abandonné la balayette et a rejoint la mêlée, maniant son parapluie comme une matraque anti-émeute. Elle a repoussé les plus récalcitrantes dans un tas grandissant, puis les a aspergées d'une giclée mesurée d'eau bénite provenant de sa flasque. Le liquide a grésillé et fumé, mais les pages n'en sont devenues que plus désespérées, fusionnant en une seule masse frétillante qui rampait vers le feu.

— Zara ! a appelé Mrs Barley. Pouvez-vous faire quelque chose ?

Zara, qui observait le chaos d'en haut, a secoué la tête avec un désarroi spectral. — Je suis incorporelle, vous vous souvenez ? Et puis, vous avez l'air de bien vous amuser.

Vincent a levé la tête, les cheveux en bataille et les yeux rouges de fumée. — On est sur le point de se faire ensevelir sous des prophéties, et tu fais des commentaires ?

— La direction, a répondu Zara, puis, avec une intensité soudaine : — Mrs Barley, derrière vous !

Mrs Barley a pivoté. Un morceau de parchemin, plus épais que les autres, s'était enroulé autour du manche de son parapluie et grimpait vers sa main. Elle l'a piqué avec une aiguille à tricoter, mais l'aiguille s'est cassée en deux, le métal se dissolvant dans un cri strident.

Ren a arraché la chose à mains nues et l'a projetée dans le brasero. Le feu a réagi comme si on lui avait donné du carburant de fusée : les flammes vertes ont explosé vers l'extérieur, balayant la scène d'une pulsation de lumière et de son qui a mis tout le monde à terre.

Pendant un battement de cœur, le théâtre est devenu silencieux. Puis, à l'unisson, chaque lambeau de prophétie libre dans la pièce a frémi et pris son envol.

C'était, songea Vincent, la parade au ruban la moins bienvenue au monde. L'air s'est rempli de lignes déchiquetées et de runes sanglantes, chaque fragment tournoyant autour du centre de la scène en une spirale qui se resserrait. Les mots eux-mêmes se sont mis à parler, un chœur de voix superposées qui tour à tour suppliaient, menaçaient et se plagiaient en temps réel.

Ren s'est couvert la tête en jurant. Vincent, incapable de faire grand-chose avec un seul bras valide, s'est abrité derrière Mrs Barley, qui s'était accroupie en position défensive et frappait le papier volant avec ce qui restait de son parapluie.

Zara, devenue un spectre tourbillonnant au cœur du vortex, s'est mise à réciter des vers en contrepoint. — Ne les laissez pas vous toucher, a-t-elle prévenu. Ils réécriront vos souvenirs s'ils le peuvent.

Mrs Barley a serré les dents. — Eh bien, ils vont découvrir le côté pratique de ma politique de conservation.

Les minutes qui ont suivi ont été un chaos indescriptible : Mrs Barley et Ren attrapaient des pages, les arrachant de l'air pour les donner à manger au brasero vorace. Vincent, luttant pour rester conscient, a improvisé en utilisant un pied de chaise brûlé comme une raquette de fortune, envoyant les fragments les plus tenaces dans les flammes.

La prophétie, sentant sa fin imminente, a intensifié son attaque. Les pages ont fusionné pour former des silhouettes : un serpent qui a glissé le long d'un rideau, une tête de loup qui a claqué des dents vers la main de Mrs Barley, une nuée de papillons noir et rouge qui se sont accrochés aux cheveux de Ren et ont refusé de se détacher. Chaque créature est morte avec un cri strident ou une malédiction, toujours avec la voix de Carmine, toujours avec une nouvelle couche de mélodrame.

Zara, plongeant dans le vortex, a commencé à collecter les fragments elle-même ; ses mains fantomatiques passaient à travers le papier, mais attiraient d'une manière ou d'une autre les mots dans sa silhouette. Elle pulsait d'une nouvelle lumière à chaque fois, ses yeux crépitant d'une électricité volée.

— Zara ! a appelé Vincent. Est-ce que tu... ?

Elle s'est retournée, le sourire cassant. — Ça va. J'ai toujours voulu être une bibliothèque ambulante.

La vague finale et furieuse a frappé alors que la prophétie se rassemblait pour un dernier baroud d'honneur. Chaque morceau survivant dans le théâtre s'est entortillé, formant une tour de pages qui surplombait le brasero. À son sommet, un masque de papier grossier du visage de Carmine les a fusillés du regard, les lèvres tressaillant d'une menace recyclée.

Vincent, se hissant debout, a croisé le regard du masque. — On a réécrit par-dessus toi, mon vieil ami, a-t-il dit, et, dans un dernier effort, il a lancé le pied de chaise à la base de la tour.

Le coup a fait basculer toute la structure dans le feu. Le masque a hurlé – un son composé de toutes les lettres de refus furieuses que Vincent avait jamais reçues – puis s'est désintégré dans un cyclone de flammes bleues.

Quand l'ouïe de Vincent est revenue, la scène était vide, à l'exception de quelques braises flottantes. La prophétie, pour la première fois depuis des siècles, n'avait plus rien à dire.

Ren s'est relevée la première, se frottant la tête. — On a enfin fini ? a-t-elle demandé d'une voix creuse.

Mrs Barley a vérifié le périmètre, puis a épousseté ses mains. — Fini, a-t-elle dit.

Zara, désormais pleinement corporelle dans son incorporeité, planait au-dessus des restes du brasero. — Vous faites un sacré bazar, vous autres, a-t-elle dit. Je vais devoir nettoyer l'écho de tout ça pendant une décennie.

Vincent, s'appuyant lourdement sur les marches en ruine, a réussi un faible sourire. — On pourra hanter les prochains à tour de rôle.

Ils sont restés assis un instant, laissant le soulagement les envahir. L'Orpheum, toujours meurtri et saignant, paraissait plus léger qu'il ne l'avait été depuis des années.

Vincent a regardé son improbable cénacle, et a constaté que, pour une fois, il n'avait rien d'intelligent à dire.

La paix a duré juste assez longtemps pour que l'Orpheum se souvienne de sa propre intégrité structurelle. Le premier avertissement a été un gémissement venant d'en haut, suivi d'une chute de poussière de plâtre qui a doucement neigé sur leurs têtes, conférant à chacun une touche de pantomime de dernière seconde.

Puis, avec le sens pervers du timing que seul un bâtiment condamné pouvait posséder, la totalité du balcon supérieur s'est détachée de ses fixations et s'est effondrée vers l'intérieur, aplatissant trois rangées de sièges en velours rouge en dessous avec un bruit de mille machines à écrire jetées dans la Tamise.

Ren s'est relevée d'un bond, les yeux fous. — C'est notre signal.

Vincent a essayé de se lever, mais sa jambe gauche s'est rebellée à cette suggestion. — Au regret de vous informer que mes sorties spectaculaires sont strictement limitées au mode dégradé, a-t-il dit.

Mrs Barley était déjà en mouvement, poussée par un refus profond d'être la dernière à quitter les lieux lors d'un exercice d'incendie. Elle a attrapé le bras valide de Vincent et a tiré, avec la compétence de quelqu'un qui avait passé trente ans à aider des parents âgés à monter des marches d'église verglacées. — Dehors. Maintenant. Ren, prenez son autre côté.

Ren a passé le bras de Vincent sur son épaule. Il s'est affaissé contre elle, offrant un sourire blême. — Tu sais, c'est exactement comme ça que j'imaginais notre première danse.

Elle lui a donné un léger coup de coude dans les côtes. — Tu pèses une tonne et tu sens le feu de joie.

— Flatté, a-t-il haleté, à moitié traîné alors que la poussière s'épaississait.

Zara flottait derrière eux, laissant une traînée d'étincelles bleu-blanc. — Je proposerais bien mon aide, mais vous savez... je manque du contact corporel. Elle a filé devant, son image rémanente dansant dans la fumée. — Par ici. Et dépêchez-vous.

Le quatuor a dévalé (ou boité, dans le cas de Vincent) l'allée centrale tandis que le plafond au-dessus d'eux gémissait dans une langue que seuls les murs porteurs pouvaient parler. Des morceaux de plâtre peint sont tombés en pluie, les chérubins et les muses de l'arche du proscenium se réduisant en poudre sur la moquette. Chaque pas menaçait de les faire passer à travers le plancher jusqu'au sous-sol, où la marée de la rivière gargouillait et les rats les moins hygiéniques de la ville attendaient un rappel.

Un lustre – vu pour la dernière fois scintillant au-dessus des fauteuils d'orchestre – a choisi ce moment pour se détacher, tombant à terre avec un sifflement de verre brisé et la musicalité d'un album de heavy metal joué à l'envers. Il a atterri en plein centre, ratant la tête de Mrs Barley d'une marge habituellement réservée aux limites légales d'alcoolémie.

Ren a juré et a doublé son allure. Vincent a essayé de contribuer avec sa bonne jambe, mais l'effort a provoqué une nouvelle vague de rouge qui a fleuri à travers sa chemise en lambeaux. — Je crains qu'aller plus vite ne fasse vraiment pas partie de mon répertoire actuel, a-t-il suffoqué.

Mrs Barley, imperturbable, a lancé sèchement : — Mourir dans un théâtre qui s'effondre non plus, alors avancez.

Zara a appelé depuis le hall : — Allez !

Ils ont dévié à travers le grand vestibule, qui se remplissait déjà de fumée. Le verre des portes d'entrée s'était brisé vers l'intérieur, les vitraux plombés étant maintenant éparpillés comme la crise de colère d'un joaillier. Ren a ouvert la dernière porte d'un coup de pied, et ensemble, ils ont trébuché sur les marches de pierre fissurées.

L'air de la nuit les a frappés avec le soulagement d'une bière fraîche après un enterrement. Ils l'ont avalé à grandes goulées, clignant des yeux face au calme soudain.

Pendant une seconde, le monde a tourné au ralenti.

Puis l'Orpheum a renoncé au reste de sa volonté de vivre. Le dôme peint, ce carrousel tape-à-l'œil de déception angélique, s'est effondré, envoyant une gerbe de feu bleu-vert vers le ciel. Le bruit a déferlé sur eux en une onde de pression, aplatissant les haies de la place et déclenchant une hystérie tonitruante parmi les alarmes de voiture.

Le désastre suivant a été plus personnel. Le morceau de théâtre qui formait la façade est, avec son blason orné et les mots « HORATIO'S ORPHEUM » en écriture ancienne, s'est détaché et a chuté directement sur la Peugeot bien-aimée de Ren. La voiture, qui avait survécu à trois relations, deux contrôles techniques et une collision avec un chauffeur de taxi, s'est pliée comme du carton mouillé.

Ren a regardé l'épave, la bouche ouverte en un O parfait.

Vincent, s'appuyant sur une borne, a contemplé le carnage. — Eh bien, a-t-il dit, au moins, ce n'était pas ma caution.

Mrs Barley, qui n'avait jamais fait confiance aux voitures étrangères, a hoché la tête brièvement, satisfaite. — Vous pourrez envoyer la facture à la municipalité, a-t-elle dit.

Zara a dérivé jusqu'à Ren, lui offrant une tape spectrale dans le dos. — Vois le bon côté des choses. Le stationnement est gratuit pour le reste de l'année.

Ren a réussi à rire, mais le son est sorti à moitié étouffé. — Ce n'est pas comme ça que l'assurance fonctionne, a-t-elle dit, les larmes brouillant sa vision alors qu'elle regardait le dernier bip digne de l'alarme de la Peugeot s'éteindre en silence.

Vincent s'est tourné vers Mrs Barley, une question dans les yeux.

Elle l'a interceptée et lui a lancé un regard qui réussissait à combiner commisération, exaspération maternelle et une offre tacite de thé. — Allons vous recoudre avant que vous ne vous vidiez de votre sang sur le trottoir, a-t-elle dit. Et Ren, nous restons tous au même endroit ce soir. Pas de discussion.

Ren a simplement hoché la tête, les bras enroulés autour d'elle comme si elle craignait que ses organes ne tentent de s'échapper aussi.

Ils se sont éloignés en boitant de la ruine fumante, une gouvernante, un vampire, une humaine et un fantôme, aucun d'eux ne correspondant tout à fait à la description sur son badge. Derrière eux, l'Orpheum s'est finalement effondré, les flammes léchant les derniers vestiges de la prophétie de Carmine avec un sifflement satisfait.

— La prochaine fois, a dit Mrs Barley, en ajustant son cardigan roussi et en lançant son plus mauvais regard vers les cieux, nous brûlerons les prophéties quelque part avec de vraies sorties de secours.

Personne n'a protesté.

Ils ont continué à marcher, dans le silence qui suit un désastre, se disputant déjà pour savoir à qui était le tour de faire le thé, et si Zara comptait pour départager en cas d'égalité.

La ville, comme toujours, a continué sa route.

VINGT-CINQ

Trois jours de repos théorique avaient transformé Vincent Lupo en une exposition de morbidité ambulante, soigneusement arrangée sur la banquette-lit du salon-bibliothèque de Zara. L'effet était celui d'un saint mineur ou d'un potentat défroqué, emmailloté jusqu'au menton dans des draps de percale et de vieux bandages d'hôpital, les cheveux plaqués en arrière par la fièvre et la convalescence. La seule preuve de vitalité était la marque permanente, bien que fanée, du sarcasme accrochée à sa lèvre inférieure.

Mme Barley, dont la position officielle sur les soins palliatifs était qu'ils devaient être administrés vivement et, si possible, avec assez de force pour déloger toute simulation, se tenait à ses côtés. Elle a regonflé les oreillers avec une agressivité généralement réservée à la fraude électorale, puis s'est penchée sur lui, tenant une tasse de quelque chose qui sentait le Bovril, l'iode et, chose inexplicable, le Pimm's.

— Bois, a-t-elle dit, ou je te le verse de force dans le gosier. Rien ne repousse correctement si on le laisse se dessécher. Elle a observé Vincent faire mine de siroter, puis il a reposé la tasse avec toute la cérémonie d'un prisonnier refusant son dernier repas.

Ren observait depuis le seuil de la porte, les bras croisés et la mâchoire crispée. Alors que le reste de l'appartement de Zara arborait une esthétique minimaliste et purement clinique, le salon était à peine reconnaissable en tant qu'espace de vie : des livres de poche du sol au plafond, l'air empli de l'odeur chaude et sèche de la vieille colle et des relents plus froids, moins sociables, de formol et d'adhésif pour bandages. Quelqu'un avait tiré les rideaux pour occulter la lumière du jour, mais un halo de lueur urbaine filtrait à travers le tissu, donnant à chaque chose une teinte un peu moins vivante qu'elle ne l'était.

— Qu'est-ce qu'il y a là-dedans ? a-t-elle demandé en désignant la tasse d'un signe de tête.

Mme Barley a pincé les lèvres. — Des électrolytes et du bouillon de bœuf. L'un pour l'âme, l'autre pour la matrice cellulaire. Les deux ont meilleur goût que ta dernière tentative de plat à réchauffer au micro-ondes.

Vincent a toussé — délibérément, pour l'effet. — Je préférais la morphine. Au moins, elle avait une histoire.

— Eh bien, tu n'en auras pas plus, a sèchement répliqué Mme Barley, avant d'ajuster le bandage à son cou avec une douceur proche de la tendresse. La dernière dose a quitté ton système hier, et ça n'a rien fait pour ton appétit. Le bœuf devra suffire.

Ren a croisé son regard et a haussé les épaules en un accord silencieux. Son regard a parcouru la pièce, traçant les lignes des bibliothèques qui s'élevaient en rangs désordonnés jusqu'au plafond de lattis et de plâtre. Des croquis académiques étaient épinglés au mur, la plupart de nature anatomique, quelques-uns dépeignant la structure musculaire de chauves-souris et ce qui ressemblait étrangement à l'exosquelette d'un insecte géant.

— On dirait une vieille bibliothèque qui aurait eu une liaison avec une morgue, a dit Ren, sans s'adresser à personne en particulier.

La voix de Vincent était aussi fine que du papier, mais il a réussi à la diriger vers elle. — Je prends ça comme un compliment. Les bibliothèques sont des lieux sous-estimés pour les idylles.

De quelque part au-dessus, un léger grésillement de parasites s'est fait entendre. Au début, Ren a supposé que c'était le chauffage — les radiateurs de Zara tenaient plus de la promesse que de la performance — mais le son s'est mué en paroles, claires et précises, résonnant comme au bout d'un long couloir.

— J'entends dire qu'on fait des autopsies avant le petit-déjeuner, maintenant, a lancé la voix de Zara, fraîche et juste assez spectrale.

Ren a sursauté en levant les yeux. Le plafond était dans l'ombre, mais près de la corniche, une distorsion a miroité : la silhouette de la tête et des épaules de Zara, vacillante, ressemblant plus à une projection qu'à une présence. Elle flottait là, ses cheveux flottant dans un halo lent et visqueux, ses yeux fixes et d'une teinte trop grande.

— Je t'offrirais bien du thé, mais je ne peux rien toucher qui ne soit pas mort à au moins 40 %, a ajouté Zara, en descendant lentement pour se matérialiser sur le seuil.

L'expression de Mme Barley n'a pas changé. Elle a posé la tasse sur la table branlante et est allée chercher une pile de serviettes propres dans l'armoire à linge, marmonnant quelque chose à propos de « hantises prématurées » en passant. Vincent l'a regardée partir, puis a levé les yeux vers la présence fantomatique de Zara.

— C'est gentil à toi de te manifester pendant les heures de visite, a-t-il dit.

La bouche de Zara s'est contractée. — Tu n'es pas mon seul patient.

Ren, moins habituée aux visites spectrales, a contourné le canapé jusqu'à se retrouver à côté de Vincent, l'utilisant comme un bouclier humain très inefficace. — Est-ce qu'elle peut nous voir ? Ou c'est comme une conférence téléphonique ?

— Je te vois très bien, a répondu Zara, avec un léger écho dans la voix. Elle a regardé Ren avec un regard fixe et déconcertant.

Ren a tressailli sous cet examen, mais a réussi à esquisser un sourire fragile. — Toujours vivante. Pas grâce à certains.

Vincent a étouffé un sourire narquois, puis a grimacé lorsque le mouvement a tiré sur la morsure en voie de guérison sur son cou. — On est tous un peu moins vivants qu'avant.

Mme Barley est revenue, les serviettes à la main. Elle a jeté un regard à Zara qui flottait et a dit : — Je suppose que tu voudras avoir ton mot à dire avant qu'on le mette sur pied.

Zara s'est approchée en flottant un peu plus, sa silhouette vacillant comme un tube fluorescent défectueux. — En fait, oui, a-t-elle dit, sa voix baissant d'une octave, celle réservée aux annonces sérieuses et aux directeurs de pompes funèbres.

— Ren, a-t-elle commencé, j'ai besoin que tu restes ici. Dans l'appartement. De façon permanente.

Ren a cligné des yeux. — Pardon ?

Le visage de Zara n'a pas bougé, mais la sensation d'un sourire a rayonné d'elle. — Tu as toujours voulu une adresse dans le centre-ville. J'ai toujours voulu quelqu'un à hanter. C'est gagnant-gagnant.

Il y a eu un silence, puis Mme Barley a reniflé, sans prendre la peine de dissimuler sa dérision. — Vu le prix de l'immobilier dans le centre de Londres, c'est un sacré cadeau.

Vincent s'est redressé, grimaçant en s'appuyant sur un coude. — Tu ne prévois pas de me hanter, alors ?

— Ne te flatte pas, a répliqué Zara, la voix aussi sèche qu'un parchemin neuf. Tu ferais un hôte épouvantable pour un fantôme. Trop de problèmes non résolus, trop d'anciennes amours.

Ren a regardé du fantôme aux autres, la bouche ouverte en un cercle parfait. — Je ne suis pas... enfin, ce n'est pas comme si j'avais besoin de... tu as même le droit de sous-louer aux vivants ?

— Je ne loue pas, je suis propriétaire. Je fais ce que je veux. L'attention de Zara n'a jamais quitté Ren. J'ai besoin de quelqu'un pour maintenir l'endroit en ordre. Et j'aimerais bien avoir de la compagnie.

Ren a laissé ses doigts glisser le long de l'étagère la plus proche, effleurant la poussière sur les dos de « Doctrines Effroyables » et « Une Taxonomie des Hantises Urbaines ». Le mouvement l'a un peu stabilisée. — Tu es sérieuse.

— Je suis morte, a dit Zara, mais oui.

Un silence s'est propagé. Les bruits de la ville se sont insinués de nouveau — une ambulance trois rues plus loin, la résonance distante de travaux de construction, le cri strident d'un coursier à vélo qui, à ce moment précis, était menacé par une volée de pigeons.

Vincent a profité de l'accalmie pour réarranger ses couvertures avec un soupir extravagant. — Je crois que je vais devoir rester encore un mois, au moins.

Mme Barley lui a frappé le tibia avec une serviette enroulée. — Tu n'es pas un invalide. Demain, tu seras debout. D'ici dimanche, tu seras de retour dans ton appartement et j'attends de toi que tu aides aux tâches ménagères.

Vincent a rassemblé une lueur de son ancien charme. — Si tu voulais me voir nu, tu aurais pu simplement le demander.

Mme Barley l'a ignoré. — Toi, la jeune, tu restes ou pas ?

Ren a regardé l'appartement — les grains de poussière, les étagères anarchiques, le fantôme qui l'observait avec la patience d'une bibliothécaire attendant le paiement d'une amende de retard — et a expiré. — Je vais rester, a-t-elle dit, les mots plus stables qu'elle ne se sentait. Pour un temps.

Zara a incliné la tête, le geste aussi formel qu'une bénédiction. — Bien. Il y a du travail à faire.

Mme Barley a hoché la tête, comme si cela réglait la question. Elle a commencé à ranger les médicaments, emballant les flacons et les tasses avec l'efficacité d'une patronne de pub à l'heure de la fermeture.

Vincent s'est affalé dans les coussins, le regard dérivant vers le plafond où l'image rémanente de Zara persistait, faible et bleue dans la lumière. — Est-ce qu'il fait toujours aussi froid quand tu es là ? a-t-il demandé.

— Seulement si tu es coupable, a répondu Zara, et elle a disparu de la vue, sa silhouette se dispersant comme de la brume.

Ren s'est tournée vers Mme Barley. — Comment on... comment on s'y habitue ?

Mme Barley a haussé les épaules. — On ne s'y habitue pas. On garde juste le thé chaud et les rideaux fermés, et on espère que les fantômes sont de notre côté.

Il y avait une sorte de finalité dans ces mots, une impression qu'après tout, la seule chose à faire était de mettre la bouilloire en marche et de prétendre que tout cela avait un sens.

Vincent, s'habituant à la nouvelle normalité, a pris sa tasse et l'a bercée comme un talisman. — Aux fantômes, alors, a-t-il dit, la voix rauque mais sincère. Puissent-ils hanter de manière responsable.

Ren a levé sa tasse en écho, et Mme Barley, elle aussi, a levé la sienne, bien qu'elle n'ait pas pris la peine de cacher le scepticisme dans ses yeux.

Pendant un instant, ils sont restés tous les trois dans le silence feutré de l'appartement — vivants, morts et entre-deux — unis par rien de plus que le refus obstiné de partir.

Dehors, la ville les a oubliés. Dedans, ils ont fait de leur mieux pour se souvenir.

Après le déjeuner (qui a été servi à trois heures du matin et se composait de toasts en triangle et d'un petit plat de pêches en conserve servi avec ressentiment), les survivants ont dérivé vers le salon. Les proportions de l'appartement se situaient quelque part entre le « salon édouardien » et l'« oubliette victorienne », mais les lignes épurées et les meubles de designer ont opéré leur magie habituelle, le faisant paraître plus grand, plus ancien et somme toute plus sûr de lui que ses habitants.

Vincent avait réussi à quitter la banquette-lit pour un fauteuil à oreilles, une jambe repliée sous lui au mépris des conseils médicaux et des lois actuelles de la physique. Il avait l'air moins mort, ou du moins moins susceptible de faire sursauter un pathologiste de passage. Ren a pris l'autre fauteuil, qui était légèrement trop droit pour être confortable, et s'est immédiatement mise à plier et déplier l'ourlet de son sweat-shirt emprunté.

Mme Barley planait près de la fenêtre, faisant tout un cinéma de dépoussiérer le rebord avec un mouchoir. Elle avait tiré les rideaux à mi-chemin, comme en négociation avec la météo, et étudiait maintenant la rue sombre à l'extérieur avec l'attention méfiante d'une veuve de guerre attendant un télégramme.

C'est Zara qui a rompu le silence, sa forme apparaissant au centre de la pièce, le visage composé mais les yeux brillants. — Vous êtes devenus bien silencieux, a-t-elle observé, sa voix remplissant l'espace d'une manière qui n'avait rien à voir avec l'acoustique.

— On réfléchit à nos nombreux échecs, a répondu Vincent. Il a fouillé dans les profondeurs de la couverture de laine drapée sur ses genoux et en a sorti un paquet rectangulaire, emballé dans du papier kraft roussi aux coins et noué avec un morceau de ruban qui semblait avoir survécu à un incendie.

Ren a aperçu le cadeau et a gémi. — Tu n'as pas fait ça.

— Si, a dit Vincent, et il le lui a tendu, son expression indéchiffrable. Vas-y, prends-le.

Ren a accepté le paquet avec la délicatesse de quelqu'un à qui on remet un animal vivant. Elle a décollé le ruban et a reniflé les bords carbonisés, puis a ouvert le papier pour révéler un carnet — à couverture rigide, d'un ivoire épais. Sur le devant, dans l'écriture familière et bouclée de Vincent, figuraient les mots « Futurs Brouillons ». Les lettres étaient embellies de fioritures inutiles et de quelques taches de sang, présumées authentiques.

Elle l'a retourné dans ses mains, le pouce traçant le bord. — Il est vide, a-t-elle dit, plus comme une accusation qu'une observation.

Vincent a haussé les épaules. — Ça me semblait approprié. Tu es la seule à avoir un véritable avenir.

Zara s'est approchée en flottant, les bras croisés. — C'est un grand compliment, a-t-elle dit, d'une voix plus douce. Il n'offre des livres vierges qu'aux personnes qu'il pense capables de survivre assez longtemps pour les remplir.

Ren a levé les yeux, incertaine si elle venait d'être insultée ou promue. — Je ne sais pas ce que j'écrirais, a-t-elle admis, les joues en feu.

— C'est l'idée, a dit Vincent. Sa voix était plus douce que d'habitude, presque perdue sous le bourdonnement du trafic et l'aboiement occasionnel du dépoussiérage de Barley.

Mme Barley, ne voulant pas être laissée pour compte, s'est avancée et a posé le mouchoir sur la table. — Tu peux toujours commencer par une plainte, a-t-elle suggéré. C'est comme ça que commencent les meilleures histoires.

Ren, pour gagner du temps, a feuilleté jusqu'à la première page. Elle était, en effet, vierge, à l'exception d'un petit filigrane dans le coin : une chauve-souris stylisée, arborant un large sourire. Elle lui a souri en retour, malgré elle. — Vous êtes tous fous, vous le savez ?

— Risque du métier, a répondu Mme Barley.

Vincent l'observait, l'humour cassant de son visage remplacé par quelque chose de plus proche de l'anticipation.

Ren a fermé le carnet en le serrant contre sa poitrine. — Écris la première ligne, a-t-elle dit, et elle a repoussé le carnet vers Vincent.

Il l'a pris, le retournant comme s'il cherchait un sens caché dans les pages de garde marbrées. Après un moment, il a accepté un stylo de Mme Barley et l'a débouchonné avec une fioriture.

Il a ouvert le carnet à la première page, a hésité, puis a écrit :

Elle a ri, et le monde ne s'est pas arrêté.

Il le lui a rendu, et Ren a lu la ligne en silence. La pièce, pour une fois, est restée immobile ; même Zara semblait hésiter à briser le silence.

Mme Barley, jamais du genre à verser dans le sentimentalisme, s'est éclairci la gorge. — Eh bien, c'est bien joli et vague. Ça devrait te tenir au moins un mois.

Ren a souri, d'un sourire vrai et large. — Si je commence avec ça, peut-être que rien d'autre ne paraîtra si terrible.

— Ou peut-être que tout sera terrible, mais au moins tu sauras pourquoi, a dit Vincent, retrouvant sa veine optimiste habituelle.

Zara a flotté au-dessus d'eux, les regardant avec l'air d'une chaperonne dont les protégés ont enfin cessé de mettre le feu aux rideaux. — Tu feras l'affaire, a-t-elle dit, et son sourire a été la première chose vraiment chaleureuse à s'installer dans l'appartement depuis leur frôlement avec la prophétie.

Alors que les premiers murmures de l'aube se sont révélés, Mme Barley a apporté plus de thé, et Ren a commencé à remplir le carnet vierge — des notes au début, puis des croquis, puis des paragraphes entiers, rapides et inclinés, l'encre traversant le papier comme si elle était pressée d'atteindre la page suivante. Vincent l'a regardée travailler, moins un mentor maintenant qu'un témoin, et a même réussi à ne pas corriger son orthographe.

VINGT-SIX

Vincent avait lu quelque part que la convalescence était censée être un exercice de patience et de gratitude, mais la seule chose qu'il exerçait était la dernière réserve mondiale d'agressivité passive. Il s'était installé sur le canapé avec le soin d'un archiviste de musée, superposant couverture sur couverture jusqu'à ressembler à un site de fouilles archéologiques pour mammifères disparus. L'écharpe, bien que techniquement nécessaire à l'intégrité structurelle de son épaule, tenait plus de l'accessoire de théâtre : il s'assurait qu'elle soit visible sous tous les angles possibles, au cas où quelqu'un douterait de l'étendue de sa souffrance.

Mme Barley s'affairait autour de lui avec la concentration exclusive d'une unité de triage du NHS à elle toute seule. Ses mouvements, même maintenant, étaient secs et efficaces ; elle est passée devant le canapé, a ramassé vivement une poche de sang vide sur le sol et l'a jetée dans une poubelle doublée d'un sac en plastique du Co-op. — Si tu es assez bien pour te plaindre, tu es assez bien pour faire la vaisselle, a-t-elle annoncé, sans prendre la peine de regarder Vincent alors qu'elle débarrassait la table basse des pansements abandonnés, des flacons de

274

médicaments, et du genre de miettes qui ne pouvaient provenir que de toasts illicites.

Vincent a réussi à produire un son à mi-chemin entre un soupir et le râle d'un marsupial déçu. — Tu me blesses, Mrs Barley, a-t-il dit, en essayant d'attraper la tasse sur la table d'appoint, sans succès, vraiment. Le serment d'Hippocrate avait autrefois un sens dans ce pays.

Mrs Barley l'a ignoré, posant une nouvelle tasse — celle-ci, a-t-il remarqué avec une certaine horreur, contenait un sachet de thé flottant dans ce qui ressemblait fort à du bouillon de poule. — Bois ça, a-t-elle dit. Tu as perdu beaucoup de liquides.

Ren était assise en tailleur sur le sol, le dos contre le radiateur, portant son troisième sweat à capuche préféré (l'un avait été perdu à cause de taches de sang et du feu, et l'autre, à cause d'un shih tzu trop zélé). Elle tenait les clés de la maison de Zara dans ses deux mains, les retournant avec un air d'incrédulité et quelque chose qui frôlait dangereusement le sentimentalisme. De temps en temps, elle levait les yeux au plafond, comme si elle s'attendait à ce que la défunte Zara Delacourt se matérialise depuis le plafonnier pour faire le point sur la hantise du jour.

— Alors, a dit Ren, je suis censée... vivre ici, maintenant ? Ou c'est le genre de situation où « le fantôme revient et essaie de te tuer » ?

— Seulement si tu arrêtes de payer les factures, a répondu Mrs Barley. Elle a essuyé le buffet avec un chiffon humide, son regard furieux ne quittant jamais la surface alors même qu'elle expédiait une ligne de poussière dans l'oubli. Zara préférerait un colocataire avec une hygiène de base.

Ren a souri, ses dents blanches contrastant avec ses lèvres gercées. — Eh bien, ça élimine Vincent, alors.

Vincent, trop faible pour une réplique en bonne et due forme, a envoyé d'une pichenette une page de manuscrit aux pieds de Ren. — Ne l'écoute pas. Je suis le colocataire idéal. Silencieux après l'aube, rarement dans la salle de bains, et avec tous mes vaccins à jour.

— En parlant de vaccins, a dit Mrs Barley, c'est l'heure de tes antibiotiques. Elle a plongé la main dans la poche de son cardigan et a sorti une plaquette de comprimés avec la menace désinvolte d'un dealer de rue.

Vincent a lorgné les pilules comme s'il s'attendait à ce qu'elles tentent une OPA hostile sur sa circulation sanguine. — Je ne suis pas convaincu qu'elles soient même efficaces sur les miens.

— Alors considère ça comme un placebo, a claqué Mrs Barley, et avale avant que je passe aux suppositoires.

Ren a ricané, puis est redevenue sérieuse en remarquant une petite pile d'enveloppes dans le courrier, dont l'une portait un nom qu'elle avait reconnu sur les lectures de chevet de Vincent.

Elle l'a attrapée, brandissant l'enveloppe tel un prix de jeu télévisé. — Ooh, du courrier de fan pour Celeste Evermoon. Tu veux que je l'ouvre, ou tu as peur de l'anthrax ?

Le visage de Vincent est devenu inexpressif. — C'est probablement un relevé de droits d'auteur. Jette-le, c'est tout.

Ren a déchiré l'enveloppe avec ses dents et a extrait un carton épais, richement imprimé en violet et noir. — C'est un fan art, a-t-elle annoncé, de... voyons voir... « Himari, 39 ans, Tokyo ».

Mrs Barley, qui désinfectait à présent les poignées de porte avec une lingette imbibée de vinaigre, a émis un petit grognement d'approbation. — Un lectorat international. Pas mal pour ce qui est essentiellement du porno pour ménagère autoédité.

Ren a brandi le dessin pour que tout le monde le voie. Il représentait un vampire, somptueusement rendu à l'encre numérique, avec des pommettes anguleuses, une barbe de trois jours perpétuelle et une expression qui aurait pu passer pour de l'ennui ou pour une constipation terminale. La ressemblance avec Vincent n'était pas seulement troublante ; elle était passible de poursuites.

— Pourquoi tous tes personnages principaux te ressemblent ? a demandé Ren en agitant le carton. Tu as même réussi le sourcil.

Vincent a reniflé. — J'ai un visage taillé pour les archétypes. Ce n'est pas ma faute si le genre a une imagination limitée.

Mrs Barley s'est penchée, examinant l'image à travers ses lunettes de lecture. — Ce n'est pas la seule chose qui soit limitée. Je suppose que celui-ci se languit aussi d'une mortelle maudite de moitié son âge et boude sur la futilité de l'éternité.

Ren a feuilleté le reste de la carte en gloussant. — Non, celui-ci mange la mortelle et s'enfuit avec sa mère. C'est un progrès.

Vincent a tenté de conserver sa dignité, mais elle s'est effondrée sous le poids de la pile de couvertures. — Je suis contractuellement obligé de livrer un nombre minimum de retournements de situation par roman. Mon éditeur aime les rebondissements.

Mrs Barley a fini son nettoyage, puis s'est installée dans le fauteuil en face de Vincent, les mains croisées sur un presse-papiers qui ne l'avait pas quittée depuis l'Orpheum. — Si tu passais moitié moins de temps à guérir qu'à cultiver ton image publique, tu marcherais déjà.

Vincent a tripoté son écharpe, en faisant tout un spectacle de l'ajuster. — Tu devrais savoir qu'il ne faut pas précipiter une guérison. Et puis, j'apprécie l'attention.

Ren a levé les yeux au ciel, puis a jeté le fan art sur les genoux de Vincent d'une pichenette. — Encadre-le, a-t-elle dit, et mets-le au-dessus de ton lit. S'il bouge un jour, tu sauras que ta fan numéro un est en route.

Mrs Barley s'est pincé l'arête du nez, comme pour repousser une migraine. — Des enfants, a-t-elle marmonné, sans prendre la peine de cacher son dégoût. Vous êtes tous des enfants.

Elle s'est levée, s'est épousseté les mains et est partie pour la cuisine, d'où le bruit de la bouilloire qu'on remplissait et des tasses qui s'entrechoquaient était aussi rassurant que n'importe quel battement de cœur.

Vincent, laissé dans le sillage de son efficacité, a bougé dans son nid et a inspecté le fan art. Il ne pouvait nier l'exactitude ; même la posture avachie était parfaitement juste. Il a envisagé, juste un instant, ce que signifierait être immortalisé non pas en tant que sauveur ou martyr, mais en tant qu'anti-héros boudeur d'un millier de romans de poche torrides. C'était un héritage, en quelque sorte.

Pendant ce temps, Ren a empoché les clés de Zara et a examiné la pièce, son confort et la promesse d'un avenir plus radieux. Il n'y avait pas de télévision, mais elle a découvert que ça ne la dérangeait pas.

C'était un fait peu connu que les banques de sang de Londres faisaient un commerce florissant dans l'économie de l'après-minuit, et Vincent, avec son dévouement habituel à la dénégation plausible, avait toujours préféré la marque maison : O-Négatif, sans additifs, de source locale. Il a ouvert le frigo et a pêché une poche avec sa main valide, prenant un moment pour apprécier la morsure du froid contre sa paume.

L'étagère du frigo, autrefois réservée au vieux fromage et à l'occasionnel yaourt malheureux, portait désormais la légère trace d'une vacance sans tête. Vincent a fixé l'espace où la tête coupée s'était autrefois nichée parmi les condiments, une étagère fantôme s'il en était. Ren, en train de déballer des kebabs à emporter sur la table à manger, a remarqué son hésitation et a suivi son regard.

Mrs Barley, qui venait de dévisser le couvercle d'un bocal de cornichons, a également saisi l'instant. Ils se sont tenus là, silencieux, dans le triangle du frigo, de la table et de la cuisine. Personne n'a mentionné la tête manquante, et c'était peut-être la chose la plus révélatrice de toutes.

Vincent a rompu le charme en haussant les épaules. — Je suppose qu'on devra se contenter des restes.

Ren, qui avait déjà déballé son doner d'agneau et s'affairait à en retirer les morceaux de chou rouge égarés, a dit : — Dans le dernier appart que j'ai eu, le proprio gardait sa mère dans le congélateur. C'est une amélioration.

Vincent a versé sa ration dans une tasse et les a rejoints à table. Les kebabs étaient disposés avec une sorte de révérence sacrificielle : le papier d'aluminium était replié pour exposer une viande parfumée et épicée, un amas d'oignons et de tomates formant une barrière contre la marée montante de graisse. Le sang, en comparaison, était une affaire austère — pas de garniture, pas de cérémonie, juste le bruit sourd de la tasse contre la table.

C'était le genre de repas qui exigeait un toast, alors Vincent a levé son verre. — Aux amis absents, a-t-il dit, et aux survivants improbables.

Mrs Barley a entrechoqué sa tasse de thé contre la sienne. — Et aux salauds qui ne l'ont pas vu venir.

Ren a pris une gorgée de Coca éventé et a hoché la tête. — Et aux kebabs qui n'ont le goût du regret que le lendemain matin, au plus tôt.

L'air de l'appartement était lourd des résidus du désastre, mais aussi de quelque chose de plus chaleureux — un optimisme maladroitement construit mais tenace. Ils ont mangé dans un silence complice, ponctué seulement par le croquant du cornichon et le claquement du papier d'aluminium contre la table. De temps en temps, Ren sortait un nouvel artefact du sac de nourriture — des frites, un pot de houmous, une tranche de baklava orpheline — et le présentait au groupe comme une relique d'un pouvoir rare.

Le fantôme de Zara, qui avait opté pour un siège près des bibliothèques, vacillait dans et hors du champ de vision avec la grâce inégale d'une téléprésence déphasée. Elle observait le repas avec un air de curiosité anthropologique, ses yeux relevant des détails et les stockant pour des commentaires ultérieurs.

Ren, captant l'attention du fantôme, a levé sa canette en guise de salut. — Manger te manque ? a-t-elle demandé, à moitié en plaisantant.

Zara a accordé à la question toute sa considération, puis a répondu : — Seulement la mastication. Le reste n'est que de l'entretien.

Mrs Barley, qui avait déjà entendu ça, a levé les yeux au ciel. — Elle n'est pas contre un petit grignotage spectral. La semaine dernière, j'ai trouvé trois biscuits Digestive manquants et une traînée de miettes d'avoine menant au placard à linge.

Vincent, terminant le fond de son sang, s'est penché en arrière et a laissé la chaleur se répandre en lui. — Au moins, tu n'as pas à t'inquiéter des glucides, a-t-il dit.

La silhouette de Zara a vibré, amusée. — Les glucides sont un vice d'homme vivant. Je suis strictement au régime des affaires inachevées.

Ren a souri. — C'est pour ça que tu nous hantes, ou tu t'ennuies, tout simplement ?

Zara n'a pas répondu immédiatement. Son regard a balayé la pièce — les piles de livres, l'enchevêtrement de rallonges, les tas de paperasse sur toutes les surfaces disponibles. — Vous autres, vous générez assez de pistes en suspens pour m'occuper pendant des siècles. Je suis une auditrice, pas un poltergeist.

Mrs Barley, maintenant dans son élément, a sorti un jeu de cartes usé du buffet et a distribué une main à chacun d'eux. — Voyons voir si l'un de vous se souvient comment perdre avec grâce, a-t-elle lancé en guise de défi. Le gagnant choisit le film ce soir.

Vincent a jeté un œil à sa main, a vu trois reines et deux jokers, et a soupçonné une triche, mais a décidé de laisser passer. — J'ai toujours préféré la compagnie aux gains, a-t-il dit. Même quand je perdais.

Ren a reniflé. — Tu nous pardonneras si on ne gobe pas ton numéro de noble perdant. Je t'ai vu compter les cartes.

Mrs Barley a distribué avec une précision froide, son expression illisible. — De mon temps, on jouait pour des cigarettes et des secrets d'État. Les enjeux me manquent.

Ils ont joué trois tours avant que le bluff de Vincent ne cède et que Mrs Barley ne rafle la mise. Elle a haussé un sourcil, peu impressionnée par sa propre victoire. — On va regarder quelque chose avec des sous-titres, alors. Pour garder le cerveau vif.

Vincent a grogné, mais Ren a poussé une petite acclamation. — Je vote pour les zombies. Ou les sorcières. Plus de vampires, d'accord ?

Mrs Barley s'est relevée d'un bond. — Ce sera les sorcières, a-t-elle dit. Tu vas chercher la télécommande. Je vais chercher plus de thé.

Zara, qui avait plané pendant toute la partie, s'est attardée à la table tandis que les vivants s'agitaient. Elle a tapoté la surface, une fois, et a laissé une faible empreinte de ses doigts sur le vernis, comme pour leur rappeler qu'elle avait été là.

Quand l'appartement s'est installé dans son silence nocturne habituel, Vincent s'est retrouvé seul, à l'exception de l'écho du fantôme et de l'arôme persistant de kebab. Il est monté dans son bureau, où un secrétaire à cylindre usé contenait les vestiges de sa véritable vocation : un tiroir fermé à clé, bourré de fragments de prophéties, de manuscrits inachevés et de l'occasionnelle lettre de menaces d'un auteur rival.

Il a pris la clé de sa cachette (collée sous une tasse « Visitez la British Library ») et a déverrouillé le tiroir. À l'intérieur, les fragments ont brui, agités même dans leur immobilité. Il les a parcourus du pouce, s'arrêtant sur l'un d'eux — fin, craquant, l'encre estompée mais lisible. Le texte, griffonné de l'écriture caractéristique de Carmine, disait :

La suite commence toujours par le sang.

Tandis qu'il regardait, la note de bas de page a brillé faiblement — juste une seconde, comme pour tenter d'attirer son attention — puis s'est éteinte. Vincent, plus fatigué que curieux, a replacé la page dans son nid, a verrouillé le tiroir et est retourné d'un pas traînant dans le salon.

Il s'est à nouveau arrangé dans son trône de couvertures, a ajusté l'écharpe pour un maximum de sympathie et a fermé les yeux tandis que les sorcières ricanaient à la télé.

Dehors, le pouls de la ville continuait : sirènes, renards, le grondement du métro. Dans l'appartement, le temps s'est replié sur lui-même, et pour la première fois depuis longtemps, Vincent a dormi sans rêver.

Sur le bureau, dans le noir, la page de prophétie a scintillé, puis est restée immobile.

FIN (pour l'instant)

Continuez à lire la **Trilogie Crocs & Haine** — Vincent et ses amis vous invitent cordialement à lire *Les Carnets du Piquet de Surveillance.*

MOT DE L'AUTEUR

Salut,

Un grand merci d'avoir lu *Destin, mords-moi* !

Ce fut un vrai plaisir à écrire et j'espère sincèrement que tu as pris autant de plaisir à le lire.

Si tu as aimé ce livre, je t'en serais très reconnaissant(e) si tu pouvais prendre un petit moment pour laisser un avis.

Les avis aident énormément les auteurs : ils donnent de précieux retours sur ce que les lecteurs apprécient et augmentent en plus la visibilité d'un livre dans les librairies en ligne.

Merci d'avance — j'ai hâte de connaître ton avis !

Jon

À PROPOS DE L'AUTEUR

Jon Smith est l'auteur à succès de plus de cinquante livres pour enfants, adolescents et adultes. Ses ouvrages se sont vendus à plus d'un demi-million d'exemplaires et ont été traduits en sept langues.

En plus de ses romans, Jon est un scénariste primé ainsi qu'un parolier et librettiste de théâtre musical, avec des productions au Birmingham Hippodrome, au Belfast Waterfront, au Park Theatre de Londres et au PJPAC de Kuala Lumpur.

Père de quatre enfants, il vit près de Liverpool avec son épouse et leurs deux enfants encore à l'école.

Quand il sera grand, il aimerait devenir bibliothécaire.

www.jonsmith.net

x.com/jonsmith_author

instagram.com/jonsmith_author

goodreads.com/jonsmith_author

amazon.com/author/jonsmith

facebook.com/authorjonsmith

LISTE DE DIFFUSION

Vous souhaitez recevoir en avant-première des informations sur les prochaines parutions ?

Envie d'un accès exclusif à des cadeaux, des offres spéciales et du contenu bonus ?

Vous avez l'impression que votre vie n'est pas complète sans les réflexions mensuelles de Jon sur l'écriture, la lecture et l'édition ?

Bonne nouvelle ! Inscrivez-vous dès aujourd'hui à la liste de diffusion de Jon :

www.jonsmith.net/mailing-list

CROC ET DÉGOÛT :
UNE COMÉDIE VAMPIRIQUE

LE CINQUIÈME CAVALIER

UNE FANTASY COMIQUE QUI PIÉTINE LES RÈGLES DE LA VIE ET DE LA MORT

DISPONIBLE EN E-BOOK, EN LIVRE BROCHÉ ET SUR KINDLE UNLIMITED

BAL
KON
media